À VIF

Du même auteur

Les Âmes rivales, Kero, 2012
Celui dont le nom n'est plus, Kero, 2014
Dans les brumes du mal, Calmann-Lévy, 2016
Apocryphe, Calmann-Lévy, 2018

RENÉ MANZOR

À VIF

CALMANN
LEVY
NOIR

CALMANN LÉVY
ÉDITEUR DEPUIS 1836

Couverture
Conception graphique : Dorian Danielsen
Photographie : © Stefano Carella / Arcangel Images

ISBN 978-2-7021-6179-1

Le délire est la théorie d'un seul.
La théorie, le délire de plusieurs.

François Roustang

Prologue

Gévaugnac,
Occitanie - JOUR 1 - Lundi

La lune était pleine et jouait timidement sur les cimes des arbres qui allaient et venaient au gré du vent. Les toits de lauze brillaient d'une teinte ambrée, comme s'ils rayonnaient encore de l'incandescence accumulée dans la journée. Les pages d'un quotidien oublié remontaient la Grand-Rue déserte dans un bruissement de nouvelles qui ne l'étaient plus.

À l'autre bout du village, la maison des Guinet était plongée dans l'ombre. La fenêtre de la chambre de Maylis était entrouverte. En s'y engouffrant, le vent anima les peluches de son enfance, fit trembler ses posters d'idoles et s'attarda un moment sur ses draps qui n'étaient pas défaits.

Une porte grinça.

Arthur Guinet, neuf ans, ouvrit les yeux. Il se redressa sur son lit, cherchant à comprendre ce qui l'avait tiré du sommeil. Un bruit provenant de l'extérieur attira son attention. Il s'extirpa des couvertures et alla coller son nez au carreau.

Il aperçut sa grande sœur, Maylis, treize ans, qui poussait le loquet du portail et remontait la Grand-Rue sur sa trottinette électrique rose. Il consulta sa montre… 4 h 45.

D'un geste vif, il enfila un jean, un haut de survêtement et chaussa ses baskets, sans prendre le temps d'attacher ses lacets. Il traversa le couloir sur la pointe des pieds, dépassa la chambre de ses parents et descendit l'escalier à pas de loup.

Quelques secondes plus tard, il était dehors.

Maylis avait arrêté sa trottinette rose à trois kilomètres de chez elle, sur l'escarpement boisé dominant Gévaugnac. Adossée à la porte de la petite chapelle qui veillait sur la commune, les oreilles assourdies de hip-hop, elle attendait son rendez-vous en jouant sur son portable. La vue sur le village qui émergeait de la brume était à couper le souffle, mais Maylis évitait de regarder en bas. Elle avait toujours été sujette au vertige et son petit frère se moquait d'elle pour ça.

Elle jeta un œil sur sa montre Flik Flak. Il était 5 h 10. Qu'est-ce qu'il foutait ? Lui avait-il posé un lapin ?

Elle fut tentée de lui envoyer un texto mais se ravisa.

Ne pas se montrer faible. Les stars ne le sont pas.

Encore quelques minutes de patience et il lui ferait oublier sa vie de merde.

Le clair de lune fut soudain assombri par une présence.

Surgissant de nulle part, deux mains gantées écrasèrent une compresse de chloroforme contre la bouche de Maylis, si violemment que son appareil dentaire fit saigner ses lèvres. L'adolescente secoua la tête pour tenter de se dégager, mais son agresseur la bâillonna.

Elle se débattit, toutes griffes dehors, et envoya des coups de pied désespérés à un ennemi invisible. Elle voulut se retourner pour apercevoir son visage, mais le produit qu'elle avait inhalé ramollissait ses mouvements. Elle ne vit rien d'autre qu'une silhouette vêtue d'une parka noire à capuche.

Bientôt, les jambes de Maylis se dérobèrent sous elle et la chapelle disparut de son champ de vision.

Des bras puissants et implacables la jetèrent au sol. La fillette se sentit traînée par le col sur la terre fraîche et caillouteuse de la forêt. Les arbres défilaient autour d'elle, comme autant de témoins lui refusant de l'aide. Elle tenta désespérément de freiner avec ses pieds, de s'agripper aux branches qu'elle trouvait en chemin, mais ne parvint qu'à se blesser davantage.

L'agresseur la souleva à nouveau, la fit pivoter et projeta son corps chancelant contre un lit de branchages amassés en bûcher. Maylis eut à peine le temps de se redresser que déjà son tortionnaire la frappait à la tête avec un rondin.

Elle retomba en arrière, sonnée, mais toujours consciente. Ses membres ne répondaient plus. Seuls ses yeux luttaient encore pour ne pas succomber. Les images et les sons lui parvenaient déformés. Le sang qui coulait de sa blessure au front engluait ses paupières, l'aveuglant un peu plus.

Dans un reste de vision, elle aperçut les bottes militaires de son agresseur qui la contournaient.

Ensuite, plus rien.

Les objets qu'il déplaçait faisaient un bruit métallique. Comment savoir ce qui se tramait derrière elle ? Quand on est impuissante, l'imagination est la pire des ennemies.

La peur l'anesthésia peu à peu, si bien qu'elle sentit à peine la morsure des anneaux quand ils se refermèrent sur ses poignets. On écarta ses bras et on la menotta au sommier métallique qui supportait les fagots.

Les bottes revinrent et, avec elles, l'assaillant sans visage. Les deux autres paires de menottes qu'il tenait dans ses mains gantées luisaient dans les ténèbres. Sans perdre une seconde, il s'accroupit au pied de sa victime. Les chevilles de l'adolescente subirent le même sort que ses poignets.

Les membres écartelés en X, Maylis ne pouvait plus se redresser. Elle leva des yeux désespérés vers la silhouette qui la contemplait.

La lune transperçait la cime brumeuse des chênes de rayons mystiques conférant à la scène un aspect sacrificiel. Les mains gantées débouchèrent un jerrican d'essence et inondèrent le corps frêle. Comprenant ce qui l'attendait, Maylis supplia son bourreau sous le bâillon, tandis que le combustible imbibait ses vêtements.

C'est ce spectacle atroce que découvrit Arthur en rejoignant sa sœur. Une onde de choc déchira son corps d'enfant. La peur opéra en lui comme un court-circuit. Son venin s'enfonça profondément jusqu'au tréfonds de son être, bloquant l'ensemble de ses synapses.

Le petit garçon était paralysé, incapable de tenter quoi que ce soit pour défendre celle qui comptait le plus pour lui. Mais l'instinct de conservation veillait. Il mobilisa les dernières forces d'Arthur, l'obligeant à se cacher derrière un arbre pour ne pas être repéré.

Et, tandis que les mains gantées achevaient leur tâche funeste en allumant une torche et en la jetant sur le bûcher, le petit frère de Maylis se laissait glisser le long du tronc centenaire qui lui prêtait asile, en se bouchant les oreilles pour ne plus entendre le rugissement des flammes qui dévoraient sa sœur adorée.

1

Julie Fraysse se réveilla en sursaut et regarda autour d'elle à la recherche du berceau qui avait quitté sa chambre depuis bien des années. Ce sixième sens maternel, qui jadis la tirait du sommeil lorsque ses enfants étaient bébés, continuait de provoquer chez elle de fausses alertes. Comme s'il cherchait à prouver qu'il était toujours là, prêt à l'emploi. Comme s'il exigeait de son ventre qu'il enfantât à nouveau. Pourtant, question maternité, elle avait donné!

Deux garçons, tout ce qu'il y a de plus bio. Accouchés sans péridurale et allaités au sein. Elle avait droit à un peu de répit, non?

Un coup d'œil sur son téléphone précipita sa sortie du lit. Foutu portable! Il n'était même plus capable de la réveiller. Elle enfila un peignoir, attrapa des vêtements dans un placard et atteignit, pieds nus, la mezzanine du duplex. Penchée à la balustrade, elle demanda sans trop y croire.

— Vous êtes prêts, les gars?

— Plus que toi, M'man, répondit Noah, onze ans, la bouche pleine.

Ce qui déclencha l'hilarité de son frère. La vue plongeante sur le désordre qui régnait dans la cuisine renseigna aussitôt Julie sur l'identité du cuistot.

— Tu vas ranger tout ça, tu sais, Théo ?

— Non, ce sera Noah. On a un deal, M'man. Moi, je fais à manger, lui, il range.

Julie ne put s'empêcher de sourire. Du haut de ses quatorze ans, Théo était le meilleur négociateur de la famille. Il tenait de son père.

Elle se dirigea vers la salle de bains, en tentant d'échapper aux démonstrations d'affection de Bouba, son bouvier bernois.

— Vous auriez pu me réveiller, les gars. On va arriver en retard ! Vous avez sorti Bouba ?

— No stress, M'man ! s'exclama Théo. On est en vacances, il y a pas l'feu…

— Pour votre père si, il y a l'feu. Bon… je prends une douche rapide et je vous rejoins en bas. Commencez à charger la voiture.

Noah voulut poser une question.

— Non, trancha Julie avant qu'il ne lui demande s'il pouvait sortir le Kangoo du garage.

Mais Théo intervint, en bon avocat de son frère.

— Il vaut mieux charger la voiture dehors, Maman. Elle passera plus le porche quand la galerie sera bourrée.

— OK. Noah, tu la sors, mais juste devant l'immeuble, hein ? Tu me fais pas le tour du quartier comme la dernière fois. Je veux pas d'ennuis avec la police, moi !

— C'est toi, la police, M'man, rétorqua Noah qui cherchait déjà les clés.

— Ben justement ! Je suis censée donner l'exemple.

Dix minutes plus tard, Julie rejoignait ses enfants et leur chien à l'extérieur. Elle avait revêtu une robe printanière qui mettait en valeur une silhouette qu'elle avait gardée fine malgré ses grossesses. Brune, les yeux noirs, un sourire désarmant, elle n'avait pas besoin d'artifices pour séduire car il émanait d'elle une lumière positive qui contaminait tous ceux qui l'approchaient. Les garçons la sifflèrent en chœur.

— Woaw ! Canon, M'man ! lança Noah pour commenter son allure.

— Merci, mon grand. J'espère que ton père sera du même avis…

— On part en vacances ou en embuscade ? demanda Théo, la bouille espiègle.

Julie mit un certain temps à décrypter l'allusion. Était-ce une prise de position inattendue pour son père dans la guerre de tranchée opposant ses parents ou juste de l'humour taquin ?

Quoi qu'il en soit, Théo avait vu juste. Julie avait décidé de prendre un congé avec ses enfants et d'y inviter Cédric, son mari, dont elle était séparée. Son but ? Donner une seconde chance à leur mariage. Leur histoire d'amour ressemblait à beaucoup d'autres. Un coup de foudre, deux enfants, des ambitions professionnelles inconciliables, la mutation de l'un des deux et une séparation provisoire qui s'éternise. Mais surtout une incapacité chronique à vivre ensemble, malgré les concessions de chacun. Et un obstacle de taille pour des gens qui s'aiment : dès qu'ils étaient séparés, ça allait beaucoup mieux entre eux.

Théo interpréta l'hésitation de sa mère comme de l'embarras et se sentit obligé d'ajouter :

— Désolé, Maman, je voulais pas…

— Non, tu as raison de poser la question : « Vacances ou embuscade ? » Joli nouveau mot dans ton vocabulaire, d'ailleurs. Je dirais... un peu des deux. Mais surtout... on part en famille. Y a trop longtemps qu'on n'a pas fait ça, tu crois pas ?

Théo hocha la tête, complice, et se serra tendrement contre sa mère.

— En tout cas, fit Noah, Papa va marcher sur sa bite quand il va voir Maman, c'est moi qui te le dis !

— Noah... c'est quoi, ce langage ? reprocha Julie.

— C'est de l'humour de sixième, M'man, expliqua Théo.

Il reçut aussitôt de son frère une claque sur la nuque en représailles.

— Bon alors, ce chargement ? enchaîna Julie pour changer de conversation.

Elle fit le tour du Kangoo, chargé à ras bord, vérifia la tension des sandows sur la galerie, puis se dirigea vers le coffre et se pencha pour l'ouvrir.

— À ta place, j'y toucherais pas, M'man, fit Théo. Ç'a été un enfer à fermer.

Une sonnerie de portable retentit. En apercevant le nom qui s'affichait sur l'écran, Julie fit signe à ses enfants de monter à bord et s'éloigna pour prendre l'appel.

À l'autre bout du fil, le commandant Raymond Roques, son supérieur, la suppliait de retarder son départ. Il y avait eu un meurtre à Gévaugnac. Et le SRPJ de Toulouse avait hérité de l'enquête, en raison du cold case auquel il faisait écho.

— C'est ton patelin, Julie, précisa le commandant. Tu connais tout le monde, là-bas.

— Je *connaissais* tout le monde, rectifia-t-elle. Quand j'avais treize ans.

— C'est l'âge de la petite, justement. On l'a retrouvée brûlée sur un bûcher.

— Comme il y a deux ans ?

— Au détail près. Le sommier métallique, la gamine entravée par les quatre membres… La famille Guinet, ça te dit quelque chose ?

Ça lui disait quelque chose, oui. Pierre Guinet était même le premier garçon qu'elle avait embrassé. Elle argumenta, pour la forme, rappelant qu'elle n'avait pas travaillé sur « l'affaire de l'Immoleur », que c'était avant qu'elle n'intègre la brigade et que ça faisait un an qu'elle n'avait pas pris de vacances.

— Fais-moi juste la scène de crime. Les gens du coin te font confiance. À toi ils accepteront de parler.

— Je te déteste, tu le sais, ça ?

— Ça veut dire oui ?

— Ça veut dire que je fais ta scène de crime et qu'après tu m'oublies.

— On se retrouve sur place.

Il raccrocha. Julie soupira et se tourna vers le Kangoo où ses garçons se disputaient déjà pour savoir qui garderait le chien pendant le voyage. L'image du bonheur éphémère, en quelque sorte. Celui que l'on fige sur son portable avant d'en abreuver ses amis Facebook. Combien d'instants comme celui-ci allaient défiler sous les paupières endeuillées des Guinet ?

Théo croisa le regard vide de sa mère et comprit aussitôt ce qui se passait.

2

Depuis deux ans, Béatrice Guinet vivait à l'envers. Elle prenait sa pause déjeuner à minuit, croisait le boulanger en rentrant se coucher et, quand elle se réveillait, son mari était déjà parti faire le taxi à Rodez ou aider Sam au garage. Infirmière sur le tard, elle avait choisi de faire les nuits au Centre hospitalier de Decazeville pour gagner en expérience.

Mais, progressivement, l'absence de vie sociale, la fatigue générée par le dérèglement de l'organisme et l'ennui qui s'installait quand les patients dormaient, tout cela lui était devenu insupportable. Elle en venait presque à souhaiter une urgence médicale pour être stimulée intellectuellement. Ses gardes la privaient régulièrement de ses week-ends. Et, même si les primes aidaient à l'équilibre financier de la famille, elle sentait qu'elle perdait le contact avec les siens.

Dormir était devenu sa seule activité extraprofessionnelle.

Aussi, de plus en plus souvent, Béatrice rognait sur ses heures de sommeil pour voler quelques moments avec ses enfants. Cela provoquait chez elle des sautes d'humeur qui compliquaient ses relations avec sa fille.

Elle poussa délicatement la porte d'entrée pour ne réveiller personne. Mais, très vite, elle fut frappée par le silence inhabituel qui régnait dans la maison.

En passant près de la chambre de Maylis, Béatrice fut surprise de voir qu'elle avait fait son lit. Elle n'en revenait pas : cinq ans de suppliques venaient enfin d'être exaucés.

Le lit d'Arthur était défait et vide. Seul, son petit dernier, Gabriel, six ans, dormait à poings fermés.

La cuisine, habituellement en désordre le matin, était aussi rangée que lorsqu'elle l'avait quittée la veille, en partant faire sa garde. Ses doigts glissèrent sur la table à la recherche d'un mot qu'auraient laissé les deux grands.

Rien.

Alors quoi ? Une nouvelle fugue de Maylis ? Mais, dans ce cas, où était Arthur ?

Le cœur de Béatrice se mit à cogner contre sa poitrine. La panique se propageait dans ses veines, engendrant des sueurs froides. Elle fut tentée d'aller réveiller Gabriel pour savoir s'il savait quelque chose, mais se ravisa. Inutile de l'inquiéter pour rien, il y avait sûrement une explication.

Elle se força à garder son calme, puis attrapa son portable et composa le numéro de sa fille. Le ton humoristique du message d'accueil contrastait fortement avec l'état d'anxiété de Béatrice. En attendant le signal sonore, elle fit de son mieux pour masquer son inquiétude…

— Maï, c'est Maman. Tu peux me rappeler, s'il te plaît, ma chérie ? Je veux juste savoir où vous êtes, Arthur et toi.

Elle raccrocha, tenta de contacter son mari, mais lui aussi était sur messagerie.

— Pierre, c'est moi, soupira-t-elle, angoissée. Arthur et Maï ne sont pas chez nous. Est-ce qu'ils seraient avec toi, par hasard ? Rappelle-moi vite, s'il te plaît !

Elle mit fin à l'appel et arpenta le séjour en se demandant ce qu'elle pouvait faire de plus. Pas d'autres coups de fil. Il fallait laisser la ligne libre pour qu'on puisse la rappeler.

Elle n'arrivait plus à respirer. Elle devait à tout prix recouvrer son sang-froid pour être à même de gérer au mieux la situation. Elle le devait à ses enfants. Pourquoi imaginait-elle le pire ?

Ce sentiment de panique lui en rappelait un autre. Celui que toutes les mamans ont connu. Cette seconde où sa petite main lâche la vôtre sur le trottoir et où cette voiture qui passe vous précipite dans le néant. Votre cœur s'arrête de battre, vous cherchez votre enfant partout et, l'instant d'après, il tire sur votre manche, derrière vous. Vous vous retournez et il est là, bien vivant, sous vos yeux ! Alors vous lui criez dessus en pleurant, vous lui dites de ne plus jamais faire une chose pareille, vous le prenez dans vos bras et vous le serrez si fort qu'il vous dit : « Tu me fais mal, Maman. » La terreur finit par se noyer dans vos larmes, mais les horreurs que vous avez imaginées à ce moment-là restent gravées sur votre rétine pour toujours.

Le bruit du portail arracha Béatrice à ses pensées. Elle se précipita vers la fenêtre et jeta un coup d'œil à l'extérieur. Arthur traversait le jardin en titubant, les bras ballants, comme s'il était ivre. Les lacets de ses chaussures étaient défaits. Ses jambes étaient tétanisées, ses mains ne répondaient plus. Il était à bout de souffle. On aurait dit un pantin désarticulé. Béatrice se rua vers l'entrée.

— Qu'est-ce qui t'arrive, poussin ? T'étais où ? Et où est ta sœur ?

En entendant la voix de sa mère, l'enfant leva la tête, mais ses yeux étaient rouges et son regard vide. Il trébucha. Béatrice se précipita pour l'aider à se relever.

— Appuie-toi sur moi, chéri, proposa-t-elle d'un ton rassurant.

La démarche incertaine et l'air hébété, le petit garçon s'accrocha à sa mère comme un noyé à une bouée de sauvetage. Béatrice l'aida à gravir les dernières marches et l'entraîna dans la maison.

— Parle-moi, Arthur, lui dit-elle en l'installant sur le canapé. Qu'est-ce qui s'est passé ?

— Ma... Maylis... bredouilla-t-il, haletant, toussant, le visage déformé par l'émotion.

— Quoi, Maylis ? fit-elle, d'un ton pressant.

L'enfant n'arrivait pas à aligner deux mots. Mais comment formuler ce à quoi il avait assisté ?

— Où est Maylis, Arthur ? insista sa mère, de plus en plus angoissée.

L'enfant se mit à sangloter et à balbutier des mots incompréhensibles en pointant un doigt tremblant vers l'extérieur.

— Calme-toi, poussin, calme-toi, fit Béatrice en comprenant que sa propre anxiété amplifiait celle de son fils.

Elle s'accroupit pour se mettre à sa hauteur, lui prit tendrement les mains et lui parla avec douceur, comme elle le faisait à l'hôpital quand elle devait apaiser un patient.

— Arthur, il faut que tu me parles, mon chéri. Prends ton temps, mais dis-moi s'il est arrivé quelque chose à ta sœur…

Le petit garçon jeta à sa mère un regard hanté. Il tenta de contrôler ses sanglots pour répondre, mais tout ce qui parvint à sortir de sa bouche fut une giclée de vomi.

3

Julie avait préféré ne pas toucher au chargement du Kangoo de manière à gagner du temps quand elle reviendrait chercher les enfants. Pour se rendre à Gévaugnac depuis Toulouse, il fallait emprunter l'autoroute du Pastel, ensuite suivre la N88 et la D901.

Quand elle eut passé Saint-Cyprien, Julie sentit grandir en elle une excitation qui remontait à la petite enfance. Elle avait emprunté cette départementale tant de fois avec son grand-père ! Elle en connaissait tous les lacets, creusés à flanc de montagne ! Elle pouvait encore entendre sa chienne, Bégui, gémir sur la banquette arrière tant elle s'impatientait de retrouver sa maison.

Vingt-sept ans ! Cela faisait vingt-sept ans qu'elle n'avait pas remis les pieds dans son village natal. Aussi dut-elle se sermonner.

Ne t'attends pas à reconnaître les lieux, tu vas être déçue ! Les choses changent, comme les gens. Et puis… revoir tout ça, dans un contexte pareil, franchement…

Ses mains se mirent à trembler légèrement. Elle ressentit le besoin d'un chewing-gum à la nicotine. Elle fourragea quelques secondes dans le vide-poches, trouva un paquet de Nicorette et en mit une en bouche. Elle avait entendu dire que les vacances d'été étaient le meilleur moment pour arrêter de fumer. Encore fallait-il qu'on lui laisse les prendre, ses vacances !

À mesure qu'elle approchait de Gévaugnac, le paysage devenait de plus en plus familier. En traversant le Dourdou, elle se rappela qu'elle y avait appris à nager, enfin « appris »... Son grand-père l'avait juste jetée à l'eau comme il avait fait pour sa chienne. Et, à l'instar de Bégui, elle avait eu la peur de sa vie, mais s'en était sortie.

Qu'était devenu son village ?

Avait-on recouvert de goudron les ruelles pavées de son enfance pour faciliter l'accès des touristes ? Existait-il encore un Tabac-Journaux-Bazar, celui où elle achetait ses mangas toutes les semaines ?

En franchissant le vieux panneau rouillé *Gévaugnac Faubourg*, l'excitation de Julie était à son comble.

Lové autour de son imposante église abbatiale, Gévaugnac était protégé par des remparts qui se confondaient avec la montagne, tant et si bien qu'ils paraissaient avoir été sculptés à même le schiste par une main divine.

Depuis plus de mille ans, les pèlerins des quatre coins d'Europe en chemin vers Saint-Jacques-de-Compostelle faisaient halte au village. Mais les événements tragiques qui s'y étaient déroulés deux ans auparavant les en avaient détournés. Certains natifs avaient même préféré fuir, laissant derrière eux des maisons meublées, des lits ouverts comme si l'anathème qui avait frappé le village avait contaminé jusqu'à leurs objets.

Les quelques centaines d'âmes qui habitaient encore la commune s'étaient refermées sur elles-mêmes et vivaient depuis en quasi-autarcie. Le maire avait fait jouer ses appuis politiques auprès du conseil régional pour lutter contre la dépopulation mais, malgré les prêts octroyés à ceux qui viendraient s'installer et les maisons à acquérir pour 8 000 euros, rien n'y avait fait.

On disait le village maudit.

La population vieillissante avait assisté, impuissante, à l'exode de ses jeunes et l'école communale avait fini par fermer.

— Mon Dieu ! frissonna Julie en apercevant la Grand-Rue qui grimpait vers l'église. C'était si joli, ici, avant !

La commune était comme figée dans le temps. Une impression de ville fantôme. Les rues, autrefois si grouillantes de monde en cette période de l'année, étaient quasi désertes. Leur chaussée n'avait pas été entretenue. Elle était truffée de bosses, de nids-de-poule et envahie d'herbes folles. Les magasins de souvenirs avaient fermé l'un après l'autre. Leurs fenêtres étaient condamnées par des planches. Leurs façades boursouflées avaient l'aspect sinistre qu'ont les habitations abandonnées par l'homme. La peinture semblait avoir été rongée par les intempéries plus rapidement que de coutume, un peu comme ces veuves qui vieillissent plus vite, une fois leur conjoint décédé.

En passant devant la majestueuse église romane, Julie ne put s'empêcher de ralentir. Lorsqu'elle était enfant, elle s'arrêtait toujours sur son parvis, non pas pour faire une prière, mais parce que cet édifice lui flanquait la chair de poule. Le regard que le géant de pierre lui retourna lui glaça le sang.

La peur était toujours là. Inexplicable.

Pourtant, Julie avait les pieds sur terre. Les cauchemars, le paranormal, ce n'était pas pour elle. Et, à quarante ans, on n'allait pas la changer ! Mais ce que l'on ressent, enfant, ne vous quitte jamais vraiment. Et Gévaugnac, c'était l'enfance de Julie.

Perchée sur son éperon rocheux, la chapelle Saint-Georges veillait sur le village depuis le XVe siècle. À ses pieds, l'anachronisme était saisissant. Un funeste cortège de voitures de police et d'ambulances s'enchevêtrait au petit bonheur. Dans un ballet de gyrophares, une foule de techniciens en combinaison blanche prenaient des photos, étiquetaient, mettaient sous sachet plastique, tandis que d'autres, en uniforme, tendaient des kilomètres de rubalise jaune autour des arbres pour délimiter un périmètre de sécurité. Ils avaient fort à faire pour contenir les curieux qui s'étaient rassemblés dès que la rumeur s'était répandue.

Au centre du dispositif policier, un jeune médecin légiste était au travail. Penché sur une forme humaine de petite taille partiellement recouverte d'une bâche, il effectuait des prélèvements. Debout à ses côtés, le commandant Raymond Roques, soixante ans, la calvitie soigneusement entretenue, attendait qu'il fournisse l'heure du décès. Ray, comme l'appelaient ses hommes, devait sa vocation à une enfance passée devant les séries policières américaines des années 70. Il avait tendance à gérer ses enquêtes comme l'aurait fait Kojak, auquel il s'efforçait de ressembler, avec son Stetson Tyrol et son costard Botany 500. La sucette au bec, il n'hésitait pas à passer outre certaines règles dans ses affaires criminelles. Ce qui lui avait valu pas mal de remontrances d'un préfet qui avait l'âge d'être son fils. Ray détestait la police scientifique qui, selon lui, poussait les flics à la paresse, et ne croyait, ni à la réinsertion, ni à la psychiatrie.

En entendant un bruit de moteur, il jeta un œil par-dessus son épaule et aperçut le Kangoo de Julie qui approchait. Sa galerie, chargée de bagages, témoignait des vacances qu'elle avait interrompues pour lui. Le commandant en éprouva une sincère mauvaise conscience qu'il dissipa très vite en rejoignant sa partenaire.

— Merci d'être là, Julie. J'espère que tu n'as rien mangé, ce matin.

— Tu ne m'en as pas laissé le temps, Ray, rétorqua-t-elle en descendant. Qui a découvert le corps ?

— Les pompiers. C'est le curé qui a donné l'alerte à 5 h 30. Il a vu le feu depuis son clocher.

— Qu'est-ce qu'il faisait là-haut, à cette heure ?

— L'office des vigiles. C'est un ancien bénédictin. À la huitième heure de la nuit, il monte là-haut et chante ses prières. Comme au Moyen Âge.

— Quoi, c'est toujours le père Drujon qui officie ?

— Tu connais ?

— Un peu, ouais ! Le catéchisme était obligatoire à Gévaugnac. Et mes doigts se souviennent encore de ses coups de règle.

Ray tendit une paire de gants en latex à Julie et l'observa tandis qu'elle s'imprégnait des lieux. Comment cette mère de famille allait-elle réagir à la vision de ce corps d'enfant carbonisé vers lequel elle se dirigeait d'un pas déterminé ?

— On a trouvé un badge à moitié calciné près de la victime, précisa Ray. Tu ne devineras jamais à l'effigie de qui.

Julie se tourna vers son patron comme on donne sa langue au chat.

— Mouvement Patriote, annonça-t-il.

— Quoi, on vote extrême droite à Gévaugnac, maintenant ?

— Depuis les municipales de mars dernier... Il y a peut-être un rapport entre la famille de la petite et les fachos locaux.

Ray souleva la rubalise et la franchit avec sa capitaine.

À mesure que Julie avançait vers le site, sa vue se troublait. Son cœur cognait anormalement vite contre sa poitrine.

Bon sang, songea-t-elle, *ce n'est pas ta première scène de crime !*

Mais une chose la rendait différente de toutes les autres : l'odeur. Des relents âcres de chair brûlée assaillaient ses narines au point qu'elle fut contrainte de se masquer le bas du visage avec la main.

Le claquement mat des appareils photos accentuait son trouble. Les paroles des officiers lui parvenaient sous forme de bourdonnement. Julie sentait craquer la moindre brindille sous ses pas, la moindre feuille. Quant aux techniciens de l'IJ qui prélevaient, ils prenaient soudain pour elle l'apparence de spectres flous.

Un agent en uniforme s'éloigna pour vomir.

Julie ferma les yeux pour interrompre son malaise. Mais c'était peine perdue. Des images horribles défilaient sous ses paupières. Ses propres fils, carbonisés sous cette bâche ! Elle secoua la tête pour balayer cette vision et s'appuya un moment sur une voiture de patrouille.

— Ça va aller ? s'inquiéta le commandant.

— Donne-moi juste deux secondes, soupira-t-elle en baissant la tête.

— Tu n'as pas besoin de voir le corps, tu sais ?

— Oh que si ! J'ai besoin de me convaincre que ce n'est pas un de mes enfants, sous cette bâche. T'as prévenu les parents ?

— On n'arrive pas à les joindre. C'est une putain de zone blanche, ici. J'ai envoyé des gars faire du porte-à-porte. Les Guinet ne sont pas chez eux.

— Comment tu sais que c'est leur fille ?

— Le prénom *Maylis* gravé sur sa gourmette en argent. Et une trottinette rose, retrouvée près du bûcher. Des habitants l'ont identifiée comme étant celle de la p'tite Guinet.

Julie prit une profonde inspiration et s'avança vers la victime. Le corps carbonisé de la fillette, ou du moins ce qu'il en restait, n'avait plus rien d'humain.

Une sonnerie vint interrompre cette vision cauchemardesque.

— Fraysse, dit Julie en décrochant.

— Qu'est-ce que tu fous ? s'agaça un homme à l'autre bout du fil. Les enfants m'ont dit que vous n'étiez pas partis.

Elle dut réfléchir un moment avant de répondre.

— Une urgence au boulot, Cédric. Je n'en ai pas pour longtemps.

— Ça veut dire quoi, « pas pour longtemps » ? insista-t-il. Parce que je suis déjà en route, moi !

Julie observa les techniciens de l'IJ qui tranchaient méticuleusement les menottes de la victime avec une pince-monseigneur.

— Les résas sont faites, Julie ! J'ai fait chier tout le monde dans ma boîte pour prendre le congé que tu m'as demandé. Et tout ça au dernier moment. J'peux pas annuler, maintenant ! On a une villa avec une putain de vue sur le Pilat, c'est à tomber !

Julie ne l'écoutait plus. Son téléphone était toujours collé à son oreille, mais elle n'avait d'yeux que pour l'homme qui venait de franchir le cordon de sécurité avec son taxi. Quand il en descendit, deux officiers l'agrippèrent, mais il les repoussa violemment de ses bras puissants.

— Et merde ! s'exclama Ray en l'apercevant. Ça doit être le père de la p'tite.

Pierre Guinet, quarante ans, était un bel homme vigoureux. Cela faisait un bout de temps qu'il ne s'était pas frotté à la police mais, chez un ancien altermondialiste, ces choses-là reviennent très vite. Il avançait avec détermination, dégageant les agents qui affluaient vers lui.

Par-dessus leurs épaules, il aperçut bientôt les techniciens de la scientifique qui emportaient un corps sur un brancard. Recouvert d'un linceul de fortune, il était trop menu pour être celui d'un adulte.

— C'est ma fille ? bredouilla-t-il, la voix rongée par l'émotion.

Il arrêta de se débattre et les officiers en profitèrent pour l'empoigner plus solidement. Une femme descendait vers lui, la mine défaite, les yeux humides et angoissés. Pierre eut l'impression de la connaître. Ce déjà-vu se confirma quand il entendit sa voix.

— Tu ne peux pas rester ici, Pierrot.

— Julie… ? C'est toi ?!

Elle hocha la tête tristement.

— Dis-moi que ce n'est pas Maï, là-bas… supplia-t-il.

Désemparée, elle le fixa en silence.

— C'est elle ? insista-t-il, entre deux sanglots.

Ne trouvant pas les mots, Julie se contenta d'acquiescer.

Le cri qui suivit fit trembler toute la vallée. Un mélange de douleur et de colère dont la nature environnante avait réussi à cicatriser. Mais les sanglots d'un père venaient de rouvrir la blessure.

Ce colosse que les policiers ne parvenaient pas à dompter tout à l'heure pleurait à présent dans leurs bras comme un enfant perdu.

Julie leur fit signe de l'emmener. Puis elle tourna les talons et se dirigea vers sa voiture.

Ray lui emboîta le pas.

— Tu vas où, Julie ?

— En vacances avec mes enfants. J'ai pas envie de continuer.

— Fais-moi les premières quarante-huit heures et je double ton congé.

Elle s'arrêta net et se retourna vers lui

— T'es sérieux, là ? C'est quoi, le piège ?

Il prit une profonde inspiration et lâcha :

— J'ai besoin de consulter l'enquêteur d'origine et les gars à la brigade l'ont tous dans le nez.

Julie le foudroya du regard.

— Attends, Ray... tu parles de Novak Marrec, là ! Celui que j'ai remplacé ! Je croyais que tu l'avais mis en dispo pour pétage de plombs !

— Il est un peu bizarre, c'est vrai, mais il a un instinct hors du commun.

— Il est pas bizarre, Ray, il est fou à lier ! C'est pas lui qui a mis un suspect dans le coma ?

— C'est plus compliqué que ça, Julie. Darius Paul était plus qu'un suspect. C'était un pyromane récidiviste qui enseignait dans l'établissement que fréquentaient les victimes. Mais il avait un alibi en béton, alors… Novak a craqué…

— Et les meurtres se sont arrêtés pendant l'hospitalisation du suspect ?

Le commandant secoua la tête et soupira.

— Il y en a eu un autre, après. Comme si le véritable serial killer voulait nous signifier que nous faisions fausse route. Ensuite, tout s'est arrêté pendant deux ans. Jusqu'à ce matin. Je te demande juste de consulter Novak et de me faire les premières quarante-huit heures. Ça ne t'engage à rien.

Silence.

— Et tu doubles mon temps de vacances.

Il hocha la tête.

— Je le trouve où, ton Novak ?

4

Hôpital psychiatrique Gérard-Marchant,
Toulouse

Primé à l'Exposition universelle de 1867, l'hôpital psychiatrique Gérard-Marchant avait conservé la majesté de son architecture classique, malgré les dégâts causés en 2001 par l'explosion de l'usine AZF voisine. Mais, si ses employés et ses malades avaient fini par réintégrer les lieux, la catastrophe avait laissé un traumatisme durable dont les patients parlaient encore.

Depuis deux ans, le capitaine Novak Marrec résidait dans cet établissement toulousain. Il y avait trouvé l'équilibre émotionnel et social qui lui manquait. Les crises auxquelles sa maladie l'exposait rendaient difficiles ses relations avec les autres. Ses seuls moments de partage n'existaient qu'auprès des patients de l'hôpital avec lesquels il entretenait des liens quasi familiaux. Il endossait un peu le rôle du « grand frère » et ses interventions permettaient souvent de calmer les dérapages des uns et des autres. Novak ne savait pas ce que « vie personnelle » voulait dire car son instabilité émotionnelle l'empêchait d'en construire une. Il possédait bien un deux-pièces près de la gare, mais il avait refusé d'y remettre les pieds. Son seul contact avec la société était son téléphone portable qu'il gardait sur mode avion, le plus souvent.

Intelligent, cultivé, sauvage et peu loquace, Novak était atteint de trouble obsessionnel délirant, une affection se caractérisant par la présence dans son esprit de fausses certitudes fermement ancrées. Dépassés par leurs hallucinations, les obsessionnels délirants sont comparables à des cocottes-minute prêtes à exploser : crise de panique, d'agressivité, suspicion envers les autres, paranoïa, trous de mémoire, perturbation de l'identité…

Cette instabilité mentale s'accordait mal avec le métier d'enquêteur et, depuis deux ans, Novak tentait de la contrôler par un traitement médicamenteux et une solide relation médecin-patient. Cependant, elle refaisait surface parfois dans les pics de stress.

Jusqu'au-boutiste dans le travail, Novak avait coutume de plonger dans une enquête sans s'en protéger. Ce qui lui avait valu plus d'une fois d'y laisser sa santé. Mais il ne savait pas faire autrement. Pour comprendre celui qu'il chassait, il avait besoin de se laisser contaminer par lui. Quand il était aux Stups, pour mieux infiltrer le milieu des narcotrafiquants, il n'avait pas hésité à franchir la ligne. Tant et si bien qu'on l'avait retrouvé une nuit, au bord de l'overdose.

La trop grande proximité de Novak avec le Mal et sa volonté d'en déchiffrer les codes lui avaient fait perdre ses repères. Son incapacité à retrouver « l'Immoleur de Gévaugnac » avait fait le reste.

Ce jour-là, le planning de Gérard-Marchant prévoyait une thérapie de groupe. Sybil Wilbert, chef du service psychiatrie de l'hôpital, avait demandé aux patients qui le désiraient d'évoquer avec calme ce qui les avait conduits à être internés.

La quarantaine élégante, un visage lisse au teint d'émail, une blouse non boutonnée sur ses vêtements de ville, Sybil parcourut ses patients de son regard plein d'empathie, en attendant que l'un d'eux se porte volontaire. Certains détournaient les yeux, d'autres examinaient leurs doigts. À sa grande surprise, ce fut Novak qui ouvrit la séance. Avait-il eu vent de ce qui s'était passé à Gévaugnac ? Dans un hôpital psychiatrique, les résidents en savent souvent plus sur le monde extérieur que l'inverse. Ce nouveau drame allait-il compliquer le traitement du policier ou être cathartique ?

— Merci d'accepter de parler, Novak, fit la thérapeute de sa voix suave et rassurante. La première intervention est toujours la plus difficile. Nous vous écoutons…

Il regarda ses camarades, l'un après l'autre, et vit qu'ils étaient prêts à goûter ses paroles, ce qui rendait l'exercice plus difficile encore.

— Quand un flic ne parvient pas à arrêter un serial killer, confessa-t-il, c'est comme s'il devenait responsable des futurs meurtres commis.

Sa voix était grave et rocailleuse, ce qui ajoutait du mystère à un physique déjà fascinant. Ses yeux cernés témoignaient d'un manque cruel de sommeil, mais surtout de la présence sous-jacente du mal qui le rongeait.

— À chaque nouvelle victime de l'Immoleur, je me mutilais pour me punir. J'étais persuadé que le tueur jouait avec mes nerfs, qu'il ne tuait pas pour son plaisir mais pour m'humilier. J'avais la sensation d'être épié par lui dans ma vie quotidienne. Et ça provoquait chez moi des montées de rage incontrôlable. J'ai attaqué des innocents dans la rue, en croyant qu'ils étaient lui. Tout ça pour un regard un peu trop appuyé. J'ai… j'ai envoyé quelqu'un à l'hôpital, je…

Ne sachant comment poursuivre, Novak ponctua sa confession par un haussement d'épaules.

L'œil inquisiteur de Sybil tenta de l'entraîner plus loin.

— Vous faites référence à Darius Paul, Novak… Est-ce que vous vous sentez capable de nous en dire plus ?

Le silence qui suivit fit office de réponse. Et le regard du policier s'éteignit aussitôt.

5

Après l'horreur de Gévaugnac, se retrouver dans un l'hôpital psychiatrique était presque un soulagement pour Julie. Elle s'adressa à l'infirmier de l'accueil qui pointa son doigt vers la baie vitrée. À travers le verre de sécurité des fenêtres donnant sur les arcades, la capitaine aperçut une dizaine de patients déambulant dans un jardin à l'anglaise. Certains agitaient les bras en parlant à des interlocuteurs invisibles, d'autres étaient figés dans une position étrange dont ils semblaient ne pas vouloir sortir.

— N'ayez pas peur de les regarder, capitaine, lui dit l'infirmier. Ils vous dévisageront tout autant. À leurs yeux, vous êtes aussi bizarre qu'eux.

Classique, l'hôpital l'était jusque dans la symétrie de son plan : un axe central reliant l'entrée à la cour d'honneur, le tout donnant sur une chapelle romano-gothique et un château d'eau. De part et d'autre, l'aile des hommes et celle des femmes comportaient chacune sept pavillons reliés entre eux par des galeries couvertes. La brique foraine conférait à l'ensemble ce ton rose orangé si fréquent à Toulouse.

Quand elle aperçut Novak pour la première fois, Julie fut frappée par sa maigreur excessive. Assis sur un banc, les bras autour de ses jambes repliées, il regardait droit devant lui sans rien voir. Une barbe fatiguée et des cheveux hirsutes complétaient le tableau d'un homme dont la séduction indéniable n'était plus d'aucune utilité. Les vêtements qu'il portait semblaient bon marché, le genre de rebuts qu'on vous donne à l'hôpital quand vous n'avez rien d'autre à mettre. Mais ils ne parvenaient pas à effacer son sex-appeal. Quant à ses yeux bleu turquoise, ils auraient pu faire fondre la banquise.

— Bonjour, dit-elle. Je m'appelle Julie Fraysse. Je suis capitaine au SRPJ de Toulouse...

— Celle qui m'a piqué mon boulot, l'interrompit-il sans la regarder.

— Je n'ai rien piqué du tout. Le poste était vacant et votre employeur m'a engagée. Mais je ne suis pas ici pour me justifier.

Les yeux de Novak s'attardèrent un moment sur le dossier que Julie portait sous le bras puis la dévisagèrent.

— Comment va ce cher Ray ? demanda-t-il pour dissiper le trouble. Celui qui préfère m'envoyer une remplaçante que de venir lui-même me consulter...

— Je ne suis pas une remplaçante, monsieur Marrec, mais...

— Capitaine, rectifia-t-il.

— Je ne suis pas une remplaçante, capitaine, je suis l'officier en charge de cette enquête.

— Mais vous avez tout de même besoin de mon aide...

— Ray m'a ordonné de vous consulter. J'obéis.

— Un bon petit soldat !

Julie se mordit les lèvres. L'envie soudaine de mettre un terme à cet entretien lui traversa l'esprit.

— Vous voulez savoir s'il s'agit de l'Immoleur, c'est ça ? demanda-t-il.

— Ray semble faire confiance à votre instinct.

— Pas vous ?

— Si j'en juge par l'endroit où il vous a conduit…

Le regard bleu de Novak se fit glaçant, un loup prêt à vous sauter à la gorge. Julie avait oublié à quel point son « consultant » pouvait être dangereusement susceptible. Les infos qu'elle avait pu glaner sur Internet, concernant le trouble obsessionnel délirant dont il souffrait, étaient on ne peut plus claires là-dessus. Mais Novak se contenta de la toiser.

— Je suis ici de mon plein gré, bon petit soldat. Ce qui n'est pas votre cas, « si j'en juge par » le chargement de votre voiture sur le parking. Vous partiez en vacances et ce bon vieux Ray les a écourtées, c'est ça ?

Déstabilisée, Julie contre-attaqua.

— Je comprends très bien que vous ne soyez plus capable de faire face à ces horreurs. Merci pour votre temps, *capitaine.*

Elle tourna les talons et commençait à s'éloigner quand Novak l'interpella.

— Pourquoi je vous aiderais ?

Elle s'arrêta et se retourna.

— Pour avoir une chance de consulter le dossier.

— Vous appelez ça une chance, vous, de travailler sur cette affaire ? Attendez d'y avoir goûté une seconde fois.

— Parce qu'il va recommencer ? C'est donc le même tueur selon vous ?

— Laissez-moi le dossier et je dirai à Ray ce que j'en pense.

Julie revint vers Novak et déposa le classeur sur le banc.

— Si ça vous inspire, communiquez plutôt avec l'officier en charge. Mon numéro est à l'intérieur.

Avant de tourner les talons, elle le salua de la tête :

— Capitaine…

— Capitaine… fit-il en retour.

Il la regarda s'éloigner, puis son attention se porta sur le classeur avec un mélange de tentation et de crainte. Mais la tentation fut la plus forte et finit par l'engloutir.

6

Le mobilier de la chambre d'hôpital était constitué d'un petit bureau, d'une chaise, d'une table de chevet et d'un lit. Le tout était vissé au sol pour empêcher le locataire de s'en servir d'arme. Les meubles ne présentaient aucun angle aigu. Même la surface des murs était molle. La fenêtre s'ouvrait à deux mètres cinquante du sol.

Tout dans la pièce semblait avoir été conçu pour protéger son occupant de lui-même.

Tout y était peint en blanc.

Novak avait étalé les pièces du dossier de police sur son matelas et passait en revue les photographies de la scène de crime. Il y découvrit les restes du bûcher, les os calcinés, les menottes noircies, autant de détails qui le ramenaient deux ans en arrière.

La folie incendiaire avait à nouveau posé ses valises à Gévaugnac.

Il parcourut méticuleusement les pages des procès-verbaux établis sur la scène de crime sans en sauter une ligne : résumés, entretiens, premières constatations du légiste. Sur les clichés de police, les traces au sol montraient clairement que la victime avait été traînée jusqu'au sommier métallique. Ses talons avaient creusé des sillons dans la terre, sans doute pour freiner sa progression. Les taches de sang retrouvées sur un rondin tendaient à prouver que le tueur s'était servi de cet objet pour la neutraliser.

Une arme improvisée, trouvée sur place ? Ça ne te ressemble pas.

Maylis s'était-elle débattue plus que les autres ou était-ce le signe d'un manque de préparation ? Comme ce badge du Mouvement Patriote. Jamais le tueur qu'il traquait n'aurait commis ce genre d'erreurs ! Était-ce un leurre ? Une fausse piste destinée à égarer les enquêteurs ? Ou une façon d'incriminer quelqu'un ?

Novak se mit à arpenter la pièce, les documents à la main. La petite Maylis Guinet lui souriait depuis la photo que son père avait fournie à la police. Des cheveux noirs, une peau de porcelaine et cette sensualité naissante qui jurait avec l'enfance. C'était là le trait essentiel que toutes les fillettes immolées avaient en commun : cette impression de métamorphose visible où la femme perçait sous le cocon de l'âge tendre. Une croissance interrompue, en quelque sorte.

Cela constituait-il un mobile en soi ? Le bourreau voulait-il empêcher la chrysalide d'atteindre son niveau de maturité et d'épanouissement en la purifiant par les flammes ?

C'était ce genre de théorie intello qui avait valu à Novak d'être ostracisé par ses collègues. Un flic ne parle pas comme ça. C'était bien là son problème. À force de vouloir penser comme les criminels, il laissait son esprit être contaminé par leurs fantasmes. Dans le champ clos de son cerveau, il n'y avait plus de cloisonnement entre le bien et le mal, entre ce qu'il voyait et ce qu'il ressentait.

Novak s'était pris à espérer que ce crime ne serait pas lié aux quatre autres. Mais tout, dans le mode opératoire, le renvoyait à la série d'immolations sacrificielles qui lui avaient coûté sa santé mentale.

Il se frotta vigoureusement les yeux pour tenter d'effacer de sa rétine les horreurs du cold case qui y étaient encore imprimées.

Un regard neuf.

Il fallait avoir un regard neuf sur ces événements.

Les théories qu'il avait échafaudées dans le passé ne l'avaient mené nulle part si ce n'est dans cette chambre d'hôpital, à vieillir plus vite que les autres patients.

Trente-huit ans. Ses artères n'avaient que trente-huit ans et pourtant son physique en paraissait bien plus. Il n'avait plus rien du flic robuste qui impressionnait les suspects par sa seule présence. Ses muscles s'étaient atrophiés à force de ne plus être utiles. Seul son cerveau avait continué de fonctionner à plein régime et contre son gré, maintenant ses fantômes sous perfusion, en créant d'autres.

Ses rêves mêmes avaient été pris d'assaut par cette affaire qui ne lui laissait aucune trêve. Et il avait beau prétendre, en thérapie de groupe, qu'il se sentait mieux, Darius Paul était toujours présent sous ses paupières. Ce pyromane pervers qu'il n'avait pas réussi à confondre, ce jeune professeur de vingt-trois ans à la personnalité lisse qui, comble de l'horreur, était pompier volontaire pour éteindre les feux qu'il allumait, dans un effort désespéré de maîtriser ses pulsions.

Novak savait tout de lui. À commencer par son enfance durant laquelle ses parents avaient banni toute expression d'émotions. Difficile de contredire un père et une mère quand ils établissent les règles, surtout lorsqu'ils sont professeurs et ont réponse à tout. M. et Mme Paul ne toléraient sous leur toit aucune manifestation de colère ou de joie « extériorisée ». Faire pipi au lit était le seul moyen que le petit Darius avait trouvé de… « s'extérioriser ».

Jusqu'à ce que survienne le feu.

L'incendie de la maison familiale dont l'enfant avait réchappé par miracle était-il le baptême de l'incendiaire ? Darius avait-il immolé son enfance en se débarrassant de tout ce qui, de près ou de loin, pouvait s'y rapporter, à commencer par ses parents ?

L'enquête avait conclu autrement, mais la fascination de Darius pour un feu libérateur devait dater de cette nuit-là. Novak en était convaincu. Et, plus d'une fois, la nuit, il se réveillait couvert de sueur en agitant les bras comme s'il tentait d'éteindre les flammes que le pyromane allumait dans son sommeil. Cette enquête était devenue son purgatoire personnel, un trou noir qui, tel Prométhée, le dévorait vivant.

Une violente migraine le terrassa. Il se massa les tempes en grimaçant, puis rangea fiévreusement photos et documents dans le dossier de police comme si, en les enfermant, il pouvait effacer le Mal qui avait surgi de la boîte de Pandore. Mais la douleur était toujours là. Épuisé, il s'allongea sur le lit et son regard se perdit dans les lézardes du plafond, ces failles rebelles qui ressemblaient tant aux siennes…

Il fallait qu'il dorme.

Son corps lui réclamait ce moment de repos que son mental refusait de prendre. Même en plein jour, comme maintenant. Il savait que, tôt ou tard, son organisme finirait par céder.

Rester éveillé.

Refuser de succomber aux cauchemars qui le guettaient dans l'ombre et qui l'assailliraient dès qu'il aurait les yeux fermés.

Pour occuper son esprit, il récita de mémoire des extraits du procès-verbal établi sur la scène de crime par le légiste : « ...carbonisation par aspersion de liquide inflammable... victime entravée par les quatre membres... traces de talc à 50 cm du pied droit... brûlure du troisième degré, indice 9 sur l'échelle de Wallace... aspect en plaque brunâtre cartonnée... rigidité non interprétable... du fait de... la rétraction... cutanée... »

Il avait de plus en plus de mal à articuler ses phrases. La torpeur le gagnait peu à peu... Il changea de position sur le matelas pour s'arracher à cet engourdissement, mais il se retrouva soudain face à la petite Maylis, qui gisait près de lui. Elle était atrocement brûlée et le fixait de ses yeux vitreux sans paupières.

Novak se redressa, le souffle court et la peau humide. S'était-il assoupi ou dormait-il à présent ? Un coup d'œil sur la place vide à ses côtés le rassura.

Il s'extirpa du lit, le cœur battant, et alla se frictionner la figure à l'eau froide. Quand il releva la tête vers le miroir métallique qui surplombait le lavabo, une pensée fit surface dans ses yeux rouges d'insomniaque. Quelque chose auquel il n'avait pas prêté attention sur-le-champ mais qui jurait avec le rituel.

Il se rua vers son bureau. Ses doigts fébriles feuilletèrent le procès-verbal et s'arrêtèrent sur les mots « traces de talc à 50 cm du pied droit ».

— Il a résisté aux flammes… pensa-t-il à voix haute. Normal… le talc n'est ni explosif, ni inflammable. Il est même insoluble dans l'eau… Un antitranspirant ? Tu avais du talc sur les mains, n'est-ce pas ? Pour éviter que ta transpiration ne trahisse ton ADN en traversant tes gants… Mais que faisaient ces traces de talc à cet endroit ?

Il fouilla les clichés et trouva celui représentant les menottes noircies.

Ce qu'il y vit confirma son hypothèse. Alors il attrapa son téléphone, déconnecta le mode avion et supprima, sans les lire, les messages entrants comme on efface des spams. Il ouvrit sa liste de contacts qui se résumait à trois personnes, LORIANE, SYBIL… Il sélectionna « RAY » et attendit qu'on décroche en faisant les cent pas.

— Ray, c'est Novak.

— Novak… soupira le commandant avec nostalgie. Faut que je te consulte pour que tu te décides à m'appeler ?

— N'inverse pas les rôles. Ça fait dix-huit mois que tu ne viens plus me voir à l'hosto. Pourtant, tu sais où me trouver.

Il y eut un silence coupable que Ray s'efforça de raccourcir.

— Comment tu trouves ta remplaçante, vieux ?

— Trop jeune pour toi. Pourquoi tu me replonges là-dedans ? J'ai tiré un trait sur tout ça !

— J'ai juste besoin de ton avis, c'est tout.

— T'as oublié que tu m'avais viré comme une merde ?

— T'avais besoin d'aide, Novak.

— Apparemment aujourd'hui, c'est toi.

La remarque gela toute conversation sans espoir de reprise. Mais les yeux de Novak traînaient sur le dossier. Ray s'apprêtait à renoncer quand son capitaine demanda :

— C'est toujours Bauwen, notre légiste ?

— Il est en retraite, mais le gamin qui le remplace est très bon.

— Personne ne vaut notre Pat.

— Tu tiens quelque chose ?

— Peut-être. Les menottes utilisées sur les chevilles ne sont pas les mêmes que celles des poignets. C'est un modèle chinois, le genre qu'on trouve dans les sex-shops. Elles sont particulièrement difficiles à verrouiller avec des gants.

— Tu veux dire qu'il les a enlevés ?

— Possible. Il y a des traces de talc au pied de la victime. Faut que Bauwen refasse les relevés.

7

Depuis qu'elle assumait les fonctions de chef de service de Gérard-Marchant, le docteur Sybil Wilbert ne s'occupait plus que de trois ou quatre patients. Si elle avait insisté pour prendre en charge Novak, dès son arrivée, c'était en raison des symptômes qu'il présentait, lesquels faisaient de lui un cas d'école.

Elle s'était entretenue avec le policier une fois par jour, cinq jours par semaine au cours des deux dernières années. Durant plus de cinq cents heures, elle avait tenté de juguler le trouble obsessionnel délirant dont il souffrait. C'était une thérapie dense à laquelle il s'était lui-même astreint, désirant retrouver ce qu'il appelait « des frontières à son territoire mental », une forteresse sur la porte de laquelle, disait-il, serait gravé *Défense au Délire d'entrer*.

Mais certains jours, la violence extrême des entretiens obligeait la psychiatre à les écourter. Les tests médicaux n'avaient révélé aucune anomalie cérébrale pour justifier les crises hallucinatoires qui frappaient Novak. Celles-ci pouvaient durer plusieurs jours. Quand il en sortait, il n'avait pas le moindre souvenir de ce qui s'était passé.

La première année, Sybil avait appris à ne pas évoquer le nom de Darius Paul afin de ne pas ruiner les progrès accomplis. Mais, avec le temps, une relation de confiance s'était installée. Novak considérait de plus en plus son médecin comme une confidente, voire une amie. Si, pendant la thérapie de groupe, il avait refusé de saisir la perche que lui tendait sa psychiatre, il vint la trouver plus tard dans son bureau et aborda le sujet de manière frontale.

— Il a recommencé, Sybil.

La thérapeute écrasa sa cigarette dans un cendrier bien rempli.

— Qui a recommencé, Novak ?

— Tu sais qui, répondit-il, une note de méfiance dans la voix.

Si, pendant les sessions de groupe, le vouvoiement était de mise, le docteur Wilbert autorisait le tutoiement en thérapie privée.

Elle dévisagea un moment Novak, puis tapa un mot-clé sur son clavier. Au bout de quelques clics, elle trouva ce qu'elle cherchait. Le texte d'une session précédente apparut sur l'écran.

— Tu te souviens de ce que tu m'as dit, la dernière fois que nous en avons parlé ?

Novak regarda ailleurs.

— Tu ne parvenais pas à croire que tu aies pu te comporter de la sorte. Tu disais, je cite : « Je n'arrivais tellement pas à accepter la mort de ces fillettes qu'il me fallait un responsable. Darius Paul était le coupable idéal. »

Sybil leva les yeux vers son patient qui ne réagissait toujours pas.

— Tu n'es plus d'accord avec toi ? demanda-t-elle du ton le plus neutre possible.

Cette question entraîna une certaine agitation chez Novak. Il croisa et décroisa les jambes avant de marmonner, en guise de défense :

— Si mon ex-boss m'a transmis le dossier, c'est qu'il voit forcément un lien avec le cold case.

Le docteur Wilbert se leva et fit quelques pas dans la pièce pour se donner une contenance. Elle s'approcha de la fenêtre et contempla le cimetière où étaient enterrés les patients sans famille, ceux dont la réinsertion avait échoué. Elle ne put s'empêcher de se demander si Novak en ferait partie un jour. Comment allait-elle pouvoir le sortir de cette impasse ?

Quand elle avait entendu le bulletin d'information matinal à la radio, elle s'était rangée le long du trottoir et avait piqué une crise de colère dans la solitude de sa voiture. Elle avait frappé tellement fort contre le volant que son klaxon en était resté bloqué. Les autres automobilistes s'en étaient inquiétés et elle avait dû les rassurer d'un geste.

— Deux ans de soins ont été nécessaires pour te permettre de contrôler ton trouble, Novak. Replonger dans cette histoire, c'est prendre le risque de ne pas en revenir.

— Ce n'est pas moi qui replonge, rétorqua le policier. C'est lui.

Il y avait dans sa voix une sérénité qu'elle ne lui connaissait pas.

— Si c'était lui, Novak, dit-elle calmement, pourquoi se serait-il arrêté de tuer pendant deux ans ?

Le policier demeura silencieux. Il connaissait la réponse à cette question, mais craignait de l'exprimer à voix haute. Comme les mots ne venaient pas, sa psychiatre les formula à sa place :

— Il s'est arrêté de tuer pour te laisser le temps de récupérer, c'est ça que tu n'oses pas me dire ?

Le regard de Novak se perdit dans le vide. Sybil s'assit à ses côtés et son ton se fit plus bienveillant, amical même.

— Tu recommences à croire que c'est après toi qu'il en a, Novak. Or, tout cela n'a rien à voir avec toi. Arrête de vivre par procuration. Construis ta propre vie. Cette obsession délirante ne te mène nulle part.

Novak acquiesça. Sa thérapeute avait raison. Mais pour se reconstruire, il fallait cicatriser. Et tant que la plaie était ouverte, c'était impossible. Il avait cru pouvoir oublier Gévaugnac à coups de neuroleptiques et de séances d'analyse, mais l'Immoleur s'était rappelé à lui. Et, pendant qu'il s'épanchait sur un canapé, une cinquième fillette était morte. Une cinquième famille était en deuil.

Par *sa* faute.

S'il voulait construire, il devait assainir le sol. On ne construit pas sa vie sur des sables mouvants.

Il se leva d'un bond pour mettre fin à l'entretien et gagna la porte sans un mot. La vengeance coulait à nouveau dans ses veines. Il n'y avait pas de meilleur combustible pour le sortir de sa torpeur car elle diluait toute inhibition.

— Novak ? On peut savoir ce que tu as décidé ?

Le policier s'arrêta sur le seuil comme un somnambule qu'on réveille. Puis il se retourna vers sa psychiatre. Dans les yeux clairs de son patient, elle put reconnaître le prurit des représailles.

— Tu as besoin de soins, Novak, ajouta-t-elle simplement. Pas d'une excuse pour replonger.

Il lui renvoya un regard lointain et répondit :

— Ce n'est plus de soins dont j'ai besoin, Sybil. C'est de guérison. Et seule l'arrestation de l'Immoleur peut me la fournir.

8

L'hôtel de police de Toulouse avait l'apparence d'une construction Lego en forme de U, jetée au bord du canal du Midi. Sans fioritures, aussi peu stylé qu'un procès-verbal, il semblait avoir pour seul but de fournir aux fonctionnaires la surface nécessaire à leur tâche.

Il avait fallu plusieurs mois à Julie avant de pouvoir se repérer dans son dédale de couloirs sombres mais, à présent, ses pas la conduisaient automatiquement jusqu'à l'open space sans la moindre hésitation. Elle y retrouva Ray et ses collègues.

Les photos de la nouvelle scène de crime étaient déjà punaisées au panneau de service à droite de celles du cold case. La ressemblance était renversante. Le commandant se tourna vers l'assistance.

— Votre attention, les gars ! Tout d'abord, bien sûr, rien de ce que nous allons échanger ici ne doit être divulgué à la presse. Et quand je dis *rien*, ça veut dire *rien*. Je serai impitoyable là-dessus. Comme vous avez pu voir sur les procès-verbaux de ce matin, le nouvel homicide présente exactement les mêmes caractéristiques que ceux d'il y a deux ans – au détail près : immolation par le feu, victime préado menottée à un sommier métallique servant de base à un bûcher.

— Darius Paul est toujours en taule ? demanda Pujol, un inspecteur à l'ancienne, imposant et direct.

— Toujours. Et je vous rappelle qu'on n'a aucune preuve de son implication dans les meurtres précédents.

— Allez dire ça à Novak… lança Marty, un jeune flic formé dans les manifs, pur produit de l'ère Macron.

Sa remarque provoqua le rire de ses collègues. Adossée au mur, Julie ne lui accorda qu'un demi-sourire.

— Commencez pas, les gars, trancha Ray pour ramener le silence. Il va nous falloir les vidéos de surveillance dans un rayon de cinq kilomètres.

— Gévaugnac, c'est pas Monaco, commandant, intervint Julie.

— Ça en prend le chemin. Il y a six mois, pendant sa campagne, le nouveau maire MP a promis de tripler le nombre de caméras pour rassurer les habitants. Je ne sais pas où il en est, mais il doit y en avoir quelques-unes installées. On a des nouvelles de la mère ?

— Toujours pas, répondit Vidal. Elle a disparu avec ses deux garçons. Le père est très inquiet. Il est parti à 4 h 30 ce matin, un client sur Rodez qu'il emmenait à l'aéroport. Les dernières nouvelles qu'il a de sa femme sont le message qu'elle a laissé sur son répondeur à 6 h 07 en s'inquiétant de l'absence des enfants.

— Bon, Vidal, tu lances un avis de recherche pour la mère et ses deux garçons. Pujol, tu retournes sur place et tu me creuses la piste politique. À qui appartient le badge ? À la petite ou au tueur ? Est-ce que les Guinet étaient politiquement proches du MP ? A-t-on affaire à une vengeance maquillée en copycat ? Garcia, je veux que tu me fasses tous les sex-shops de la région.

Des rires et des sifflets fusèrent. Garcia leva les mains en signe de reddition. Ray haussa la voix pour couvrir le vacarme :

— Les menottes qui entravaient les chevilles de la victime sont un modèle chinois qui provient sûrement de l'un d'eux.

— D'où vous vient cette compétence, patron ?

— D'un ancien collègue, répondit Ray.

Prenant cela pour une plaisanterie, les policiers rirent de plus belle. Seule Julie resta de marbre. En croisant le regard du commandant, elle comprit de quel collègue il s'agissait.

— Marty, je veux que tu contactes Bauwen et que tu lui demandes de refaire les relevés sur les menottes.

Les rires s'estompèrent, remplacés par des regards perplexes. Ray brandit une nouvelle photo de Maylis et la punaisa sur le tableau de liège.

— Pour les autres, je veux qu'on sache tout d'elle. On fait du porte-à-porte, on interroge ses voisins, ses profs, ses camarades de classe... Tout ce que vous aimez, les gars. Allez au boulot !

Un brouhaha réprobateur parcourut les rangs.

— Une dernière chose. J'ai entendu dire que certains d'entre vous surnomment la victime « la Merguez ». Pour ceux qui n'ont pas encore percuté, elle se prénomme Maylis et je ne tolérerai aucun autre nom pour elle, compris ? Fraysse, avec moi.

Julie suivit son supérieur dans le couloir qui menait à son bureau. Elle profita de cet aparté pour tenter de le raisonner.

— Ray, la PTS n'a trouvé aucune empreinte sur les menottes. Et si j'en crois le dossier, c'était pareil il y a deux ans.

— Ça ne mange pas de pain de refaire les relevés.

— Les menottes étaient calcinées ! Le feu n'est pas censé détruire les empreintes ?

— Justement. On est peut-être passés à côté de quelque chose en supposant cela.

— Il portait des gants.

— Peut-être pas tout le temps.

— C'est une idée de qui, ça ? De toi ou de lui ?

— De lui.

— Et qu'est-ce qui lui fait croire qu'il a enlevé ses gants ?

— Le type de menottes utilisées sur les chevilles. Elles sont très difficiles à verrouiller. Et puis il y a la présence de talc au pied de la victime.

— De talc ?

— Les gants ne sont pas une barrière infranchissable pour la transpiration, donc pour l'ADN. Notre tueur s'est talqué les mains pour s'en protéger. Mais, dans la précipitation, il a dû ôter ses gants pour manipuler les menottes. C'est à ce moment-là que le talc est tombé.

Elle saisit son patron par le bras :

— Ray, tu nous fais quoi, là ? T'es pas en train de lui demander de rempiler ?

— Ça va pas, non ?

Il se dégagea gentiment et pénétra dans son bureau. Le ton qu'avait employé le commandant n'avait pas convaincu Julie. Aussi décida-t-elle d'enfoncer le clou :

— De toute façon, un dingo comme Novak Marrec n'accepterait jamais d'être le coéquipier de celle qui l'a remplacé.

— À voir. Mais t'inquiète, je l'ai jamais imaginé comme coéquipier, juste consultant. Et puis… « dingo », c'était il y a deux ans. Il va beaucoup mieux, maintenant.

— Qu'est-ce que tu magouilles, Ray ?

— Rien ! Je dois juste utiliser toutes les compétences à ma disposition. Et, demain soir, tu pars en vacances, alors…

— C'était pas « demain soir » que je devais partir en vacances, Ray, c'était ce matin.

9

Assis sur les marches extérieures de l'hôpital, Novak contemplait la ville comme il ne l'avait jamais fait auparavant. Son regard s'attardait sur toutes ces vies qui cohabitaient dans le plus grand désordre sans pour autant en apprécier la liberté. Les gens du dehors ne goûtaient plus l'expérience des choses simples : la caresse invisible du vent, l'odeur du pain fraîchement cuit, tous ces petits cadeaux du quotidien qui vous paraissent indispensables lorsqu'on en a été privé.

Novak s'était fané derrière les hauts murs de Gérard-Marchant. Ses amis, s'il en restait, l'avaient sevré de leur présence. On l'avait oublié comme une vieille dette dont on préfère se détourner. Un mouton noir qu'on ne tient plus à fréquenter. Il s'était emmitouflé dans son exil et y avait trouvé, si ce n'est la paix, du moins une forme de réconfort.

Mais aujourd'hui, c'était la quille. Ce qui était interdit hier devenait faisable demain. Une page se tournait, le passé qu'on laisse derrière soi. Il ressentait un mélange d'excitation et de crainte face à cette « sortie sèche », comme disent les prisonniers quand ils évoquent leur libération brutale. Comme eux, il était désocialisé. Comme eux, il allait devoir réapprendre à apprivoiser la vie.

Un bruit de moteur attira son attention. Il leva les yeux et aperçut la voiture de patrouille qui venait de pénétrer dans l'enceinte de l'établissement psychiatrique. Il reconnut sa « remplaçante » au volant, et se dirigea vers elle. Contre toute attente, il s'installa sur la banquette arrière, obligeant Julie à endosser le rôle de chauffeur. Agacée, elle se tourna vers lui et employa un ton qui se voulait amical :

— Écoutez, mettons les choses au point. J'occupe votre ancien poste à la brigade, ce qui vous donne une bonne raison de me détester. Mais nous ne travaillerons ensemble que…

— J'enquête seul en général, l'interrompit Novak.

— En général peut-être, mais là, non. Et ce n'est pas de mon fait, croyez-moi. À l'heure qu'il est, je devrais être en vacances avec mes enfants. Ray m'a demandé de vous « gérer » pendant quarante-huit heures. Je ne sais pas ce que ça signifie, mais vous le savez sans doute. Alors je vous demande juste d'être « gérable », ça vous paraît surmontable?

Novak sourit et répondit :

— Les questions… ça en dit bien plus sur les gens que leurs réponses.

Julie dévisagea son collègue en silence. Novak Marrec… ou comment couper court à toute conversation avec une seule réplique.

Elle passa ses nerfs sur la boîte de vitesses et la voiture de police quitta sportivement l'hôpital.

La vitre baissée, Novak regardait les paysages défiler, un sourire d'enfant sur les lèvres. De temps à autre, il jetait des coups d'œil vers Julie. Elle n'avait pas dit un mot depuis qu'ils avaient quitté l'asile. Sans doute ne supportait-elle pas de le voir reprendre son poste à la brigade.

— Je suis sûre que vous m'avez googlisée, déclara Julie qui avait surpris son regard dans le rétroviseur. Donc vous connaissez mes états de service…

— Non, répondit Novak en détournant les yeux.

Julie se sentit rapetisser. Elle en rougit de colère.

— Eh bien, si vous aviez été un tant soit peu professionnel, vous auriez vu dans mon dossier que j'ai le même nombre d'années de service que vous et un taux d'affaires résolues bien supérieur.

— C'est bien, acquiesça Novak, sans quitter le paysage.

Le poing de Julie s'abattit sur le tableau de bord :

— Bon sang, capitaine, j'ai le même grade que vous ! Alors arrêtez de me prendre pour une stagiaire, c'est tout ce que je vous demande ! C'est pas compliqué, non ?

Novak daigna enfin la regarder et proposa :

— J'ai des calmants sur moi, si ça vous intéresse.

Julie en resta sans voix. Le silence qui suivit accentua sa gêne et elle se trouva bientôt ridicule d'avoir réagi ainsi.

— Il y a de l'eau minérale à l'arrière et des bonbons, ironisa-t-elle en adoptant le ton neutre d'un VTC.

Elle parvint ainsi à lui arracher un sourire.

— Vous savez, Fraysse, ajouta-t-il simplement, vous n'avez que quarante-huit heures à tenir avec moi, alors essayons d'échanger le moins possible, vous croyez pas ?

Julie leva les yeux vers le rétroviseur.

— C'est pour ça qu'on vous garde à l'hosto, capitaine, pour éviter que vous *échangiez* avec les autres ?

Cette remarque sembla ébranler le policier au point de le faire rentrer dans sa coquille.

Le retour de Novak au bureau eut pour effet de geler toutes les conversations en cours. Même les interrogatoires. Ses anciens collègues posèrent sur lui un regard teinté de curiosité et de malaise.

Impassible, il traversa l'open space avec assurance et s'installa à son ancien poste de travail avec nonchalance, ce qui lui valut une réflexion de Julie.

— Euh… vous êtes gentil, capitaine, mais c'est mon bureau, maintenant.

Sans rechigner, Novak lui laissa la place. Mais, lorsque la capitaine chercha en vain à se débarrasser de la ronflette de l'air conditionné, c'est lui qui résolut le problème en tapant sur un point précis de la machine. Subtile façon de faire remarquer à sa collègue que c'était elle, la nouvelle.

Ray les rejoignit, un document à la main, et se débarrassa des présentations.

— Vous avez fait connaissance, je crois…

Les deux officiers acquiescèrent en même temps à contrecœur. Ray attrapa le stylo-plume qui ornait sa poche de poitrine et le tendit à Novak.

— Un petit autographe pour récupérer ton insigne… Tu noteras que je l'avais conservé…

Novak signa le récépissé en contemplant son badge avec nostalgie.

— Et mon arme de service ?

— Euh… je suis maso mais pas irresponsable, gloussa Ray.

Une sonnerie de téléphone vint interrompre l'échange.

Le commandant prit l'appel.

— Roques… Attends, Pat, je te mets sur haut-parleur, Novak est avec nous.

La voix nasillarde de Bauwen, le vieux légiste, envahit soudain la pièce :

— Heureux de te savoir de retour, fiston. J'ai deux fragments d'empreinte sur les menottes chinoises. Ça ressemble à un majeur et une fraction de paume…

Julie n'en revenait pas. Ray la dévisagea, l'air de dire « Tu vois que j'ai bien fait de le consulter ». Quant à Novak, son expression ne trahissait aucune forfanterie. Il se contenta de regarder par la fenêtre pendant toute la durée du rapport.

— Toutefois, les échantillons sont souillés. Faut dire que tes boys n'y sont pas allés mollo avec leur pince-monseigneur. Je vais voir ce que je peux faire.

— On peut s'en servir pour l'identifier ? demanda Ray sans quitter Julie des yeux.

— Peut-être, si le gars est fiché au FNAEG et si j'arrive à rendre les fragments utilisables. Ça risque de prendre un sacré bout de temps. Je te tiens au courant.

— Merci, Pat, t'es le meilleur, dit le commandant avant de raccrocher.

L'inspecteur Marty fit irruption dans la pièce, un feuillet à la main. Il était essoufflé et survolté.

— La mère de la victime vient d'appeler. On a un témoin : Arthur, neuf ans, le petit frère de Maylis. Apparemment, il aurait assisté au meurtre. Sa mère l'a emmené à l'hôpital de Decazeville.

— Et c'est maintenant qu'elle nous le dit ? aboya Ray, furieux.

— Le gamin est en état de choc, poursuivit Marty. Il n'a pas prononcé un mot depuis.

Le commandant se tourna vers Novak et Julie.

— Qu'est-ce que vous attendez, vous deux ? Un faire-part ? Allez me faire parler ce marmot !

10

À mesure qu'on s'éloignait de Toulouse, la campagne occitane reprenait possession du paysage. Elle grignotait la ville. Le nez à la fenêtre, Novak laissait son regard se perdre dans cet espace sans murs. Quand il se tourna de nouveau vers sa conductrice, il se rendit compte qu'elle était perdue dans ses pensées. Et il se fit un plaisir de les deviner. Il était particulièrement doué pour ça.

— Je peux vous demander quelque chose, Fraysse ?

— Avec plaisir, soupira-t-elle. Ça nous changera du silence.

— Comment vous allez gérer le report de vos vacances avec votre mari ? Vous allez lui envoyer les enfants et vous joindre à eux quarante-huit heures après ?

— Ça vous regarde ?

— Un peu, ouais. Vous êtes ma partenaire. Dans une situation dangereuse, j'ai besoin d'être sûr que votre esprit sera sur le terrain.

— Ça fait vingt ans qu'il est sur le terrain. Mes partenaires n'ont jamais eu à se plaindre.

Novak hocha la tête en souriant et continua de l'asticoter :

— On peut savoir pourquoi, ce métier ?

— Pardon ? Je ne vous suis pas, là.

— Vous êtes née à Gévaugnac, d'après ce qu'on m'a dit. Votre père était médecin de campagne. Alors pourquoi avoir choisi d'être flic dans une grande ville ?

— Eh bien… pour les mêmes raisons que vous, j'imagine. Assurer la sécurité de mes concitoyens, me sentir utile à la communauté et… les poussées d'adrénaline comptent aussi, pour être tout à fait honnête. Ce n'est pas pour ça que vous faites ce job ? Je veux dire… ce n'était pas pour ça que vous le faisiez avant qu'on vous enferme ?

Depuis sa sortie, c'était la deuxième fois qu'elle faisait allusion à son internement. Aussi fallait-il mettre les choses au point.

— Quand une porte est verrouillée, Fraysse, elle protège de quoi, d'après vous ? De ce qui est à l'intérieur et qui pourrait sortir ou de ce qui rôde à l'extérieur et qui pourrait entrer ?

Une fois de plus, Novak avait plié le match avec une réflexion. Ses deux années d'hospitalisation étaient donc, selon lui, censées le protéger des autres.

La voiture de patrouille entra dans Decazeville puis se gara devant l'accueil du Centre hospitalier. Novak en descendit alors que le véhicule roulait encore. Il se dirigea vers l'entrée, sans attendre sa collègue. Julie poussa un soupir d'exaspération et sortit à son tour.

L'intérieur de l'hôpital était assez misérable, mais Novak ne semblait pas y être sensible. Il s'approcha de la réception et s'adressa à l'hôtesse d'accueil.

— Le petit Arthur Guinet, c'est à quel étage ?

— Vous êtes de la famille, monsieur ?

— SRPJ de Toulouse, fit-il en exhibant son insigne. J'enquête sur la mort de sa sœur.

— C'est au deuxième étage, mais...

Novak n'attendit pas la fin de la phrase pour se diriger vers les ascenseurs.

— Monsieur, attendez ! s'écria l'infirmière en quittant son guichet. Il n'est pas en état de recevoir des visites...

Les portes de la cabine s'ouvrirent sur un chariot poussé par des ambulanciers. Novak en profita pour s'y engouffrer.

Arrivé à l'étage, il s'engagea dans la semi-obscurité d'un couloir désert dont les tubes fluorescents clignotaient par intermittence. Le manque d'entretien et de personnel de ce centre hospitalier périurbain était flagrant.

Sur les murs étaient collés des tracts et des articles de journaux contre la fin programmée des hôpitaux de proximité. Malgré la fronde locale, cela sentait la fermeture.

Novak poussa la porte d'un bureau marquée *Personnel*. La pièce était morcelée par des parois amovibles qui délimitaient d'anciens espaces de travail aujourd'hui vacants. Ceux qui bossaient ici avaient-ils décidé de quitter le navire avant qu'il ne sombre ou s'était-on arrangé pour qu'ils le quittent ?

Le son de quelqu'un qui pianotait sur un clavier orienta le policier à travers le dédale de paravents. Il découvrit un homme maigre aux cheveux bruns mi-longs en tunique blanche penché sur un ordinateur. Derrière lui, une femme d'une quarantaine d'années, emmitouflée dans une gabardine beige, s'impatientait. Les yeux rougis et la mine défaite, elle semblait épuisée.

— Docteur ? fit Novak pour manifester sa présence.

— Oui ? répondit l'homme en se tournant vers lui.

— Capitaine Marrec du SRPJ de Toulouse. Je suis en charge de l'affaire Guinet.

La femme pâlit. Son nom de famille désignait à présent une affaire criminelle ! La gêne du médecin le fit comprendre à Novak.

— Madame Guinet ? se risqua-t-il à demander. Je suis désolé, je ne voulais pas… Toutes mes condoléances pour votre fille… Je vous promets que nous ferons le maximum pour que…

Béatrice leva légèrement une main pour l'interrompre, puis la laissa retomber en disant :

— Vous voulez quoi ?

— Interroger votre petit garçon.

Béatrice eut l'impression confuse d'avoir déjà vu Novak quelque part, mais elle ne parvint pas à se rappeler où.

— Il ne vous dira rien. Il est trop choqué. Même à moi, il n'a rien dit.

Arthur était allongé sur un lit d'hôpital, les yeux perdus dans le vague. Malgré la présence de Novak dans sa chambre, il était seul au monde.

— On fait tout ce qu'on peut pour retrouver l'assassin de Maylis, lui dit simplement le policier. Mais on ne peut pas s'en sortir si tu ne nous aides pas.

La voix parvenait à peine à l'enfant mais, en entendant le prénom de sa sœur, il ferma les yeux, signe pour Novak qu'il avait établi le contact. Cela l'encouragea à poursuivre. Il s'approcha et s'assit sur le bord du lit en disant :

— Je te promets que ce ne sera pas long, Arthur. Je sais que c'est insupportable de parler de tout ça, mais celui qui a fait du mal à ta grande sœur doit être puni. Et tu es le seul à pouvoir nous dire qui c'est.

Le petit garçon tourna la tête vers Novak et le regarda sans le voir.

— Il était comment ? Grand, petit ? Fort, maigre ? Quel âge il avait, d'après toi ?

L'enfant se contenta de fixer son interlocuteur avec des yeux rouges de somnambule.

— Ses cheveux… tu te souviens de la couleur de ses cheveux ?

Toujours pas de réponse.

— Et sa peau… de quelle couleur elle était ? Blanche ? Noire ?

Aucune réaction.

— Je vais juste te montrer une photo, Arthur, et tu me dis si tu le reconnais, d'accord ?

Le mutisme de l'enfant valut pour Novak approbation. Il sortit un cliché de la poche intérieure de son blouson, le déroula et le présenta au petit garçon avec une impatience grandissante.

— Est-ce que tu reconnais ce monsieur, Arthur ? C'est lui qui a fait du mal à Maylis ?

Le portrait qu'il brandissait était celui d'un homme-enfant d'une vingtaine d'années à l'aspect angélique et aux traits séduisants.

— Qu'est-ce que vous faites dans cette chambre ? rugit Béatrice en pénétrant dans la pièce, suivie de Julie et du médecin.

— Mon métier, madame, répondit-il.

— Je ne vous ai pas permis de l'interroger ! s'écria la mère d'Arthur.

Il se leva et rempocha la photo. Julie eut tout de même le temps de reconnaître Darius Paul, le pyromane que Novak avait agressé.

— Votre fils est un témoin capital, madame. Et le temps presse. Les chances d'interpeller un tueur sont divisées par deux si on ne trouve pas une piste solide dans les premières quarante-huit heures. J'ai juste fait un choix entre votre permission et votre réconfort.

Étonnamment, la rudesse de Novak et son ton froid et détaché semblèrent rassurer Béatrice. En voilà un qui n'allait pas perdre de temps en procédures inutiles.

— Je vais vous demander de sortir de cette chambre, messieurs dames, déclara le médecin. Mon patient a besoin de repos.

— Bien sûr, dit Julie en faisant signe à son partenaire de ne pas en rajouter.

Novak soupira et quitta la pièce avec le docteur. Béatrice entraîna Julie à l'écart pour lui confier :

— Ma mère est venue chercher mon second fils, mais… mon mari est en route pour Toulouse. Il veut voir le corps et je n'ai pas pu…

— Je sais, l'interrompit Julie en gardant un œil sur Novak qui continuait de harceler le médecin. J'ai essayé de l'en dissuader en lui disant que les registres dentaires suffiraient à identifier votre fille, mais il n'a rien voulu savoir.

L'image du cadavre de Maylis atrocement brûlé s'invita soudain sous les paupières de Béatrice et elle ne put refouler un tremblement.

— Je ne peux pas le laisser la voir seul, sanglota-t-elle. Il faut que je sois à ses côtés. Vous pourriez me déposer ?

— Bien sûr. Ne vous inquiétez pas, avec le gyro, on y sera avant lui.

— Merci. Je vous retrouve en bas, le temps de dire au revoir à Arthur.

Julie posa une main compatissante sur son épaule et ajouta :

— Désolée pour le comportement de mon collègue. Chaque fois qu'il s'agit d'un enfant… ça le rend dingue.

Béatrice cligna lentement des yeux, compréhensive. Julie eut un dernier regard pour Arthur et rejoignit Novak qui se montrait tout sauf diplomate.

— Quelle partie du mot « non » vous ne comprenez pas ? s'exclama le médecin qui perdait patience. Arthur souffre d'une amnésie partielle. Les pertes de mémoire sont fréquentes après ce genre de traumatisme.

— Les simulations aussi, toubib !

Julie se glissa entre les deux hommes, pour faire diversion.

— Est-ce que les souvenirs d'Arthur ont une chance de revenir, docteur ?

— Il est encore trop tôt pour se prononcer.

— Comment peut-on oublier sa sœur en train de brûler devant soi ? trancha Novak en s'éloignant.

Quand Julie rejoignit son coéquipier à l'extérieur, elle le trouva adossé à la voiture de patrouille en train de fumer. Son comportement l'avait mise hors d'elle.

— Je ne vous imaginais pas insensible à ce point ! lança-t-elle en actionnant le déverrouillage des portières. Pourquoi ne pas avoir montré au petit la photo de sa sœur carbonisée pendant que vous y étiez ?

— Je n'en avais pas sur moi, rétorqua Novak. Mais ça lui aurait peut-être rafraîchi la mémoire.

Il jeta d'un doigt sa cigarette sur le bitume et s'installa sur le siège passager. Julie l'écrasa du bout du pied et grimpa derrière le volant.

— Pourquoi lui avoir montré la photo de Darius Paul ? Ça ne peut pas être lui ! Il est en prison depuis deux ans pour avoir mis le feu à un cimetière.

— En détention provisoire, rectifia Novak. Et il sort deux fois par semaine pour suivre un traitement psychiatrique.

— Il est escorté durant son transport jusqu'au centre Anti-Addiction, précisa Julie. Et un gardien reste avec lui pour le surveiller jusqu'à son retour. J'ai étudié le dossier.

— Alors vous savez sans doute qu'il est soupçonné d'avoir tué ses parents en mettant le feu à la maison familiale.

Julie s'apprêtait à répondre, quand son portable sonna. Elle consulta l'écran, poussa un long soupir et descendit de voiture pour répondre. C'était Cédric, son mari, qui désirait connaître son heure d'arrivée.

— Je te rappelle, trancha-t-elle. J'ai les enfants sur l'autre ligne.

Elle pianota sur son téléphone et prit le deuxième appel.

— Oui, Théo... Comment ça, la machine à laver est en panne ?... T'as essayé de nettoyer le filtre ?... Il doit y avoir une chaussette coincée dedans... Ouais, ben regarde !... OK. Bon, tu nettoies le filtre, tu relances et tu n'oublies pas d'éponger... Moi aussi, j't'aime.

Elle raccrocha et revint vers la voiture.

— Vous êtes leur mère ou leur père ? demanda Novak, amusé.

— Je cumule les mandats, répliqua-t-elle en faisant signe à Béatrice qui sortait du bâtiment.

11

Engoncé dans son blouson usé, Pierre Guinet avançait d'un pas pesant le long des couloirs aseptisés de l'Institut médico-légal. La lumière froide des néons et leur ronflement incessant remplissaient le silence d'une ambiance malsaine qui vous donnait envie de faire demi-tour.

Assise sur un banc anonyme au bout du corridor, Béatrice leva la tête vers son mari, les yeux pleins de questions sans réponses. Derrière elle, Julie se tenait debout, dans une attente respectueuse.

Pierre ralentit le pas. Les mots à prononcer pour adoucir le chagrin de sa femme ne parvenaient plus jusqu'à ses lèvres. Pourtant, il les avait répétés en chemin. Mais ils s'étaient évaporés en la voyant. Incapable de formuler quoi que ce soit, le colosse s'immobilisa, les yeux brûlants, au centre du couloir.

Ce fut Béatrice qui trouva la force de venir jusqu'à lui. Elle se blottit contre sa poitrine puissante et pleura comme l'orpheline qu'elle était devenue. Pierre passa son bras autour de ses épaules et la serra fort. Alors elle se défoula sur lui en le frappant de toutes les forces qu'elle n'avait plus. Et, tandis qu'il étouffait ses sanglots contre son cœur, il murmurait encore et encore que tout irait bien.

Ils restèrent ainsi, accrochés l'un à l'autre, dans un mutisme intime comme s'ils cherchaient à retarder le moment de l'identification.

— Je n'y arriverai pas, soupira Béatrice entre deux sanglots.

— On n'a pas besoin d'être deux, chérie. Mais il faut que j'y aille, tu comprends ? Ils font peut-être une erreur. C'est déjà arrivé, tu sais ? On doit être sûrs.

Béatrice acquiesça et desserra son étreinte.

Julie accompagna Pierre dans une salle carrelée remplie de matériel de dissection, de tables en inox et de tous ces accessoires qui réglementent la mort. Une odeur âpre et aseptisée saturait la pièce au point de s'accrocher à tout ce qui y pénétrait : vêtements, cheveux, peau.

Au centre, se trouvait un chariot supportant une forme humaine recouverte d'un drap blanc. Ils s'avancèrent jusqu'à elle et Pierre la fixa avec appréhension.

Julie attendait patiemment qu'il soit prêt. Lorsqu'il lui fit un signe de tête, elle souleva le tissu.

Pierre grimaça en découvrant le corps calciné. Ses yeux luttaient contre l'horreur à la recherche d'un détail qui lui permettrait de reconnaître son enfant, mais ils n'en trouvèrent aucun.

— Je peux la toucher ?

La policière se devait de répondre non à cette question mais, avant qu'elle ne puisse prononcer un mot, la mère en elle hocha la tête.

Pierre contourna le chariot, prit délicatement la main calcinée de sa fille dans la sienne et ferma les yeux pour tenter de communier avec elle. Aussitôt, des images l'assaillirent. *Un château de sable que l'on bâtit sur la plage. Une descente en luge, ponctuée d'éclats de rire. La première dent perdue que l'on cache sous l'oreiller, le sourire d'une sœur à la naissance de son frère et cette joie de Noël partagée en famille...* Tous ces fragments de vie dont on ne pourrait plus parler, toutes ces promesses silencieuses que l'on ne tiendrait jamais. Et ce sentiment de culpabilité qui s'installerait durablement dans le cœur des parents, jusqu'à ce que l'un ou l'autre le transforme en rancune. Pouvait-on réellement survivre avec un tel poids ?

— C'est... Maylis ? demanda maladroitement Julie.

Pierre ouvrit à nouveau les yeux et le décor de la chambre froide reprit ses droits. Il aurait voulu répondre non, mais son cœur lui soufflait que c'était elle. Alors il porta la main calcinée de sa fille à ses lèvres, y déposa un baiser et la replaça soigneusement sur le chariot.

En se tournant vers Julie, il vit qu'elle lui tendait une petite boîte. À l'intérieur, se trouvait la gourmette en argent récupérée sur le poignet de la victime. Quand Pierre aperçut le prénom *Maylis* qu'il avait lui-même gravé, quelque chose se brisa en lui et les larmes qu'il était parvenu à retenir jusqu'ici dégringolèrent sur ses joues.

Le petit *bad boy* de treize ans que Julie avait connu, celui qui était prêt à la protéger contre le monde entier, était désarmé aujourd'hui. Et c'était à elle de lui rendre justice. Le regard qu'ils échangèrent se conjuguait au passé, mais ce qu'il attendait d'elle s'exprimait au présent. Et elle n'avait aucune garantie de l'obtenir. D'autant qu'elle n'était pas censée rester.

Pierre récupéra le bracelet et quitta la chambre froide sans ajouter un mot. Julie le regarda s'éloigner. Par moments, elle détestait ce job.

12

L'air conditionné peinait à faire baisser la température qui régnait dans les bureaux de l'hôtel de police. Penché sur son ordinateur, Novak étudiait le casier judiciaire de Pierre Guinet : un adolescent délinquant (vols, bagarres, multi-convocations devant le juge des mineurs) et un profil de jeune adulte militant (manifestions altermondialistes), une tendance chronique à la violence qui lui avait valu d'être inquiété dans une affaire de vendetta classée sans suite. Un passé de voyou qui s'était arrêté brusquement après son mariage avec Béatrice.

La voix de Julie attira son attention. Il passa la tête dans le couloir et vit sa collègue arriver avec les parents de Maylis. Elle échangea deux mots avec Ray et les fit entrer dans l'une des pièces austères réservées aux interrogatoires.

— Novak! s'écria le commandant en lui faisant signe d'approcher.

Le capitaine les rejoignit, ce qui contraria grandement Julie. Avant d'entrer, elle se tourna vers lui.

— Laissez-moi mener l'entretien. Ils ont été suffisamment éprouvés comme ça.

— Des infos sur leur fille, c'est tout ce qu'on leur demande.

Une fois de plus, la froideur de ce « coéquipier » dérangea Julie. Comment pouvait-on être à ce point dénué de toute compassion ?

Elle prit une profonde inspiration et pénétra dans la pièce. Novak lui emboîta le pas, agrippa une chaise et s'installa à table, face aux Guinet, bien décidé à déchiffrer leurs non-dits.

Malgré tous ses efforts pour rester neutre, Julie ne voyait en eux qu'une famille ravagée par le chagrin et par la certitude de n'être plus jamais entière. Elle en eut confirmation dès les premières réponses à ses questions.

— C'était hier soir… précisa Béatrice. Avant d'aller faire ma nuit à l'hôpital. On a dîné ensemble.

— Est-ce qu'elle vous a semblé différente, ces derniers temps ?

Les parents s'interrogèrent du regard et secouèrent la tête.

— Je n'arrive pas à y croire, sanglota Béatrice. Ça n'existe pas, des monstres pareils.

— Malheureusement si, madame, soupira Julie. Est-ce que Maylis vous a dit quelque chose, à l'un ou à l'autre, hier soir avant d'aller se coucher ?

Béatrice fit non de la tête en essuyant ses larmes.

— J'étais au téléphone avec un client, indiqua Pierre. Maï m'a… elle m'a claqué une bise et moi je… je n'ai même pas pris le temps de la lui rendre…

— Et c'est la dernière fois que tu l'as vue ?

Il acquiesça et baissa la tête, dévasté par le remords.

Impatient d'avoir des infos utiles, Novak prit le relais.

— Elle avait un petit ami ?

— Elle était trop jeune pour ça, rétorqua Béatrice, un peu trop vite.

Novak se tourna vers Pierre qui hésita avant de rectifier :

— Mathias, le fils du maire, mais… ça n'a pas duré.

Béatrice se tourna vers son mari, les yeux pleins de reproches. Comment pouvait-il être au courant et ne pas lui en avoir parlé ?

— Je lui ai demandé de rompre avec lui, poursuivit le père. Il avait quinze ans et elle treize, alors forcément ils n'attendaient pas la même chose d'une relation.

— Et il l'a pris comment ?

— Pas très bien. Mais ça ressemblait plus à un chagrin d'orgueil que d'amour. Pour elle, par contre, ç'a été plus dur.

Novak observait Béatrice. Sur son visage, il y avait plus que la déception d'avoir été tenue à l'écart de cette intimité-là. Il y avait une forme de honte.

— Maylis avait peut-être rendez-vous avec lui, la nuit dernière ? poursuivit le policier.

— Non, fit Pierre. Leur rupture remonte à plusieurs mois.

— Elle sortait souvent en pleine nuit ?

— Bien sûr que non ! s'offusqua la mère, vexée. On ne sort pas en pleine nuit à treize ans ! Maylis était une fille sérieuse, vous savez ? Une bonne élève.

— Mais elle est quand même sortie hier soir, madame !

— Elle avait sûrement une bonne raison de le faire, suggéra Julie. Et c'est cette raison que nous cherchons à déterminer, monsieur et madame Guinet, car elle est sans doute liée à l'identité de son assassin.

Le mot « assassin » fit à nouveau craquer Béatrice. Pierre la serra plus fort contre lui.

— Maylis s'intéressait à la politique ? demanda Novak.

— Pourquoi cette question ? s'enquit le père en prenant Julie à témoin.

— Mathias est le fils du maire, expliqua la policière. Elle aurait pu vouloir l'impressionner.

Béatrice haussa les épaules, mais se sentit obligée de chercher confirmation vers son mari. Celui-ci se contenta de secouer la tête.

— Elle avait des relations avec des gens de ce milieu-là ? renchérit Novak. En dehors du fils du maire, bien sûr.

— Non, s'agaça la mère. Pourquoi vous nous demandez ça ?

— On ne néglige aucune piste, s'empressa de dire Julie avant que son partenaire ne révèle la présence du badge MP sur la scène de crime.

— Est-ce que Maylis fréquentait le lycée de Saint-Cyprien ? fit Novak.

— Où voulez-vous qu'elle aille d'autre ? rétorqua Pierre. On n'a plus tellement le choix à Gévaugnac, vous savez.

— Elle a donc eu Darius Paul comme professeur ?

— Capitaine, je peux vous parler deux minutes ? intervint Julie en se dirigeant vers la porte.

Pierre plissa les yeux et se tourna vers Béatrice dont le visage affichait la même perplexité.

— Vous confirmez ? s'obstina Novak en ignorant sa collègue.

— Oui, comme tous les enfants de Gévaugnac, avant son renvoi. Pourquoi ? Vous le suspectez ?

— Capitaine ! insista Julie.

Béatrice dévisagea le policier. Décidément, elle était certaine de l'avoir déjà vu quelque part…

— C'est vous qui étiez en charge de l'enquête, il y a deux ans, n'est-ce pas ? déduisit-elle, une once de reproche dans la voix.

— C'est exact.

— Et vous avez laissé ce monstre dehors ? Si vous l'aviez arrêté, ma fille serait encore en vie !

— Darius Paul n'a rien à voir avec la mort de Maylis, madame Guinet, trancha Julie en fusillant son coéquipier du regard. Il purge actuellement une peine de cinq ans de prison pour avoir mis le feu à un cimetière. Il a donc un solide alibi.

— Alors à quoi riment les questions de votre collègue ? s'offusqua Béatrice.

Il y eut un silence embarrassé durant lequel Julie et Novak se jaugèrent. Leurs positions étaient totalement incompatibles.

— Nous perdons notre temps, chéri, déclara la mère de Maylis en se levant. Ils commettent les mêmes erreurs qu'il y a deux ans.

— Madame Guinet, je vous en prie, objecta Julie. Rien ne permet d'affirmer que l'assassin de votre fille est le même qu'il y a deux ans !

— Viens, Pierre, rentrons chez nous.

Il ne bougea pas. Il regardait dans le vide, perdu dans ses pensées.

— J'aurais dû raccrocher au nez de ce putain de client et prendre le temps d'embrasser Maï. Peut-être que, si je l'avais fait, elle ne serait pas sortie, cette nuit-là ?

Béatrice revint sur ses pas pour consoler son mari. Touchée par ses propos, Julie se leva pour mettre fin à l'interrogatoire.

— Nous reprendrons cet entretien plus tard. Je vais vous demander de ne pas accéder à la chambre de votre fille jusqu'à demain soir. Des policiers passeront dans la matinée pour en faire l'inspection. Nous devrons aussi récupérer son ordinateur et son Smartphone, si vous l'avez.

— Ça va servir à quoi ?

— On ne sait jamais, madame. Votre fille était peut-être en contact avec son assassin. Vous les récupérerez dès qu'on aura terminé.

— Et Maï ? demanda Pierre. Quand pourrons-nous la ramener à la maison ?

Julie hésita à répondre, alors Novak le fit à sa place.

— C'est difficile à entendre, monsieur, mais son corps est actuellement notre meilleure pièce à conviction.

— Ce n'est pas une pièce à conviction, s'offusqua Pierre. C'est notre fille !

— Bien sûr, intervint Julie, gênée. Vous pourrez organiser ses obsèques dès que l'autopsie sera terminée.

Elle sortit une carte de visite, la tendit à Pierre et s'adressa aux deux.

— Si Arthur vous dit quoi que ce soit ou si vous vous rappelez quelque chose, même un détail, n'hésitez pas à nous contacter. Mes condoléances, madame Guinet, Pierre...

— Est-ce qu'elle a souffert ? demanda-t-il.

Julie se dépêcha de répondre avant que Novak ne gaffe à nouveau.

— Non. D'après les premières constatations du légiste, elle était morte avant… d'être immolée.

Pierre hocha la tête, soulagé, puis entraîna sa femme par les épaules.

Après qu'ils eurent disparu à l'angle du couloir, Novak se tourna vers Julie et lui reprocha :

— Ils sauront tôt ou tard que vous avez menti.

— Il vaut mieux tard.

Il tourna les talons et s'éloigna en lançant :

— Vous venez me « gérer » au village ou vous en restez là ?

Julie poussa un long soupir et lui emboîta le pas.

13

Un village, c'est une société en modèle réduit, gangrenée par les jalousies, le qu'en-dira-t-on et les commérages. Mais Gévaugnac n'était pas un village comme les autres. Le drame qui s'y était déroulé deux ans auparavant avait modifié les consciences. L'expérience du Mal avait créé une réaction immunologique comparable à celle d'un vaccin. Et la nouvelle agression que le bourg venait de subir avait réveillé ses anticorps, digérant les intérêts particuliers pour laisser place à une défense commune de l'organisme. C'est pourquoi, dès le matin, la rumeur selon laquelle « l'Immoleur » avait encore frappé était sur toutes les lèvres. La plupart des témoignages collectés par les officiers chargés de l'enquête de voisinage y faisaient allusion. Et lorsque les deux enquêteurs arrivèrent sur place, ils se heurtèrent à l'aveuglement solidaire d'une population convaincue, comme Novak, qu'il s'agissait du même prédateur revenu chasser sur son territoire.

Julie ne niait pas cette possibilité, elle en envisageait juste une autre : celle d'un copycat. Un imitateur qui aurait pu maquiller son crime en jouant sur la paranoïa locale pour le dissimuler. Elle cessa donc de déployer des efforts pour convaincre son coéquipier et se recentra sur ses propres intuitions.

Malgré la sympathie naturelle que suscitait la présence de Julie à la tête de l'enquête, elle dut gérer l'animosité que Novak déclenchait. Personne n'avait oublié son manque chronique de tact et sa manière de s'immiscer dans la vie privée des gens. Certains, comme le père Drujon, refusaient même de lui parler.

Dans chaque maison que les policiers visitaient, Julie rencontrait des gens qui l'avaient connue enfant. Le plus gênant pour elle était de se dire que, parmi eux, se cachait peut-être le coupable. Car tout portait à croire qu'il connaissait parfaitement les lieux. Il avait choisi comme scène de crime les hauteurs de Gévaugnac près de la chapelle Saint-Georges. Or, cet emplacement était le seul, avec l'église abbatiale, à avoir échappé à l'installation des nouvelles caméras de surveillance. Ceci en raison de la querelle qui opposait le curé au nouveau maire. Hors de question pour le père Drujon, doyen du village, de laisser « des fachos » souiller les lieux saints de sa commune.

Le corps de Maylis ayant été brûlé, on ne pouvait pas déterminer s'il y avait eu viol. Novak était persuadé que non. « On ne se souille pas avec un corps qu'on cherche à purifier », avait-il dit de façon péremptoire. Mais comme rien ne permettait d'écarter cette hypothèse, Julie avait consulté le fichier des délinquants sexuels. Le seul d'entre eux répertorié dans la région habitait La Primaube, à cinquante kilomètres de là, mais il était grabataire depuis deux ans.

Quel autre mobile pouvait-on évoquer face à une telle barbarie ? La vengeance ? Une jalousie contre les Guinet ?

La première victime de l'Immoleur avait été la fille de Jean Guinet, le frère de Pierre. Mais les suivantes n'avaient aucun lien avec eux. Gévaugnac avait bien ses querelles de clocher, mais rien qui justifiait qu'on en vienne à immoler une fillette de treize ans !

Alors quoi ? Des représailles de type mafieux ? Une dette de jeu que Pierre Guinet n'aurait pu honorer ? Un règlement de comptes politique lié aux dernières municipales ? La présence de ce badge du Mouvement Patriote sur la scène de crime constituait en fait leur meilleure piste, pour l'instant.

Natif de Gévaugnac et cadre de son parti, Jean-Daniel Cossic, quarante-trois ans, était un magnat de l'immobilier toulousain. Il s'était fait élire six mois auparavant sur un programme alliant restauration du bourg, sécurité et immigration zéro. Il faut dire qu'après la série de meurtres rituels qui avaient endeuillé le village, même les encartés du PS avaient fascisé leur bulletin.

Aussi imprévisible que les rebonds d'un ballon de rugby, le nouveau maire était omniprésent sur tous les dossiers, voire tyrannique. À peine élu, Cossic avait pris des mesures tape-à-l'œil : la création d'une milice de volontaires qui patrouillait jour et nuit, un couvre-feu après 20 heures pour les moins de treize ans et des caméras supplémentaires qui juraient avec la restauration souhaitée du site médiéval. La population approuvait ces mesures qui, même si elles étaient liberticides, avaient ramené une certaine sérénité à Gévaugnac. Jusqu'aux événements de la veille.

— Merci de nous recevoir, monsieur le maire, lança Julie en pénétrant dans un bureau cossu qui sentait le vieux cuir et le bois ciré.

— Mais c'est tout naturel, capitaine. Sachez que la municipalité fera tout ce qui est en son pouvoir pour ramener la paix à Gévaugnac. Avec ou sans vous, du reste.

Julie ne releva pas la pique. Quant à Novak, il contre-attaqua en déposant sur le bureau de l'élu une pièce à conviction sous scellé.

— Nous avons trouvé un de vos badges près de la victime. Une idée de sa provenance ?

Le maire se raidit sur son siège. Il préféra ignorer Novak et se tourner vers Julie. Son physique de star de cinéma lui avait attiré les suffrages de la gent féminine locale. Et il avait tendance à en abuser.

— Nous avons beaucoup de sympathisants ici et dans les communes avoisinantes. Si ça se trouve, ce badge appartenait à la petite !

— C'est un badge VIP, monsieur le maire, insista Novak. Le genre qu'on offre aux adhérents ou aux contributeurs. De plus, il est numéroté. Ça ne devrait pas être compliqué de savoir à qui il appartient.

Cossic masqua sa gêne grandissante derrière un sourire de façade. Il ramassa le sachet plastique et examina de plus près la pièce à conviction.

— Le numéro n'est que partiellement visible. Peut-être ce badge se trouvait-il sur place avant que le crime ne soit commis ? Les hauteurs de Gévaugnac sont très prisées par les amateurs de pique-nique. J'imagine que l'un de nos membres l'y aura perdu…

— Imaginer ne suffit pas, interrompit Novak. Une fillette de treize ans est morte dans votre commune. La présence de ce badge VIP met en cause l'antenne locale de votre parti. La moindre des choses serait de ne pas prendre cela à la légère.

Cossic se tourna vers Julie pour voir si elle approuvait ce mouvement d'humeur. Elle demeura impassible.

— Je ne prends jamais rien à la légère, monsieur !

— Capitaine, rectifia Novak.

— J'ai été élu en promettant le calme à mes administrés, *capitaine*. Et ils en jouissent depuis six mois.

— « Souriez, vous êtes filmé. » Ce genre de jouissance ?

— Les gens honnêtes n'ont rien à cacher. Et si l'auteur de ce crime odieux est un des adhérents de notre antenne locale, nous le livrerons à la justice, manu militari. En attendant, je vous demanderai d'être discrets.

— Discrets ? s'offusqua Novak en bondissant de son siège. Quand on immole à nouveau dans votre patelin ?

— Capitaine, s'il vous plaît ! intervint Julie en le foudroyant du regard.

Il ignora la réprimande et poursuivit, sur un ton plus incisif :

— J'ai lu, dans les comptes rendus du conseil municipal, qu'un conflit vous oppose à Pierre Guinet au sujet du terrain sur lequel est bâti son garage. Est-ce que la mort de sa fille a un rapport avec ce conflit ?

Julie se tourna vers Novak, impressionnée par le travail de recherche qu'il avait déjà effectué en solitaire. S'il n'était pas diplomate, il savait faire avancer une enquête.

— Je ne qualifierais pas notre désaccord de conflit, minimisa le maire. Le garage de Pierre est au bord du dépôt de bilan et je lui en propose trois fois son prix. Il jouxte l'ancien cinéma et nous envisageons de construire une médiathèque sur l'ensemble des deux sites. J'ai commencé des travaux de rénovation de mon village natal et je tiens à lui rendre sa splendeur d'antan.

— On peut savoir où vous étiez, cette nuit, monsieur le maire ? s'enquit Novak.

— Chez moi, comme tous les soirs.

— Quelqu'un peut en attester ?

— Ma femme. Pourquoi ? Je fais partie des suspects ?

— Nous procédons par élimination, intervint Julie. Cela fait partie de la procédure, vous le savez bien, monsieur le maire. Nous aurons juste besoin de vos dépositions.

— Bien sûr.

À bout de patience, Novak tourna les talons et sortit prendre l'air. Il y eut un moment de gêne que Cossic s'empressa de dissiper :

— Ce que je voulais dire par « discret » c'est que… ce n'est pas nécessaire d'alerter les médias. La presse locale, je… je maîtrise. Mais je ne voudrais pas du cirque médiatique que mon prédécesseur a connu.

Julie haussa les épaules, perplexe.

— Avec un tel cold case, on ne maîtrisera pas grand-chose, monsieur le maire.

Elle se leva et ramassa la pièce à conviction sur le bureau en disant :

— Je vais avoir besoin de la liste de vos adhérents, contributeurs et de toutes les personnes qui seraient susceptibles de posséder ce badge. Il me faudra aussi les images de surveillance de la commune.

— Sans problème. Mon cabinet va vous préparer ça.

Julie sortit une carte de visite qu'elle tendit à Cossic.

— Je vous laisse notre numéro… Pour avoir du nouveau, demandez le capitaine Marrec.

— Quoi ? Vous ne travaillez plus sur l'enquête ?

— À partir de demain soir, ce sera lui. Vous allez l'adorer.

14

Novak avait rejoint un groupe d'adolescents qui fumaient dans la Grand-Rue autour d'un banc public.

— On peut remater votre insigne ? fit un garçon.

— Je ne le montre qu'une fois. Fallait être attentif, fiston. Elle avait un petit ami, oui ou non ?

— Demandez à ses parents, répondit l'une des filles.

— C'est à vous que je demande.

Ils se regardèrent, gênés, hésitant à trahir l'intimité de leur copine.

— Mathias Cossic fréquente toujours votre bahut ? insista Novak.

— Ouais.

— Vous saviez qu'il sortait avec Maylis ?

— Et vous, vous savez que vos fringues sont trouées ?

Ils éclatèrent de rire et partirent en courant. Ils croisèrent Julie qui les regarda s'éloigner avant de s'adresser à Novak :

— Qu'est-ce qui vous a pris de péter un câble avec le maire ?

— Et vous, de prendre son parti ? Vous le trouvez mignon, c'est ça ?

— Je vous ai empêché de faire une connerie, c'est tout !

— Ouais, ben mes conneries m'appartiennent, alors vous êtes gentille, vous vous en mêlez pas.

— Ça ne risque pas, je pars demain.

— Parfait, trancha-t-il en descendant la calade qui surplombait la rue principale.

— On peut savoir où vous allez ?

— Chercher le complice de Darius Paul.

Julie bouillait intérieurement. Comment un officier aussi expérimenté que Novak pouvait-il continuer de croire que le pyromane qu'il avait poursuivi deux ans auparavant, celui-là même qui était aujourd'hui derrière les barreaux, puisse être à l'origine de ce nouveau crime ?

Elle pressa le pas dans sa direction et tenta une dernière fois de lui faire entendre raison :

— Admettons un instant que le même tueur soit derrière tout ça. Dans ce cas, pourquoi n'a-t-il pas respecté son mode opératoire à la lettre ?

— Pour nous égarer, répliqua le policier. Il ne tue pas pour devenir célèbre. Il tue parce qu'il se sent investi d'une mission. Et pour que cette mission perdure, il doit décourager ceux qui lui donnent la chasse. Alors, il s'arrête pendant deux ans, pour nous faire croire que nous l'avons attrapé et, quand il reprend, il se plagie. Il se *copycate*. Il joue avec nous pour nous égarer.

— Quand on joue, c'est pour gagner. Le tueur du cold case n'aurait jamais permis ce genre d'erreurs.

La nervosité de Julie la fit se rabattre sur un chewing-gum à la nicotine.

— Ce ne sont pas des erreurs, Fraysse, mais une stratégie. Vous avez déjà joué à *Qui perd gagne* ?

— C'est quoi, ça, un jeu télévisé ?

— C'est une variante du jeu d'échecs où le vainqueur n'est pas celui qui met mat son adversaire mais celui qui parvient à provoquer la capture de toutes ses pièces pour rendre la partie injouable.

Julie jeta un regard perplexe à Novak.

— En se débrouillant pour faire immoler la quatrième fillette alors qu'il était hospitalisé, Darius Paul a rendu la partie injouable pendant deux ans. Mais l'appel du feu était plus fort. Alors il a repris du service.

— Depuis sa prison ? objecta Julie, sceptique.

— Il lui fallait ce genre de défi pour se surpasser et pour discréditer quiconque le soupçonnerait. Moi, par exemple. Un grand maître d'échecs ne se sert pas de ses plans pour gagner mais de ceux de son adversaire. Comme un boxeur qui ne punche pas, qui esquive tous vos coups et vous épuise. Soudain, sans vous en apercevoir, vous vous retrouvez au tapis. C'est exactement là que se trouve le SRPJ de Toulouse en ce moment. Mais, rassurez-vous, je ne compte pas l'y laisser.

— Je suis rassurée pour mes collègues car demain soir ce sont eux qui poursuivront cette affaire. Avec vous, je suppose ?

— J'enquête seul en général.

— J'avais remarqué.

Julie était sur le point d'ajouter quelque chose quand la sonnerie de son portable l'en détourna. Elle vérifia le nom qui s'affichait sur l'écran et s'éloigna pour répondre.

— J'allais te rappeler, Cédric. Tu… t'as eu mon message ? … Non, les enfants ne sont pas avec moi, ils sont à la maison. Ray me fait rester jusqu'à demain soir. Mais, en échange, il double mon temps de congé … Je suis désolée, Cédric, je ne peux pas faire autrement… Écoute, si tu dois me faire une scène, fais-la-moi, mais ne me fais pas la leçon, OK? … Moi aussi, j'ai envie d'une petite semaine avec vous, mais… J'arrive demain soir, je te promets.

Son mari continuait de parler, mais Julie ne l'écoutait plus. Elle s'était retournée vers son coéquipier et, voyant qu'il avait disparu, le cherchait nerveusement autour d'elle, sans parvenir à le repérer.

Novak avait éprouvé le besoin de faire connaissance avec l'intimité de Maylis. Il avait descendu la Grand-Rue jusqu'à la maison des Guinet et présenté son insigne à la vieille dame qui en barrait l'entrée.

— Bonjour, madame, capitaine Novak Marrec, SRPJ de Toulouse. Je suis bien au domicile des Guinet?

— C'est ici, oui.

— Vous êtes?

— Fabienne Musy, la mère de Béatrice, répondit-elle sur la défensive. Ils sont à l'hôpital avec Arthur. Mais vous n'étiez censés venir que demain matin…

— C'est exact, madame mais en tant qu'officier principal en charge de l'enquête, j'ai besoin d'examiner la chambre de la victime par moi-même. Vous pouvez m'y conduire?

— Euh… bien sûr, capitaine, bredouilla la vieille dame. Par ici, c'est au premier. Ne faites pas de bruit, s'il vous plaît. Gabriel s'est endormi devant un dessin animé.

Novak suivit son hôte boitillante dans un couloir au papier peint vétuste. Les yeux du policier s'attardèrent sur les cadres accrochés aux murs. Ils présentaient des crayonnages particulièrement réussis.

— C'est mon petit Arthur qui fait ces dessins, commenta Fabienne. Il a un talent fou.

Une maison exiguë, mais où les Guinet avaient dû vivre heureux tous les cinq, constamment dans les pattes les uns des autres. Une image du bonheur familial, pour autant que Novak puisse en juger.

— Comment était Maylis, ces derniers jours ? Était-elle préoccupée ?

— Elle était... normale, commenta la grand-mère tout en se disant qu'elle-même ne le serait plus jamais.

— Est-ce qu'il lui arrivait de fuguer ?

— Ce n'étaient pas vraiment des fugues... Maylis n'aimait pas les conflits, alors... de temps en temps, elle... s'absentait avec sa trottinette...

Elle se mit à bafouiller, comme si elle regrettait d'en avoir trop dit :

— ...mais, comme tout le monde la connaissait au village... on nous la ramenait systématiquement.

Fabienne sentit les larmes lui monter aux yeux et tenta de les contenir. Arrivée au pied de l'escalier, elle se tourna vers le policier.

— Ne m'en veuillez pas si je vous laisse monter seul, mes jambes ne sont plus ce qu'elles étaient. Voulez-vous que je vous prépare un café ?

— Non, je vous remercie, madame, ça ira très bien comme ça.

Lorsque Novak poussa la porte de la chambre au premier étage, il sentit, sous ses gants de latex, les lettres de bois autocollantes formant le prénom MAYLIS.

La pièce était petite. L'air, chargé d'odeurs d'encens.

Pour masquer d'autres odeurs ? Cigarette ? Marijuana ?

Les murs pastel étaient couverts de posters d'idoles, comme si l'adolescente avait voulu masquer l'enfance à laquelle elle voulait échapper. Il restait bien des traces de la petite princesse, ici et là, mais une tendance gothique lui servait d'antidote. Seules les nombreuses peluches qui s'étalaient un peu partout semblaient avoir survécu à sa métamorphose.

Novak enjamba les nombreux coussins qui tapissaient le sol moquetté pour se rendre à la fenêtre. Il dégagea les rideaux de pompons multicolores et actionna la poignée pour l'ouvrir. Elle donnait directement sur le jardinet de l'entrée. L'arbre, accolé au mur extérieur, rendait la descente possible.

— C'est par là que tu fuguais, hein ? pensa Novak à voix haute.

Il se retourna et jeta un regard circulaire sur les lieux. Des étagères remplies de livres surplombaient un bureau parfaitement rangé.

Une élève modèle ?

Un ordinateur portable cohabitait avec un kit de maquillage.

Sur le chambranle de la porte, des traits tracés au crayon permettaient de voir grandir la victime au fil des ans. La dernière marque, libellée treize, atteignait la poitrine du policier.

Sentant une vague de tristesse le submerger, Novak dut détourner les yeux. Mais ses lèvres tremblantes murmuraient déjà les mots qui lui revenaient en mémoire :

— Est-ce que j'ai grandi ?

Novak enfant était adossé au mur. Debout sur un escabeau, Loriane, sa petite sœur, avait placé un crayon à plat sur sa tête. Elle traçait une marque sur le plâtre pour matérialiser la taille de son grand frère.

— T'as encore pris deux centimètres, Nov !

— Un jour, je serai aussi grand que lui et il osera plus frapper Maman.

— C'est de moi que tu parles ? rugit un homme gigantesque sur le pas de la porte.

Le cœur à l'arrêt, les enfants restèrent paralysés sur place.

— Qu'est-ce que vous manigancez, sales mioches ?

— Rien, répondit Novak.

L'homme le gifla tellement fort qu'il lui déchira la lèvre.

— Ne mens pas. Qu'est-ce que vous complotez, ta sœur et toi ?

N'obtenant pas de réponse, il attrapa Loriane par le col et la souleva comme une poupée de chiffon. Mais, avant qu'il ne puisse la corriger, Novak se rua sur lui. Pris par surprise, l'homme perdit l'équilibre. Sa tête alla cogner contre le pilastre de l'escalier. Il resta quelques secondes inerte.

— Va-t'en, Lo ! cria Novak.

La fillette enjamba le corps de son père et descendit les marches en courant. Mais, lorsque Novak voulut la suivre, une main l'empoigna par la ceinture. L'enfant tenta de s'échapper, mais l'homme le traîna le long des marches de l'escalier, le poussa dans la cave et en claqua la porte. Les doigts du petit garçon restèrent coincés dans la charnière entre le battant et le chambranle.

Suite au hurlement de Novak, sa mère accourut et rouvrit la porte. Son fils était à terre, la main en sang.

— Oh, mon Dieu ! s'écria-t-elle en prenant l'enfant dans ses bras. Qu'est-ce que tu lui as fait ?

— Ça m'ennuie de vous laisser seul, là-haut ! fit une voix depuis le rez-de-chaussée.

Novak sursauta et ouvrit les yeux.

— Ne vous inquiétez pas, madame, répondit-il. J'ai presque terminé.

Son regard s'attarda sur les phalanges de sa main droite. Elles portaient encore les cicatrices que les fractures y avaient laissées.

Il se retourna et balaya une dernière fois la pièce du regard.

Le mur au-dessus du lit était couvert de photos reliées entre elles par des autocollants en forme de cœur : Maylis à la piscine, Maylis sur la piste de danse, autant d'instants volés qui redonnaient vie à son corps carbonisé. Sur les clichés les plus récents, elle était un peu trop fardée.

On maquille sa jeunesse pour paraître adulte, songea Novak. *Puis, sa vieillesse pour paraître jeune...*

Une des photos attira soudain l'attention du policier. Elle dépassait légèrement sous une autre. Il décolla la première pour découvrir celle qui était dissimulée : Maylis amoureusement lovée dans les bras d'un *bad boy* gothique plus âgé qu'elle.

Novak reconnut aussitôt Mathias Cossic, le fils du maire. Il l'avait interrogé, deux ans plus tôt. Il étudia attentivement l'image. Le décor, derrière les amoureux, était la chapelle Saint-Georges, à deux pas de l'endroit où l'on avait retrouvé le corps carbonisé de Maylis.

Une multitude de gens s'étaient agglutinés entre la chapelle Saint-Georges et les barrières délimitant la scène de crime. L'heure était au recueillement. Les villageois avaient improvisé un autel à la mémoire de la petite Guinet. Ils y avaient déposé des messages de sympathie, des dessins, des photos, des bouquets de fleurs bon marché, des peluches et des bougies votives dont la flamme luttait pour résister au vent.

Novak se mêla à la foule. Il s'approcha du mémorial pour s'y recueillir quelques instants, sans prêter attention à Julie qui venait d'arriver et lui faisait un signe de la main.

Le policier repensa aux victimes précédentes et en eut la nausée. Ces témoignages futiles d'une tendresse tardive étaient interchangeables. Ils servaient plus à donner bonne conscience aux survivants qu'à consoler la famille des défunts.

Il observa les personnes présentes. Le complice de Darius Paul participait-il à l'hommage ? Qui, parmi ces hommes et ces femmes respectables, s'avérait capable d'immoler une fillette. Le regard de Novak s'arrêta sur le visage de Mathias. Quand il s'en rendit compte, le fils du maire détourna les yeux.

Novak voulut s'approcher de lui, mais les villageois le reconnurent et le prirent soudain à partie. Ils le bousculèrent en lui reprochant l'impuissance de la police à arrêter l'Immoleur… Novak dégaina son Smartphone et photographia les meneurs, geste qui accentua l'hostilité des habitants à son égard.

Sentant les esprits s'échauffer, Julie se fraya un chemin à travers la foule et entraîna Novak jusqu'à la voiture de patrouille. Elle le poussa sur la banquette arrière et se précipita au volant. Puis elle démarra, toutes sirènes hurlantes, tandis que les visages haineux se collaient aux fenêtres et cognaient contre les carreaux.

15

De retour à la brigade, Novak traversa l'open space sans un regard pour ses collègues. Il s'installa devant le distributeur de boissons et observa Julie tandis qu'elle pénétrait dans le bureau de Ray.

Le petit soldat va faire son rapport, songea-t-il.

Il lui était facile d'imaginer la teneur des propos qu'ils allaient échanger.

— Alors ? fit le commandant en ajustant ses lunettes, comment s'est passée votre lune de miel ?

Le haussement d'épaules de Julie fit office de réponse. La suite ne tarda pas :

— Les gens le détestent, là-bas. Et je les comprends. Mais bon… ils ont failli le lyncher, quand même.

Le commandant haussa les sourcils.

— Ça ne sert à rien que je reste, poursuivit Julie. Il ne consulte pas, il enquête seul, il ne partage rien. Ce matin, je l'ai surpris en train de montrer la photo de Darius Paul au petit Arthur. Ce n'est pas sur cette affaire qu'il travaille, c'est sur celle qu'il n'a pas su résoudre.

Ray retira ses lunettes. Sans elles, il était moins intimidant.

— Assieds-toi. Il faut qu'on parle, tous les deux.

— On en a déjà parlé, rétorqua Julie en restant debout. Et tu connais ma position.

— Les choses évoluent.

— Pas pour moi. Tu m'as jusqu'à demain soir. Après, tu te démerdes avec ton champion.

Elle tourna les talons et se dirigea vers la porte.

— Et la famille Guinet… elle se démerde avec lui, aussi ? Tu connais le père de la p'tite, je crois…

— Qui t'a dit ça ?

— Toi, en te comportant comme tu l'as fait quand il a découvert sa gamine. Pierre Guinet est un ami d'enfance, c'est ça ?

Elle se retourna et ne put éviter le regard pénétrant de son patron.

— Ça a dû être terrible pour toi d'assister avec lui à l'identification.

Julie baissa les yeux et tenta de chasser de son esprit l'image de Pierre embrassant la main calcinée de sa fille.

— En quoi les choses évoluent ? demanda-t-elle pour changer de conversation.

— Le tueur n'a placé ni chandelles noires, ni pentagramme autour du bûcher. Si on y ajoute les menottes chinoises et le talc, ça commence à faire pas mal de différences avec le cold case, non ?

— C'est peut-être une stratégie. Changer légèrement son mode opératoire pour nous aiguiller vers un copycat. Mets Pujol sur le coup, Ray. Donne-moi une semaine pour tenter de redonner un père à mes mômes et je reprends les rênes juste derrière.

Le commandant prit le temps de choisir ses mots, comme on fait avec les amis quand on a quelque chose de délicat à leur dire :

— Tu sais, Julie, je connais un peu ton mari. Le golf, ça laisse pas mal de temps pour parler. Cédric ne laissera jamais tomber son boulot à Paris pour toi. Ce que tu prends pour des… « vacances-seconde chance » sont sûrement pour lui une occasion de demander le divorce en douceur.

— C'est lui qui t'a dit ça ? s'inquiéta Julie.

— Non. Mais un homme divorcé en vaut deux, ma vieille. Quand tu as reporté les vacances de quarante-huit heures, il a fait des histoires ?

— Pas vraiment.

— Et ça ne t'a pas étonnée ?

— Si, un peu.

— Essaie d'annuler les vacances et tu verras que la première chose qu'il te dira c'est… « Il faut qu'on parle ».

Le dernier argument de Ray laissa Julie sans voix. Elle médita ces paroles et se trouva soudain très conne de ne pas avoir imaginé les choses sous cet angle.

Il n'y a qu'un homme pour penser comme ça, songea-t-elle.

Ray se leva et s'approcha de sa capitaine en lui tendant un dossier :

— Ta copie des images de surveillance est là-dedans, avec le rapport d'autopsie.

— Ça sert à rien, je m'en vais demain soir.

Il sortit, la laissant seule avec le rapport du légiste. Elle ne put s'empêcher de le feuilleter. Ce que Novak nota à travers les stores vénitiens de la baie vitrée.

16

La météo clémente avait fait place à des nuages noirs et lourds au-dessus de Gévaugnac comme si le temps se mettait au diapason des Guinet. Béatrice et Pierre étaient de retour chez eux avec Arthur, mais la maison sans Maylis ne serait plus jamais la maison.

Ils descendirent de voiture comme des condamnés et s'avancèrent lentement vers la porte d'entrée. Gabriel. Il allait falloir parler à Gabriel.

Mais peut-être savait-il déjà ?

Lorsque Fabienne ouvrit la porte, Arthur courut se blottir contre elle. Béatrice se joignit à eux, laissant Pierre derrière elle, muet et léthargique. Il les regarda partager leurs larmes et leur envia cette démonstration d'émotions.

— Gaby est au courant ? demanda-t-il en luttant pour ne pas succomber à l'émotion.

C'étaient ses premiers mots depuis le commissariat.

— Je n'ai pas eu le courage de le lui dire, répondit la vieille dame entre deux sanglots. Mais il pose beaucoup de questions.

— Il est où ?

— Dans sa chambre, sur sa console de jeux.

Fabienne essuya ses pleurs et ne put s'empêcher de ruminer :

— Qu'est-ce que Maylis faisait dehors, toute seule, à cette heure ?

— Maman, s'il te plaît… la stoppa Béatrice.

— Je monte lui parler, fit Pierre.

Il grimpa l'escalier comme on va à l'échafaud.

Arrivé à l'étage, il s'immobilisa un moment devant la porte entrouverte pour s'imprégner des derniers moments d'innocence de son fils.

— Pourquoi t'es rentré si tôt, P'pa ? demanda Gabriel en apercevant son père par-dessus son épaule.

Pierre pénétra à petits pas dans la pièce et alla s'asseoir sur le bord du lit.

— J'ai quelque chose à te dire, Gaby.

L'enfant s'effraya du ton sombre de son père et s'en effraya. Il posa sa console de jeux et se retourna :

— J'ai fait quelque chose de mal, P'pa ?

— Non, mon grand, ce n'est pas ça, c'est… c'est à propos de ta sœur.

— Qu'est-ce qu'elle a fait ? demanda le petit garçon en s'approchant.

Cette question brisa le cœur de Pierre. Qu'avait fait sa fille pour mériter cela ? Il sentit sa gorge se serrer. Son physique de colosse avait de plus en plus de mal à censurer son émotion naissante. Ses mains épaisses si efficaces quand il fallait cogner cherchaient nerveusement un point d'ancrage. Il se sentait maladroit, stupide et vieux.

Comprenant que son mari n'y arriverait pas seul, Béatrice était montée à l'étage. Elle prit le relais. Elle s'assit à côté de Pierre et murmura, les yeux rougis :

— Il est arrivé quelque chose à ta sœur, mon poussin.

— Quoi ? fit l'enfant, la voix teintée de peur.

Cette fois, c'était Béatrice qui était en panne. Alors Pierre reprit la main :

— Maï nous a quittés, mon Gaby.

— Pourquoi, P'pa ? demanda l'enfant.

Comment répondre à cette question ?

Le père inspira profondément et prit son fils sur les genoux.

— Tu te souviens quand Papy a été très malade ? On est allés le voir à l'hôpital…

Gabriel hocha la tête et précisa :

— Même que ton téléphone, il marchait pas, là-bas.

— Oui, fit Pierre en souriant tristement.

Cette remarque candide de Gabriel prouvait à quel point il n'avait toujours pas compris ce que son père tentait de lui annoncer. Mais peut-être ne voulait-il pas comprendre ?

— Et puis un jour, poursuivit Pierre, quand on est arrivés dans sa chambre, il faisait dodo. Tellement bien qu'il ne s'est plus réveillé.

Les larmes coulaient le long des joues de Béatrice.

Gabriel la dévisagea. Ses yeux s'assombrirent soudain, comme s'il venait de devenir adulte en quelques secondes. Son lit lui sembla d'un coup trop petit.

— Tu te souviens de ce que j't'ai dit quand tu m'as demandé pourquoi il ne se réveillait pas ?

— Tu m'as dit : « Un ange est venu chercher Papy dans son dodo. »

Profondément ému, Pierre acquiesça et conclut :

— C'est... c'est ce qui est arrivé à Maï.

Béatrice serra discrètement la main de son mari.

— Mais elle va revenir...

Le père et la mère échangèrent un regard vide.

— Non, répondit Béatrice. Pas plus que Papy n'est revenu.

L'enfant hocha la tête gravement et osa prononcer les paroles que ses parents s'interdisaient :

— Elle est morte, c'est ça ?

Ne parvenant plus à se contenir, Béatrice se leva et se dirigea vers la fenêtre. Pierre se tourna vers son fils et acquiesça.

— Elle est morte comment, Papa ?

— C'est pas important, Gaby.

Pour éviter que son fils ne le voie pleurer, Pierre le prit contre lui et le berça en disant :

— L'important, c'est qu'on puisse lui dire au revoir. Et, dans quelques jours, on le fera à l'église, tous ensemble. Toi, Arthur, Maman et moi. Et Maï veillera sur notre famille. Comme Papy a fait avant elle.

Fabienne revint de la cuisine avec un plat fumant qu'elle déposa sur la table de la salle à manger. Du coin de l'œil, elle aperçut Arthur au bas de l'escalier, les yeux braqués vers le premier étage. Agrippé au pilastre, il entendait les pleurs étouffés de son petit frère et s'en voulait terriblement. Les sanglots de Gabriel ravivaient ce sentiment de culpabilité qu'Arthur avait tenté d'étouffer. Pourquoi n'avait-il rien tenté pour défendre sa sœur ? À quoi bon l'avoir suivie dans la rue si ce n'était pour la protéger ? Il était sur place, bon sang, à quelques mètres d'elle et n'avait rien osé faire !

Fabienne s'approcha de lui pour le consoler, et nota qu'il s'était mordu les lèvres jusqu'au sang. Elle s'en inquiéta et préféra l'éloigner de l'escalier en l'entraînant par la nuque.

— C'est normal d'être triste, Arthur, tu sais. Il va nous falloir à tous beaucoup de courage pour accepter l'absence de Maylis. Cela se fera progressivement.

Arrivée à la cuisine, Fabienne nettoya sa blessure et y appliqua une compresse en disant :

— Appuie bien fort quelques minutes, d'accord ?

L'enfant obéit et sa grand-mère poursuivit la préparation du dîner. Elle attrapa une poêle, la posa sur la gazinière et alluma l'un de ses brûleurs. La brusque arrivée de flammes terrifia Arthur qui recula d'un bond et se mit à trembler.

Fabienne se rendit compte que ce crépitement de flammes lui en rappelait un autre. Elle réduisit aussitôt l'arrivée de gaz.

— Désolée, mon cœur. Je ne voulais pas t'effrayer.

Arthur leva les yeux vers sa grand-mère, se demandant s'il pouvait lui poser la question qu'il avait censurée jusqu'ici.

— Est-ce que… est-ce que la police va vouloir… m'interroger à nouveau ? bafouilla-t-il, la voix teintée de crainte.

— Peut-être, répondit Fabienne. Pourquoi ? Il y a quelque chose que tu te rappelles ? Ou quelque chose que t'aurait dit ta sœur ?

— Non… Est-ce que je peux monter dans ma chambre ? J'ai pas faim et…

Est-ce pour pleurer sans être vu ? se demanda Fabienne.

— Bien sûr, mon cœur. Je viendrai te border tout à l'heure, d'accord ?

Arthur hocha la tête et, sans perdre une seconde, courut vers l'escalier. Il monta les marches quatre à quatre et alla s'isoler dans sa chambre.

À travers la porte entrebâillée, il jeta un œil dans le couloir pour s'assurer que ses parents étaient toujours avec Gabriel.

Ils ne devaient surtout pas savoir.

Alors il alla s'installer devant son ordinateur portable, ouvrit sa boîte mail et entreprit d'effacer méticuleusement tous les messages estampillés « Ghost »…

Pendant que l'opération se déroulait, il repensait à tous ces échanges qu'il avait eus avec « Ghost » au sujet de Maylis. Il s'inquiétait tellement des fréquentations de sa sœur ! Il n'en avait jamais parlé à ses parents mais, si cela devait avoir un rapport avec sa mort, il ne se le pardonnerait jamais.

17

Le soleil descendait rapidement sur Toulouse quand Julie se gara devant chez elle. Elle resta un moment à contempler les fenêtres de son immeuble. C'était un rituel auquel elle se livrait tous les jours en rentrant, un sas nécessaire entre son travail et sa vie de famille. Une façon de se débarrasser de sa peau de policière pour endosser à nouveau celle de maman.

Pourtant, ce soir, quelque chose contrariait sa mue. Un sentiment de bonheur coupable. Celui de retrouver ses enfants en bonne santé pendant que les Guinet pleuraient la mort d'une fille et le traumatisme de ses deux frères. Elle se demanda comment Cédric réagirait, confronté à un tel drame. Cela les rapprocherait-il ou bien cela achèverait-il de les diviser ?

La lumière était allumée dans la cuisine, signe que Théo préparait le dîner. Il dut entendre le bruit de l'ascenseur car il ouvrit la porte d'entrée avant que Julie ne glisse la clé dans la serrure.

— Ta dernière journée s'est bien passée, M'man ? demanda-t-il en la prenant dans ses bras.

Elle mentit en hochant la tête et murmura :

— Où est ton frère ?

— Sur la Playstation. Il a parié son argent de poche qu'on ne partirait pas en vacances.

— Je double la mise. Ces vacances, on en a tous besoin, moi la première. Il est hors de question de les annuler. Il me faut juste un peu de temps pour m'organiser, c'est tout.

— Pourquoi ? On ne part pas demain matin ? lança Noah depuis le séjour, sa manette à la main.

— Demain, oui, mais… le soir, bafouilla Julie.

— C'est mort, Théo, j'te l'avais dit !

— Mais non, c'est pas mort ! rétorqua Julie. Bon, tout le monde fait ses devoirs, maintenant !

— On est en vacances, M'man, pouffa Noah. Enfin… on était censés être en vacances.

Julie se tourna vers Théo et ne put que partager son fou rire naissant.

— T'as le temps de prendre une douche, M'man, si tu veux survivre aux reproches du monstre… Dîner livré dans… (un coup d'œil sur son portable) dix minutes.

Elle regarda son fils tendrement et murmura :

— Qu'est-ce que je ferais sans toi ?

— Mmm… pas grand-chose. Top chrono…

Ils échangèrent un check et Julie grimpa rapidement l'escalier du duplex.

Quelques minutes plus tard, elle se glissait dans la cabine de douche et abandonnait son corps sous le jet.

En sortant, elle enfila un peignoir, enveloppa ses cheveux mouillés d'une serviette et essuya le miroir embué. Qu'est-ce qu'il allait encore lui révéler ? Une ride supplémentaire ? Un affaissement sous les paupières qui achèverait de la déprimer ?

Elle se passa une crème de nuit horriblement chère sur le visage et repensa à ce que lui avait dit Ray à propos de son mari : des vacances « prétextes » pour évoquer le divorce en douceur ? Était-elle donc seule à espérer donner une seconde chance à leur mariage ?

La désintégration de leur couple était déjà bien entamée. La mutation de Cédric avait juste servi d'excuse. Les horaires à rallonge de Julie, les dangers qu'elle courait au quotidien et les idées noires qu'elle rapportait le soir à la maison étaient sans doute les vraies raisons de leur séparation. Cédric rêvait d'une vie plus normale. Il ne supportait plus les coups de fil nocturnes lui arrachant sa femme.

« Comment lui en vouloir ? » semblait répondre son reflet.

Les choix qu'on fait dans la vie nous apprennent qui on est.

Pourquoi avait-elle choisi de draguer Cédric lors de leur première rencontre ? Pour ses grands yeux noirs ? Sa gentillesse ? Pour cette passion qu'il mettait en toute chose ? Ou pour cette façon qu'il avait de faire de vous le centre du monde ? Qui aurait pu résister à ça ?

Pourtant, ces mêmes qualités auraient dû la mettre en garde sur ce qui l'attendait. Comment demander à un tel homme d'abandonner ses propres rêves pour partager l'obsession de l'autre pour son travail ? Était-elle prête à le faire de son côté ? Certainement pas.

Reste que Cédric lui manquait.

Des aboiements l'arrachèrent à ses pensées.

Elle entrouvrit la porte de la salle de bains et cria à l'attention des garçons :

— Bouba veut sortir, les gars ! C'est celui qui laisse pisser qui nettoie !

— Je l'ai déjà sorti, M'man ! rétorqua Théo. Ça doit être le livreur de pizzas !

— On avait dit diététique, Théo.

— Elle est bio, M'man !

Ça ne servait à rien d'argumenter avec Théo. Il avait toujours réponse à tout. Quant à leur chien, il était gravement parano ; il aboyait au facteur, aux avions et jusqu'aux satellites que l'oreille humaine ne pouvait capter.

Elle sortit de la salle de bains et traversa le couloir.

— Bouba, tu peux la fermer, s'il te plaît ?

— Il fait juste son taf, M'man, s'écria Noah.

Sur son passage, elle ouvrit la porte de la chambre de Théo et jeta un œil à l'intérieur. Mal lui en prit. Un chaos indescriptible : fringues éparpillées, assiettes sales, boîtiers de jeux, saladier de pop-corn sur lit défait, ballon de foot… La chambre d'ado type.

— Théo !

De quoi faire monter sa tension artérielle et creuser davantage ses plis d'amertume. Ses enfants étaient l'antidote du Botox.

Les pas de son fils tambourinèrent dans l'escalier. Le tsunami se rapprocha et il passa la tête dans l'embrasure de la porte, à l'affût de ce que sa mère avait bien pu déplacer.

— Théo, c'est quoi, ce bordel ?

— Ma chambre, M'man. J'espère que t'as rien bougé, sinon je vais gravement perdre du temps à chercher.

— Pas de vaisselle dans les chambres, les vêtements pendus dans le placard, le lit fait, le bureau nickel, c'est compris ?

— Reçu cinq sur cinq.

— Dix sur dix, tu veux dire parce que, cinq sur cinq, c'était la dernière fois et regarde ce que ça donne.

— OK pour dix sur dix, alors.

— Maman ! hurla Noah depuis le rez-de-chaussée. La machine du pizzaman fonctionne pas. Il veut du cash.

Elle sortit dans le couloir et se pencha à la rampe de la mezzanine.

— Fais-le patienter, Noah, on arrive !

Elle poussa vers sa chambre d'un pas alerte. Théo lui emboîta le pas en disant :

— Papa a appelé.

— Il voulait quoi ?

— D'après toi ?

Julie poussa un soupir et fourragea dans son sac.

— Il sait qu'on part demain soir. Ça sert à rien de vous harceler !

— Il nous harcèle pas, M'man. Il veut juste être sûr, c'est tout.

Elle sortit un billet de 20 euros de son portefeuille et le tendit à Théo.

— Apporte ça à ton frère. Et rappelle-lui que le pourboire, c'est pour le livreur.

Théo sourit et dévala à nouveau les marches.

La maison était silencieuse à présent, et les enfants endormis.

Julie collecta les assiettes sales sur la table de la cuisine et glissa les restes de pizza dans la gamelle de Bouba. Il alla aussitôt les engloutir. Il boudait ses croquettes mais avait un faible pour tout ce que l'homme mangeait.

Dès que ses fils étaient couchés, Julie redevenait flic instantanément. Elle se prépara un thé et alla s'installer devant l'ordinateur pour visionner les vidéos de surveillance que son patron lui avait remises.

Elle introduisit le CD et bientôt les images prises par les caméras de Gévaugnac, la nuit du meurtre, apparurent sur l'écran. Le time code affichait 2 h 10 du matin. La Grand-Rue était déserte. Julie actionna la touche d'avance rapide et le chrono défila sans qu'aucune forme humaine ne vienne s'agiter dans le cadre. À 4 h 30, elle interrompit le défilement. Le taxi de Pierre traversait le village et franchissait le Dourdou pour emprunter la route de Rodez. Voilà qui confirmait ses déclarations.

À 4 h 47, elle vit une silhouette remonter la Grand-Rue. Elle agrandit l'image. C'était Maylis Guinet. Elle avait l'air aussi tranquille que quelqu'un qui se balade en plein jour. Où allait-elle ? À un rendez-vous ? Et si oui, avec qui ?

Quelques minutes plus tard, Julie vit sortir Arthur. À sa façon d'avancer à petits pas, elle comprit qu'il suivait sa sœur à son insu. Quelles pouvaient être ses raisons pour ça ? Avait-il peur pour elle ? Voulait-il la protéger ? Et si oui, de quoi ? Savait-il avec qui Maylis avait rendez-vous ?

Si quelqu'un pouvait leur apprendre quelque chose sur cette nuit-là, c'était bien Arthur. Tôt ou tard, il leur faudrait l'interroger.

18

Ni femme, ni enfant, ni vie personnelle, la maladie avait fait le vide autour de Novak. Même son travail avait été aspiré dans ce trou noir. Pas une visite de ses collègues à l'hôpital depuis dix-huit mois. Pas un coup de fil.

La solitude du présent comme unique remède à son passé.

Tout le contraire de sa sœur, Loriane, qui ne ratait jamais l'occasion de faire la fête, qui ne sortait jamais sans un homme, même s'ils défilaient un peu trop vite dans son lit. De cinq ans sa cadette, elle était aujourd'hui sa seule famille, son seul point d'ancrage dans la vie.

Lorsqu'ils étaient enfants, il avait tout fait pour protéger sa sœur et sa mère de la violence paternelle. Grandir était devenu une question de survie pour lui. Et, pendant que les autres enfants jouaient aux billes ou au football, le jeune Novak s'initiait clandestinement à la boxe avec l'homme à tout faire du collège, un ex-champion amateur. À seulement treize ans, il s'était forgé un corps d'athlète. Et, quand l'heure de l'affrontement avait sonné, il avait mis le bourreau de sa famille au tapis. L'humiliation subie par son père avait même provoqué son départ.

Dès lors, Novak était devenu *la* référence masculine à la maison. Et l'année qui avait suivi avait été la plus heureuse de toute sa vie. Sa mère avait repris son métier de secrétaire et les notes de sa sœur étaient remontées. Le soir, ils se retrouvaient tous les trois à dîner et leur mère leur racontait le monde, tel qu'elle l'avait découvert à travers ses lectures. En l'écoutant, ils vivaient des aventures extraordinaires dans des pays où ils ne mettraient sans doute jamais les pieds.

Mais un jour, elle prit Novak à part et lui avoua un secret qu'elle avait tout fait pour dissimuler jusqu'ici. Elle souffrait d'un cancer inopérable et voulait qu'il lui promette quelque chose.

— Tout ce que tu veux, Maman, dit-il en commençant à pleurer.

— Quoi qu'il arrive, mon fils, ne m'envoie pas à l'hôpital, car personne ne doit être au courant de ma disparition. Si les services sociaux apprennent ma mort, ils vont contacter ton père pour vous confier à lui. Et Dieu sait le mal qu'il pourrait vous faire.

— Personne ne saura, Maman, je te promets.

— Ce n'est pas aussi facile, mon chéri. Comment comptes-tu t'y prendre ?

— Je t'enterrerai dans le jardin, dit-il à travers ses larmes. Comme ça, on restera ensemble.

— Sous le saule pleureur. Il n'y a pas de plus bel endroit au monde.

— Et Loriane, Maman ? Il faut que tu lui dises.

— Elle est trop petite pour comprendre. Le moment venu, on lui dira que je suis malade.

Novak hocha la tête en essuyant ses larmes sur le revers de sa main.

— Il faut que tu sois fort, mon fils. La mort n'est qu'une étape entre deux vies, tu sais ? Savoir que l'on part est un formidable privilège qui va nous aider à profiter plus fort des moments qu'il nous reste.

— Je t'aime tellement, Maman ! soupira-t-il en éclatant en sanglots.

— Moi aussi, mon chéri, murmura-t-elle en le prenant tendrement contre sa poitrine. Et nous aurons encore plein de moments pour nous le dire… Mais il faut nous préparer. Je vais t'apprendre à imiter ma signature. Il faut que ta sœur continue ses études. Elle est très douée. Et je vais te montrer où j'ai caché mes économies toutes ces années pour empêcher ton père de les dépenser. Avec ça, vous pourrez tenir au moins deux ans, tous les deux.

Quelques mois plus tard, Novak trouva sa mère inconsciente dans la cuisine sans qu'elle ait pu parler à Loriane du mal dont elle souffrait. Comme il s'y était engagé, il ne prévint personne. Ni l'hôpital avant sa mort ni les pompes funèbres après. Et, pour protéger sa petite sœur, il allait franchir toutes les limites de la raison.

Aujourd'hui, c'était elle qui jouait le rôle de l'aînée, elle qui était venue le voir toutes les semaines à l'hôpital durant les deux dernières années. Était-ce pour cela que les pas de Novak l'avaient ramené ce soir jusque devant sa maison ?

La porte s'entrebâilla et Loriane jeta un regard méfiant sur le perron.

— Ce n'est que moi, p'tite sœur, lança Novak.

— Qu'est-ce que tu fous dehors ? Les psys t'ont relâché ?

— Tu vas me faire entrer ou il me faut un mandat ?

Elle recula d'un pas pour le laisser passer.

— Tu pourrais prévenir quand tu viens, reprocha-t-elle, j'ai de la compagnie.

— Comment ça, « de la compagnie » ? Zoé n'est pas ici ?

— Elle dort dans sa chambre.

En un clin d'œil, Novak releva les indices d'une présence masculine : un exemplaire de *L'Équipe*, une chope de bière, des santiags…

— Tu ramènes un homme à la maison alors que ma nièce est dans sa chambre ?

— Garde tes leçons de morale, grand frère, ou ton cul peut repartir à l'asile. En plus, Zoé aime bien son papa Ben.

— Papa Ben, hein ? Ça lui fait combien de papas, maintenant ?

— Nov, s'te plaît…

Il s'excusa d'un geste.

— Tu restes dîner ?

— J'aimerais bien, mais je dois retourner…

— …à l'hosto ?

Il acquiesça.

— Pourquoi tu veux à tout prix dormir là-bas ? Vends ton appart, t'y fous jamais les pieds ! Si t'as besoin de compagnie, je peux virer Papa Ben. Zoé sera très contente de t'avoir quelques jours avec nous.

Il la dévisagea tendrement. Loriane savait que cela voulait dire non.

— On s'inquiète pour toi, elle et moi, tu sais ?

— C'est gentil. Comment elle va ?

— Ne change pas de conversation, frérot. J'ai entendu aux infos que l'Immoleur avait remis ça. Ne me dis pas que tu travailles à nouveau sur l'affaire…

— J'ai pas de vie personnelle, Lo, tu me le dis assez souvent. Si je me rends pas utile, alors qu'est-ce qui me reste ?

— Fais pas ça, Nov, c'est de la folie. Tu commences à peine à te remettre. T'es pas prêt à replonger.

— Il ne s'agit pas de replonger mais de leur donner un coup de main.

— C'est leur boulot, bordel, plus le tien !

— Ce sera toujours mon boulot, tu comprends pas ça ? Écoute, je sais que tu n'apprécies pas mon taf, mais ce que je fais est important. Je veux que les mômes puissent continuer de dormir tranquilles la nuit. Et, pour ça, il faut que j'arrête ce cinglé.

— Parles-en au moins au docteur Wilbert avant de décider.

— J'ai déjà décidé, Lo. Et Sybil est au courant.

Cette dernière remarque fit vaciller Loriane, mais elle ne baissa pas les bras pour autant.

— Comment tu peux faire confiance à ton boss après ce qu'il t'a fait ?

— Je suis vraiment doué pour ce métier, Lo...

— Tellement doué qu'il t'a rendu malade !

— Ce n'est pas mon boulot qui m'a rendu malade, p'tite sœur, et tu le sais. T'étais là.

Un sentiment de culpabilité paralysa Loriane. Ses yeux se remplirent de larmes et elle baissa la tête.

— Tu m'en veux toujours pour Maman, hein ? murmura-t-elle.

— Je ne t'en ai jamais voulu, Lo. Jamais.

Il la prit dans ses bras et la berça. Loriane essuya ses pleurs.

— Peut-être qu'on nous aurait pas séparés si...

— Arrête ! Ils ont cru bien faire.

— Je t'aime, Nov, dit-elle timidement, blottie contre son grand frère.

— Copieuse.

Le sourire qui illumina le visage de Loriane ramena un instant la petite fille. Mais la grande personne en elle reprit très vite la main.

— Tu vas recommencer à ne pas dormir, insista-t-elle. À ne pas manger !

— Lo… arrête, s'te plaît.

— T'as eu des pertes de mémoire, récemment ? Des crises de violence ?

— Non. Je contrôle mes pics de stress, maintenant, je prends mon traitement… La clozapine marche super bien, je suis en pleine forme ! Tu serais étonnée de voir à quel point je suis cohérent. Je crois vraiment que les aider à résoudre cette affaire me guérira, Lo.

— Et si tu ne la résous pas ?

Avant que Novak ne puisse répondre, Loriane se dégagea sèchement et lui tourna le dos.

— Je te préviens, Nov, si tu replonges, je ne viendrai plus te voir à l'hosto ! Et tu peux faire une croix sur Zoé.

Il s'approcha à nouveau d'elle, posa ses mains sur ses épaules et la retourna délicatement. Il écarta les mèches de cheveux qui lui masquaient les yeux et lui sourit tendrement.

— Je ne replongerai pas, p'tite sœur, je te promets. Je peux monter embrasser ma nièce, maintenant ?

Elle le dévisagea longuement, puis acquiesça et le regarda gravir les marches de l'escalier.

Novak poussa doucement la porte d'une chambre d'enfant. Le rai de lumière matérialisa la présence d'une petite fille de neuf ans qui dormait paisiblement dans son lit. Il s'approcha à pas de loup et s'accroupit à son chevet. Il resta là quelques secondes à la contempler, puis se pencha vers elle pour lui embrasser le front.

Sur le point de repartir, il entendit une voix à moitié endormie qui bredouilla :

— Tonton ? Qu'est-ce que tu fais là ?

— Rendors-toi, princesse, murmura Novak. Je suis juste passé te faire un bisou.

— T'es guéri ?

— Presque.

— T'es sorti à cause du méchant, c'est ça ?

— Quel méchant, Zoé ?

— Celui qui brûle les petites filles.

Novak hésita avant de répondre.

— Ça te faire peur, cette histoire ?

— Un peu. Tu crois qu'il va me brûler, moi aussi ?

— Non… tu n'as rien à craindre, princesse. Ça se passe loin d'ici et, de toute façon, t'es trop petite. Il ne s'intéresse qu'aux grandes de douze, treize ans.

Elle hocha la tête et se rallongea.

— Quand est-ce que tu viens jouer à *Smash* avec moi ?

— Bientôt.

— Promis ?

— Promis. Allez dors, maintenant.

Novak la borda et déposa un nouveau baiser sur son front. Au moment de quitter la pièce, Zoé l'interpella.

— Je t'aime, Tonton.

— Moi aussi, je t'aime, ma Zoé.

En pénétrant dans son deux-pièces de la rue Bayard, Novak fut contraint d'en forcer la porte tant le courrier s'était accumulé sur le seuil. Il le piétina royalement et chercha l'interrupteur, à tâtons. Mais l'électricité avait été coupée, signe de son absence prolongée. Il saisit son portable et enclencha l'appli torche. Son faisceau matérialisa les plantes qui avaient fané à force de hurler de soif. Leur photosynthèse avait abdiqué face à un jour qui ne se levait jamais. Le manque d'oxygène et l'odeur de renfermé obligèrent Novak à ouvrir fenêtres et volets.

La lumière lunaire matérialisa soudain un fatras indescriptible. La table du séjour était encombrée de dossiers, de tasses à café sales, d'assiettes souillées de nourriture et de boîtes de médicaments. Les chaises, les meubles et toutes les surfaces sur lesquelles on pouvait poser quelque chose regorgeaient de livres truffés de marque-pages, de surligneurs et autres fournitures de bureau.

Un coup d'œil au désordre obsessionnel qui régnait dans cet appartement suffisait à rendre compte du chaos psychologique dans lequel se trouvait Novak. Le temps s'était figé ici il y a deux ans et le mur du séjour en était la meilleure illustration.

Le faisceau du portable révéla un véritable puzzle constitué de centaines de photos épinglées, de coupures de presse, de documents scotchés et de Post-it reliés entre eux par des flèches-hypothèses que seul Novak pouvait interpréter. Autant d'indices confirmant qu'il n'avait jamais fait son deuil de l'affaire de l'Immoleur.

Les quatre victimes du cold case qui apparaissaient sur les photos étaient toutes des préadolescentes. Les lieux où on les avait retrouvées variaient, mais le mode opératoire restait le même.

Sur certains clichés, figuraient les bûchers ; sur d'autres, des témoins, des suspects, parmi lesquels certains habitants de Gévaugnac, comme le père Drujon, par exemple. Sous la mention *COMPLICE*, Novak épingla la photo qu'il avait dérobée dans la chambre de Maylis. Il attrapa un vieux feutre, dessina un cercle autour de Mathias et traça une nouvelle flèche le reliant au portrait de Darius Paul.

19

Gévaugnac
JOUR 2 - Mardi

Ils avaient fini par s'endormir sur le divan, blottis l'un contre l'autre, comme pour mieux partager leur souffrance.

Réveillée la première, Béatrice se dégagea doucement et se leva à tâtons. Elle fit une brève escale à la salle de bains pour se passer le visage sous le robinet d'eau froide et à la cuisine pour avaler un café en faisant le moins de bruit possible. Elle s'était mis en tête de faire un saut au Centre hospitalier de Decazeville.

Rien de tel que le travail pour ne pas penser.

En jetant un œil par la fenêtre, elle aperçut une camionnette de BFM qui se garait un peu plus haut dans la rue. Les vautours étaient là. Ils ne leur avaient laissé que vingt-quatre heures de répit. Mais, apparemment, ils n'avaient pas encore repéré la maison. Si Béatrice voulait sortir incognito, il fallait faire vite.

Elle griffonna un mot pour prévenir Pierre, le laissa en évidence sur la table de la cuisine et enfila sa gabardine. Ensuite, elle rejoignit discrètement sa voiture en passant par le patio.

Tandis qu'elle roulait sur la départementale sans charme qui menait à Decazeville, Béatrice se demandait quelle attitude adopter avec ses collègues. Devait-elle encaisser les condoléances dignement ou au contraire pleurer pour qu'on la laisse enfin tranquille ? Elle aurait tant voulu qu'il existe un tutoriel pour mères endeuillées, histoire de savoir ce qu'on attendait d'elle.

En franchissant les portes coulissantes des urgences, elle tomba sur l'infirmière en chef qui l'avait initiée aux gardes de nuit. De dix ans son aînée, Cath était sa meilleure amie, la première personne qu'elle avait appelée quand elle avait su pour Maylis.

Elles se regardèrent en silence, ne sachant ni l'une ni l'autre quelle parole prononcer. Béatrice opta pour la fuite. Elle pénétra dans le bureau des infirmières et consulta le cahier de liaison. La liste des tâches à effectuer y était consignée, heure par heure. Il fallait qu'elle trouve quelque chose à faire.

Cath l'avait suivie. Elle l'observait depuis le couloir, les yeux humides et le teint pâle.

— Qu'est-ce que tu fais, Béa ? On peut très bien se débrouiller sans toi, tu sais ? Rentre chez toi.

— Tu crois que je l'aimais ?

— Qui ça ?

— Maylis. Je veux dire… Pourquoi est-ce que je ne pleure pas si je l'aimais ?

— Tu es en état de choc, ma belle. On le serait à moins.

Béatrice hocha la tête lentement, comme si elle cherchait à s'en convaincre. Puis très vite, elle implora son amie du regard :

— Elle le savait ? Elle savait que je l'aimais ?

— Bien sûr qu'elle le savait, répondit Cath, les larmes aux yeux.

Fragilisée par cet échange, Béatrice y mit un terme en s'engageant dans le couloir, son cahier à la main. Cath la suivit en disant :

— Des journalistes ont téléphoné.

— Tu leur as dit quoi ?

— Rien, je… je leur ai raccroché au nez et j'ai donné des consignes à tout le monde.

— Merci, Cath. Ça va être de pire en pire, tu sais ? Comme il y a deux ans.

— Mon Dieu… Béa, je ne sais pas quoi dire, je… je voudrais t'aider, dis-moi ce que je peux faire. Si tu as besoin de quoi que ce soit, n'hésite pas à me le demander…

Béatrice s'arrêta et sourit tristement en disant :

— Madame Dupin.

— Quoi ?

— Il faut lui faire sa dialyse avant qu'on ne la monte en chambre.

Décontenancée par la requête de sa collègue, Cath la dévisagea.

— La patiente du 12 ! martela Béatrice. On lui a promis de faire comme ça. Je te laisse préparer le cathéter fémoral ? Le jugulaire, elle supporte pas.

— Oui euh… bien sûr.

Impressionnée par le ressort de son amie, Cath la regarda se diriger vers le box 12.

— Alors, madame Dupin, l'entendit-elle dire avec légèreté. Comment vous portez-vous, aujourd'hui ?

— Je suis malade…

— Non, madame Dupin, vous n'êtes pas malade. Ce sont vos reins qui sont malades.

20

Ray et Novak étaient déjà installés devant un ordinateur lorsque Julie pénétra dans son bureau. À peine le temps de se voir proposer un café, et ils lui firent écouter l'appel que le curé de Gévaugnac avait passé à police secours, la nuit du meurtre. Julie ne fut pas surprise par le fatalisme de sa voix.

— Le père Drujon a toujours parlé comme si la fin du monde était pour demain, commenta-t-elle. Si vous pensez curé de campagne genre Don Camillo, oubliez l'affaire ! Quand j'étais gamine, il me foutait une trouille monstre.

— Il tient ses paroissiens par la peur, acquiesça Novak, le jugement dernier, le diable, les sept péchés capitaux… c'est un putain d'intégriste. Il y a deux ans, il s'est servi des immolations pour renforcer son influence sur les villageois.

— Et son église a refait le plein ? ironisa Julie.

— Plus que ça. J'ai fait une petite recherche, cette nuit. Apparemment, les gens viennent des communes voisines pour l'écouter. Il a plus de followers que le maire. Mais je ne vous apprends rien, capitaine.

Julie ne savait pas quelle attitude adopter avec cette version plus partageuse de Novak. Était-il sincère ou Ray lui avait-il simplement parlé ?

— La Mairie de Gévaugnac a identifié le propriétaire du badge MP, déclara le commandant en déposant un cliché sur le bureau. Lionel Belkacem. Il habite à Toulouse, à Bellefontaine. D'après sa concierge, il n'est pas passé chez lui depuis plusieurs jours. Un joli CV chez nous, mais il a purgé. Reconverti dans la sécurité, il dirigeait le service d'ordre de Cossic pendant les municipales. Depuis, le maire en a fait son chauffeur, ça ne vous rappelle rien ?

Les enquêteurs partagèrent un sourire entendu, puis Julie enchaîna :

— J'ai eu la principale du collège Léon-Blum au téléphone. Elle nous arrange du temps, ce matin, avec les camarades de classe de Maylis. Si on y ajoute l'audition du père Drujon, on ne devrait pas chômer pour ma dernière journée.

Elle avait souligné les mots « dernière journée » en fixant le commandant, histoire de s'assurer qu'il n'avait pas oublié leur marché. Ray y répondit par un sourire, ce qui n'augurait rien de bon.

Contrariée, Julie se tourna vers Novak et lui lança :

— On y va ?

— Vous serez plus efficace toute seule, Fraysse, répondit-il. Le curé et moi, on ne s'apprécie pas trop. Et puis… j'ai une petite course à faire, de mon côté. On se retrouve ici ?

De plus en plus méfiante, Julie se tourna vers Ray et le questionna du regard. Celui-ci se contenta de hausser les sourcils, l'air de dire : ça s'arrange, non ?

La prison de Muret près de Toulouse s'étendait sur quinze hectares. Dédié aux longues peines, c'était le centre de détention le plus important de France. Il accueillait plus de six cents détenus.

Fonctionnant selon un régime dit « portes ouvertes », il permettait aux prisonniers de sortir de leurs cellules à certaines heures de la journée pour accéder aux différents services disponibles : terrains de sport, cours de promenade, espaces culturels. Une bibliothèque, connectée à celles du département, proposait des dizaines de milliers d'ouvrages. Des ateliers répartis sur quinze mille mètres carrés permettaient aux captifs en état de travailler d'y être employés et rémunérés. Côté santé, une équipe médicale assurait la prise en charge des soins somatiques et psychiatriques.

Mais dès que le traitement d'un patient nécessitait des soins spécialisés, il était orienté, sous bonne escorte, vers des établissements extérieurs habilités à les délivrer.

C'était le cas de Darius Paul.

Deux fois par semaine, le pyromane quittait la prison à bord d'un fourgon pour se rendre dans une clinique d'addictologie au centre de Toulouse.

C'était cela, la petite course dont avait parlé Novak.

Pour cette filature, il avait emprunté le vieux break Volvo de sa sœur. Loriane avait un faible pour cette épave datant des années 70. La garniture des banquettes était rafistolée au duct tape et l'aile avant droite témoignait des priorités qu'elle avait refusées. Mais sa mère avait la même voiture et aujourd'hui c'était son seul lien avec elle, en dehors de son frère adoré.

Garé à une demi-rue de la maison d'arrêt, Novak surveillait l'entrée. Son corps était ankylosé et son estomac noué par l'excès de stress et le manque de sommeil. Exactement ce que le docteur Wilbert lui conseillait d'éviter.

À 10 heures pétantes, le fourgon franchit les portes de l'enceinte. À l'aide de jumelles, Novak repéra Darius Paul, assis à l'arrière. Il offrait un visage calme, presque paisible, tel un monstre allant s'abreuver au lac. Son escorte ne comptait que deux gardiens : le chauffeur et un accompagnateur.

Novak laissa le fourgon prendre un peu d'avance, puis démarra et le suivit discrètement, veillant à laisser un véhicule s'interposer entre lui et sa proie. Par les hublots des portes arrière, il pouvait voir Darius échanger des propos sympathiques avec son gardien.

Il endort sa méfiance, songea-t-il.

Le trajet ne dura qu'une demi-heure. Ils quittèrent l'A64 pour l'A620, empruntèrent la sortie 24 et longèrent la Garonne. Le convoi progressa dans les rues de Saint-Cyprien et finit par stationner en double file devant le centre Anti-Addiction.

Sans ralentir, Novak poursuivit sa route et alla se garer une cinquantaine de mètres plus loin. Dans son rétroviseur latéral, il put voir le prisonnier pénétrer dans l'établissement médical avec l'un de ses deux gardiens.

Quelques minutes plus tard, Novak les retrouvait dans le hall.

Il s'assit à bonne distance et les observa. Les personnes présentes dans l'espace d'attente n'avaient d'yeux que pour Darius Paul en raison des menottes qu'il portait. Son gardien l'entrava à son banc et l'abandonna quelques minutes pour aller informer l'hôtesse d'accueil de leur arrivée et acheter deux sandwiches.

L'attention de Novak revint vers le prisonnier qui plaisantait avec une très jeune adolescente. Visiblement, elle n'était pas insensible à son charme.

Une prochaine victime ?

Il sortit son portable et les prit discrètement en photo.

Le gardien revint s'asseoir, un sandwich entamé à la main et proposa l'autre à Darius. Celui-ci déclina et demanda la permission d'aller aux toilettes. Sans lui retirer ses menottes, le maton les désolidarisa du banc et lui indiqua la porte du menton, tout en poursuivant sa dégustation.

Novak n'en revenait pas du laxisme dont le surveillant faisait preuve sous prétexte que son prisonnier restait menotté. Savait-il seulement à qui il avait affaire ? Darius Paul pouvait profiter de ces quelques instants de solitude pour s'enfuir par la fenêtre des toilettes !

La parano prit le dessus. Le pic de stress qui s'ensuivit déclencha chez le policier une volonté d'agir qu'il ne parvint à refréner. Il sortit des gants de latex de la poche de son blouson, les enfila et prit la direction des toilettes. Il y pénétra et verrouilla la porte derrière lui.

Avant que Darius ne puisse apercevoir qui l'agressait, Novak l'agrippa par les cheveux et lui plongea la tête dans les WC. Les mains menottées du prisonnier tentaient tant bien que mal de s'agripper à la cuvette, mais elles glissaient invariablement sur le rebord.

Lorsque le capitaine lui sortit le visage de l'eau, Darius eut tout juste le temps de bredouiller :

— Qu'est-ce que vous me voulez ?

— Savoir qui a brûlé la petite Maylis, répondit calmement son agresseur.

— J'y suis pour rien ! s'écria Darius qui avait reconnu la voix de celui qui le harcelait. J'étais en taule, au moment du meurtre ! C'est ce qu'on appelle un putain d'alibi, non ?

— C'est pour ça que tu l'as fait immoler par quelqu'un d'autre ? Pour te fournir un alibi ? Qui travaille avec toi ?

Le supplicié hocha la tête comme pour indiquer qu'il allait parler. Mais, dès qu'il eut récupéré son souffle, il tenta d'appeler à l'aide. Novak plaqua sa main gantée contre sa bouche et lui replongea la tête dans la cuvette. Cette fois, il tira la chasse et le laissa une bonne minute sous l'eau avant de le soulever de nouveau par les cheveux.

— Qui travaille avec toi ?

Entre deux quintes de toux, Darius répondit :

— Je ne sais pas… qui a été choisi… je le jure…

— Choisi ? Choisi par qui ?

Le temps de retrouver son souffle, Darius Paul avoua avoir brûlé la première fillette mais n'être pour rien dans les quatre autres.

— J'ai quitté la fratrie, avoua-t-il. Je n'ai pas touché un feu depuis deux ans ! Je me soigne !

— De quelle fratrie parles-tu ? insista Novak.

— Je ne connais pas les autres membres. Mais ils lui obéissent, eux aussi.

— Ils obéissent à qui ?

Terrifié à l'idée de ce qui pourrait lui arriver s'il parlait, Darius Paul fit non de la tête.

— À qui ? répéta Novak en le secouant.

— *Ignis umbra Dei est !* sanglota le pyromane.

— Quoi ?

— *Ignis… umbra… Dei… est…*

L'instant d'après, il perdit connaissance.

Novak le gifla une ou deux fois pour tenter de le ranimer, sans succès.

Il vérifia son pouls, en palpant sa carotide.

Rassuré, il quitta les toilettes.

21

Julie faisait de son mieux pour se concentrer sur la route, mais elle ne parvenait pas à chasser le pressentiment qui lui collait à la peau. Aujourd'hui encore, elle était terrifiée à l'idée de se retrouver seule face au père Drujon. Le simple coup de fil qu'elle avait passé tout à l'heure pour prendre rendez-vous avait provoqué chez elle des sueurs froides.

Elle fit un premier arrêt au collège Léon-Blum. La nouvelle de la mort de Maylis s'était répandue dans les couloirs, provoquant pleurs et gémissements. La principale avait décrété la suspension des cours et la mise en place d'une cellule de soutien pour les élèves qui auraient besoin de parler.

La plus atteinte était sans doute Ninon Fabre, treize ans, meilleure amie de Maylis. Un physique moins avenant et l'insolence qui va avec. Julie l'auditionna dans une classe déserte. Elle lui montra la photo de Lionel Belkacem, le propriétaire du badge retrouvé sur la scène de crime, et lui demanda si elle l'avait déjà vu traîner autour du collège. Ninon examina ce suspect au look de culturiste et à la mine patibulaire.

— C'est lui qui l'a brûlée ?

— C'est moi qui pose les questions, Ninon. Tu l'as déjà vu, oui ou non ?

Elle regarda à nouveau le cliché, cette fois avec dégoût.

— Ouais. Belkacem. Il se la pète « bras droit du maire », alors que c'est qu'un putain de chauffeur. Il zonait souvent à l'entrée du collège.

— Pourquoi ?

— Mathias et lui sont inséparables. Il l'attendait peut-être à la sortie.

— Ou peut-être qu'il voulait juste mater les filles ?

Ninon fit la moue. Julie sentit qu'elle était sur la bonne voie.

— Maylis était belle, les garçons l'adoraient, n'est-ce pas ?

— Ouais et alors ?

— Et alors, peut-être qu'elle plaisait à Belkacem. C'est peut-être pour ça qu'il zonait à la sortie du collège.

— C'est un pédé ! C'est les garçons qu'il matait.

Cette révélation sur l'orientation sexuelle de Belkacem chamboulait totalement les hypothèses de Julie.

— Est-ce qu'il sortait avec Mathias ?

— Non, pouffa-t-elle. Mais il le kiffait grave. C'est pas malsain, ça, à vingt-huit balais ?

— Pourquoi tu ne me l'as pas dit tout de suite ? Pourquoi faut que je te tire les vers du nez ?

Ninon haussa les épaules.

— Parce que… ça me gave, vos questions.

— Ouais ben moi, ce qui me gave, c'est qu'une gamine de treize ans se soit fait brûler et que sa meilleure copine soit même pas capable d'aider ceux qui cherchent son assassin !

— Je veux bien vous aider, m'dame, s'énerva-t-elle, mais je peux pas inventer ce que je sais pas !

Julie mit une Nicorette en bouche et changea d'approche.

— Maylis sortait bien avec Mathias Cossic, non ?

— Pendant un moment, ouais. On les appelait les M&M.

— Pourquoi ils ont cassé ?

— Je sais pas.

— Ninon... Recommence pas... C'est à cause de Belkacem, c'est ça ?

Ninon leva les yeux au ciel.

— Mathias est pas homo. C'est une histoire de dope, je crois.

— Mathias se drogue ?

— Ouais, soupira-t-elle, mais elle a pas voulu m'en dire plus. Pour pas que je flippe, je pense. Parce que... (Les larmes jaillirent.) ...on se disait tout, avec Maï !

Julie posa une main consolatrice sur son bras.

— Elle était... comme ma sœur ! gémit l'adolescente. Avec qui je vais pouvoir parler, maintenant ?

Mathias Cossic, seize ans, avait une petite gueule d'amour et l'arrogance des fils à papa. Maigrichon au look gothique, il passait difficilement inaperçu, au grand dam de son père dont les donateurs défendaient l'esprit vieille France légitimiste.

— Elle voulait pas coucher ! expliqua Mathias. C'était une gamine ! Et moi, je suis pas baby-sitter. Alors je l'ai larguée.

— C'est marrant, tout le monde dit que c'est elle qui t'a largué.

— Qui ça, « tout le monde » ? Ninon la pucelle, c'est ça ?

— Ninon Fabre, tu veux dire ?

Il haussa les épaules et se balança sur son siège.

— C'est à cause de la dope qu'elle t'a largué ?

— Elle m'a pas largué, bordel ! Et puis, croyez ce que vous voulez, je m'en fous !

— T'as du pedigree chez nous, déclara Julie en consultant ses notes. Vol de mobylette, excès de vitesse, coups et blessures... pourtant, ton casier est vierge ! T'expliques ça comment ?

— Mon père a le bras long. Et moi, c'est la bite. D'où notre succès auprès des meufs.

— Charmant ! En droguant Maylis, t'espérais peut-être qu'une fois défoncée, tu pourrais lui retirer sa petite culotte, c'est ça ? Mais elle a pas voulu fumer, alors t'es devenu violent...

— N'importe quoi.

— Lionel Belkacem, tu connais ?

— Ouais. Quoi, c'est illégal ?

— Ça dépend de ce que vous faites ensemble. Il paraît qu'il est dingue de toi. T'as des penchants homos ou c'est juste lui ?

— En quoi ça vous regarde ? Je vous demande, moi, qui vous fourre la chatte ?

— Tu viens de le faire, là.

Mathias en eut le souffle coupé. Julie enchaîna.

— D'après ce que Ninon nous a dit, vous traîniez souvent devant le collège, Belkacem et toi, et vous harceliez les élèves. Toi les filles, lui les garçons.

— C'était juste de la drague, rien d'autre !

— Une façon de les chauffer, sans jeu de mots ?

— Ça excitait Lionel de me voir draguer.

— Est-ce qu'il était jaloux de Maylis ? C'est toi ou c'est lui qui lui a donné rendez-vous à la chapelle Saint-Georges, lundi à 5 heures du mat ?

— Si vous faisiez bien votre taf, vous sauriez que je pionce à cette heure-là, moi.

— On a retrouvé le badge de Belkacem à moitié cramé sur la scène de crime.

— Quoi ?

Elle plaça sous ses yeux une photo qui illustrait ses propos.

— Vous l'avez violée, c'est ça ? Toi par-devant, lui par-derrière ? Pour qui elle se prenait, la prolo, avec son père chauffeur de taxi et sa mère infirmière ? Elle croyait qu'elle pouvait larguer le fils Cossic et s'en tirer comme ça ?

— C'est quoi, ce délire ?

— Et après, Belkacem t'a aidé à la menotter et vous y avez mis le feu pour nous faire croire que l'Immoleur était de retour.

Julie plaqua une nouvelle photo sur la table. On y voyait le corps de Maylis atrocement brûlé. Horrifié, Mathias détourna la tête. Il avait perdu sa superbe. On aurait dit un gamin de dix ans, totalement vulnérable.

— Mathias, si tu sais quelque chose, il vaut mieux que tu le dises maintenant.

La porte de la classe s'ouvrit brusquement et le maire entra, suivi de près par le principal du collège qui semblait très contrarié.

— Je veux parler à mon fils, déclara-t-il.

— Je vais vous demander d'attendre dehors, monsieur Cossic. Vous interrompez une audition.

— Je suis maire de cette commune, capitaine. Et, à ce titre, je dispose des mêmes prérogatives que tout officier de police judiciaire. Article 16 du Code de procédure pénale et article L.2122-31 du Code général des collectivités territoriales. Je n'ai donc pas à vous obéir. J'agis sous le contrôle du procureur de la République. Mon fils est-il en garde à vue ?

— Non, mais…

— Il ne dira rien de plus sans la présence de notre avocat.

Cossic sortit une carte de visite de son portefeuille et la tendit à Julie en disant :

— Maintenant, si vous voulez bien nous laisser…

La policière saisit la carte, ramassa son dossier et suivit le principal à l'extérieur sous le regard appuyé de Mathias qui jouissait de son humiliation. Mais, à peine étaient-ils sortis que Cossic fustigea son fils.

— Qu'est-ce que je t'avais dit la dernière fois, sale petite merde ?

22

Une foule de journalistes battait le pavé devant le pavillon des Guinet. La police avait installé un périmètre de sécurité, mais les caméras et les téléobjectifs étaient pointés vers les fenêtres, impatients de nourrir la saison 2 d'une affaire qui avait passionné la France, deux ans auparavant.

Dès qu'un badaud approchait, qu'il fasse ou non partie des intimes, les questions pleuvaient. Et, à défaut de pouvoir interroger les intéressés, les chaînes d'infos faisaient tourner en boucle la moindre anecdote des habitants.

À l'intérieur de la maison, une technicienne de la police scientifique déballait le contenu de sa mallette sur la table de la cuisine. Fascinés, Arthur et Gabriel ne la quittaient pas des yeux. L'experte sortit deux écouvillons buccaux et s'approcha des garçons en souriant :

— Alors ? Qui est prems ?

— Ça fait mal ? grimaça Arthur.

— Non. Ça chatouille.

— Prems ! s'écria Gabriel.

— C'est vraiment indispensable ? demanda Pierre qui lavait la vaisselle derrière eux.

— C'est la procédure, monsieur. Tous les membres de la famille doivent être prélevés.

À travers la lucarne donnant sur le patio, Pierre aperçut les policiers qui chargeaient les bagages d'Arthur et Gabriel. Une voiture de patrouille allait les emmener chez leur grand-mère. Fabienne avait proposé d'accueillir les enfants chez elle à Toulouse, « jusqu'à ce que les choses se tassent ». Mais pouvaient-elles vraiment se tasser ?

— Monsieur ? insista la technicienne qui attendait l'autorisation de Pierre pour procéder aux prélèvements ADN.

Il acquiesça et se dirigea vers la fenêtre qui donnait sur la Grand-Rue. Les volets étaient fermés pour préserver leur intimité, mais il pouvait suivre le cirque médiatique à travers les persiennes.

La policière scientifique demanda à Gabriel d'ouvrir grand la bouche, elle préleva un frottis sur la muqueuse de la joue, ensuite ce fut le tour d'Arthur.

Fabienne la regardait faire en pestant intérieurement.

— Je peux amener mon ballon de foot, Mamie ? fit Gabriel en bondissant de sa chaise.

— Si tu veux, mais interdiction de jouer à l'intérieur de l'appartement.

— Ça va aller, P'pa ? s'inquiéta Arthur en rejoignant son père.

— Ouais, mon grand. Et toi ?

Il hocha la tête distraitement et guetta à son tour la rue à travers les persiennes. Pierre observa son fils. Comment faisait-il pour être aussi normal après l'horreur à laquelle il avait assisté ? L'amnésie partielle dont avait parlé le médecin allait-elle durer ? Avait-il vraiment oublié ou refoulait-il pour survivre ?

— Tu m'appelles quand vous arrivez, Arthur, d'accord ?

— D'accord, P'pa. Ils vont rester longtemps, devant notre maison ?

— J'en ai bien peur.

— Et si on les arrosait avec le jet d'eau ?

— Ça, c'est une idée, fit le père en souriant.

Ils échangèrent une tendre accolade tandis que, derrière eux, Fabienne rassemblait ses troupes.

— Mettez vos K-way, les enfants.

— Mais il fait beau, Mamie, protesta Gabriel.

— Mets-le au-dessus de ta tête, proposa Arthur. Comme ça, quand la voiture de police sortira, ils verront rien sur leurs photos.

— Aussi malin que son père ! fit remarquer la grand-mère en se tournant vers son gendre.

— Merci, Fabienne. S'ils vous fatiguent, vous me les ramenez, promis ?

— Vous plaisantez, Pierre ! C'est de ne pas les avoir qui me fatigue ! Placez votre confiance en Dieu. Il sait ce que vous ressentez. Il a perdu un enfant, lui aussi.

Le corps de Pierre se raidit à l'évocation de Dieu. S'il y avait quelqu'un dont il ne voulait pas entendre parler, en ce moment, c'était bien lui.

— Je prierai pour vous tous, conclut Fabienne en collectant ses affaires. Allez, les pitchouns, on s'en va !

Pierre regarda ses garçons sortir en courant, leur K-way sur la tête.

Les enfants guérissent-ils du deuil plus vite que les adultes, songea-t-il, *ou sont-ils juste plus doués pour faire semblant ?*

Il y a deux jours encore, leur fratrie ne jurait que par trois. La mort n'était pour eux qu'une histoire à dormir debout, une affaire de grandes personnes. Et, aujourd'hui, leur enfance était prélevée au coton-tige, leur foyer perquisitionné. Auraient-ils la force d'oublier cela ?

En tout cas, leur père ne l'avait pas.

Les bruits de fouille lui firent lever les yeux vers le premier étage. La porte de la chambre de sa fille était entrouverte et il vit qu'il manquait la lettre S au prénom *MAYLIS* collé sur le battant. Il éprouva le besoin irrépressible d'aller le réparer.

Il grimpa les marches quatre à quatre et se mit à scruter le sol à la recherche de la consonne manquante. Dans la pièce, les agents en uniforme qui inspectaient les lieux interrompirent leurs travaux pour observer le comportement étrange du père de la victime.

— On peut vous aider, monsieur ? demanda l'un d'eux.

Absorbé par sa quête, Pierre ignora la question. Il finit par dénicher la petite lettre de bois contre la plinthe, dans l'interstice laissé par la moquette. Elle était fissurée en son milieu. L'espace d'une seconde, Pierre eut même l'impression qu'elle saignait.

Il se précipita dans son bureau, fourragea dans un tiroir et y trouva un tube de colle. Il versa de la glu dans la blessure et referma résolument la plaie en priant pour que la lettre cicatrise.

Rassuré, il pressa le pas vers la chambre. Sous le regard stupéfait des agents, il recolla le S sur le battant pour ressusciter le prénom de sa fille.

Ensuite, il alla s'asseoir sur le lit de Maylis et son regard s'attarda sur tous ces objets qu'elle avait touchés, sur tous ces livres qu'elle avait feuilletés.

— Désolé, monsieur, fit l'officier le plus âgé. On n'en a plus pour longtemps.

Ses deux collègues quittèrent la pièce en emportant un carton chargé des cahiers et des lettres qu'ils avaient collectés. Resté seul avec leur chef, Pierre tenta d'atteindre l'homme sous l'uniforme :

— Vous avez des enfants ?

— Oui, monsieur. Une fille.

— Alors, vous savez ce que je ressens. À ma place, vous voudriez savoir ce qui s'est passé, n'est-ce pas ?

Même si le policier lui tournait le dos, son silence était éloquent. En tant que père, il pouvait facilement imaginer la souffrance de Pierre. Mais sa fonction faisait barrage.

— Il faut me laisser travailler, maintenant, monsieur. Je... je vais vous demander de sortir, je vous l'ai dit, je n'en ai plus pour longtemps.

— Est-ce que ma fille a été violée ?

— Je n'ai pas le droit de...

— Ce n'est pas au policier que je demande. C'est au père. Le fait de savoir... ne peut pas être pire que ce que j'imagine !

L'officier perdait peu à peu son objectivité.

— Dès que je ferme les yeux, je vois... ma petite fille aux mains de ce monstre...

Pierre se frotta violemment le front comme pour arracher les images qui s'y projetaient. Sa voix se brisa et il se mit soudain à sangloter.

— Je suis son papa, bordel ! Qu'est-ce qu'il faut que je fasse pour que vous compreniez ?

L'agent était au supplice. Alors, dans un soupir, il bredouilla :

— Elle n'a pas été violée, monsieur.

Les yeux baissés, Pierre hocha la tête, en signe de remerciement. Mais il ne put s'arrêter là.

— Je n'arrive plus à penser à elle sans l'entendre hurler dans les flammes, encore et encore ! J'ai besoin de savoir avant qu'on ne l'enterre… Est-ce que… est-ce qu'elle a souffert ?

L'émotion de Pierre voyagea d'un père à l'autre. Et bientôt, le policier se retourna vers lui, les larmes aux yeux.

23

En garant sa voiture de patrouille devant l'imposante abbatiale romane de l'an mille, le cœur de Julie se mit à battre plus fort. Elle connaissait cette bâtisse pour l'avoir évitée maintes fois. Quand elle était petite, elle l'apercevait depuis la fenêtre de sa chambre et en faisait des cauchemars. Elle aurait pu dessiner le Jugement dernier de son tympan les yeux fermés. Et notamment ses supplices de l'enfer. Ce diable bossu qui arrache la langue d'un enfant menteur avec un crochet. Ou cet homme, au-dessus des flammes, rôti à la broche par deux démons, dont un à tête de lièvre.

Jamais elle ne se rendait au catéchisme le dimanche sans que Pierre Guinet ne lui tienne la main. Cette phobie des églises la poursuivait aujourd'hui encore. Était-ce pour cela qu'elle n'avait jamais remis les pieds dans son village natal depuis vingt-sept ans ?

En poussant la lourde porte de la basilique, son malaise grandit. Elle resta debout à l'entrée, n'osant s'aventurer dans le sanctuaire désert. Des battements d'ailes lui firent lever la tête vers la voûte vingt-deux mètres plus haut. Sa respiration s'emballait. Son pouls était perceptible dans le silence. Julie se demandait si elle parviendrait à mener à bien cet interrogatoire sans que soit démasquée la terreur qu'elle éprouvait.

Elle changea son dossier de main pour essuyer ses paumes moites sur son jean et s'avança le long de l'allée centrale. Son ombre glissait sur les dalles, tandis qu'elle fixait l'autel austère et froid, à l'image de son abbé. Des faisceaux de lumière jalonnaient l'obscurité, matérialisant les particules en suspension.

Il y avait quelque chose dans l'air.

Quelque chose d'indicible…

Un toussotement fit sursauter Julie. La silhouette du père Drujon se découpait à contre-jour sur sa droite, dans la clarté poussiéreuse des vitraux. Assis près du confessionnal, il attendait aussi patiemment qu'une gargouille. Sa chevelure blanche et ses yeux clairs ajoutaient à l'intimidation que l'on ressentait en sa présence.

— À quand remonte votre dernière confession, ma fille ?

Cette voix gutturale, d'outre-tombe, était aussi impressionnante aujourd'hui qu'il y a trente ans.

— Ce n'est pas de ma confession dont il s'agit aujourd'hui, mon père, mais de la vôtre. Et malheureusement, je n'ai pas le pouvoir d'absoudre.

Le vieux prêtre grimaça un sourire sur ses dents jaunies.

— Seul Dieu a ce pouvoir, petite Julie. La justice des hommes n'est qu'une mascarade.

« Petite Julie »… Ce surnom la fit tressaillir. Une façon comme une autre de lui signifier que rien n'avait changé à Gévaugnac. Elle tenta de surmonter sa peur par une désinvolture de façade.

— Il faut bien faire le tri entre le bien et le mal, mon père.

— Avec quel tamis ? Celui qui condamne le pauvre ou celui qui permet au riche d'échapper au châtiment ? « Ne jugez point et vous ne serez point jugés », Luc, 6,37.

Julie s'installa sur un banc face à son croque-mitaine. C'était aujourd'hui un vieillard hâve et décharné. Son haleine était chargée des milliers de péchés mortels qu'il avait refusé d'absoudre. Il empestait l'hostie et le vin de messe.

— Si vous me racontiez ce que vous avez vu, le matin du crime, mon père ?

— Je l'ai déjà fait, à tes collègues du 17. Vous ne vous parlez jamais entre vous ?

— Dans l'urgence, on a tendance à omettre certains détails. Or, ce sont les détails qui permettent de résoudre une affaire.

Le curé sembla soudain perméable à des images assourdies de la veille qui refaisaient surface. Il était dans le clocher quand le drame s'était produit. Il avait entendu des cris. Il faisait nuit, mais c'était pleine lune. À travers les arbres, à quelque cinquante mètres au-dessus du village, il avait vu une ombre tourner autour du bûcher.

— Vous pourriez me la décrire ?

— C'était le diable, revenu parmi nous pour nous châtier. Comme il l'a fait il y a deux ans. Ce village est maudit, tu sais ? À peine pubères, ses jeunes filles se pavanent dans les rues dans des tenues obscènes. Tu ne faisais pas ce genre de choses, toi. Un châtiment ne tombe pas sans raison.

Les propos du vieil ecclésiastique avaient de quoi donner le frisson, mais ils faisaient aussi de lui un suspect potentiel. Ce que lui fit remarquer Julie. Alors le père Drujon poursuivit en souriant :

— Tout châtiment semble d'abord un sujet de tristesse, c'est vrai. Mais les flammes purifient l'être intérieur. Elles sont un remède contre le Mal.

— Un remède ? s'offusqua Julie. Ce sont les mots que vous comptez utiliser pour consoler les parents de la petite Maylis ?

— Le berger ne console pas ses brebis, petite Julie. Il fait en sorte qu'elles obéissent afin de ne pas être dévorées par le loup.

24

De retour à l'hôtel de police, Novak poussa les portes battantes qui donnaient sur les bureaux. La voix de Darius Paul résonnait encore dans sa tête. Il avait sûrement porté plainte, ce qui voulait dire que, d'ici quelques heures, on lui retirerait l'enquête. Peut-être même d'ici quelques secondes.

Depuis le couloir, il aperçut Julie dans l'open space qui terminait son débrief pour ses collègues. Le commandant l'écoutait, son café froid à la main.

— Les métaphores du père Drujon ressemblent à des aveux déguisés. Vous voulez un best of?

Sans attendre la réponse, elle consulta ses notes et en fit la lecture :

— « À peine pubères, les jeunes filles se pavanent dans nos rues dans des tenues obscènes » … « Un châtiment ne tombe pas sans raison » … « Les flammes sont un remède contre le Mal » … « Elles purifient l'être intérieur ».

Ces citations déclenchèrent les rumeurs dégoûtées des fonctionnaires présents. Mais les conversations cessèrent quand Novak les rejoignit :

— On a commis la même erreur, il y a deux ans, déclara-t-il. Le père Drujon surfe sur la peur. Mais pas plus ou pas moins que le Mouvement Patriote. Jean-Daniel Cossic s'est fait élire là-dessus. Aujourd'hui ce sont les immolations, demain ce sera la sécheresse. Les discours du curé sont plus dangereux que lui.

— Ce qui fait de tous ses paroissiens des suspects potentiels, déduisit Vidal.

— On va quand même pas se les retaper tous ! protesta Marty.

Novak s'approcha du panneau en liège où étaient punaisés les portraits des fillettes assassinées et émit une hypothèse :

— Nous savons déjà que Darius Paul était en prison quand la fillette numéro 4 a été immolée et qu'il ne peut pas avoir brûlé Maylis pour les mêmes raisons. Alors il y a deux solutions : soit Darius a un disciple, soit il est lui-même le disciple de quelqu'un qui ne voulait pas se salir les mains à l'époque et toujours pas aujourd'hui.

— Tu penses à quoi ? demanda Ray. Une famille à la Manson ?

— Un truc dans le genre.

Novak préféra ne pas évoquer les aveux de Darius à propos de « la fratrie » pour ne pas avoir à justifier son interrogatoire musclé.

— Ce qui voudrait dire qu'un deuxième adepte est à l'œuvre en ce moment, conclut Julie. Et pas très malin, étant donné les différences dans le MO.

Novak approuva et ajouta :

— À propos, on a des nouvelles de l'empreinte ADN ?

— La personne à qui elle appartient n'est pas fichée au FNAEG, répondit Ray.

Novak soupira, frustré.

— Laquelle des deux hypothèses vous semble la plus probable ? lui demanda Julie.

— La seconde. Un deuxième adepte pas très malin, mais qui connaît suffisamment bien les habitudes de la famille Guinet pour accomplir sa mission.

— Belkacem ?

Novak fit non de la tête en souriant. Pour ponctuer sa théorie, il épingla sur le panneau d'affichage la photo qu'il avait dérobée dans la chambre de Maylis.

— Mathias Cossic ? déduisit la capitaine, songeuse.

— Hop hop hop ! fit Ray, inquiet. Le fils du maire ?

— Lui-même. À l'époque, son père passait plus de temps à gérer les frasques de sa petite racaille qu'à briguer la mairie. Et, connaissant l'oiseau, ça a dû empirer.

— C'est Maylis, la fille avec lui, là ? demanda Vidal.

Novak acquiesça.

— J'ai interrogé Mathias tout à l'heure, précisa Julie. Mais, au moment où il allait craquer, son père est intervenu avec la carte de visite de l'avocat le plus cher de la région.

— Tu m'étonnes, s'exclama Pujol. Cossic, c'est la moitié de l'immobilier de Toulouse. Il peut s'en payer trois ou quatre, des comme ça.

— Qu'est-ce qu'il fout à être maire de ce bled, alors ? s'étonna Marty.

— Il y est né !

— Pour moi, Cossic c'est surtout l'ami personnel du préfet, avertit Ray. Alors, à la moindre preuve d'implication de son gamin, je veux être le premier au courant. C'est clair ?

Personne ne broncha.

— La triangulation du portable du curé, ça intéresse quelqu'un ? s'écria Garcia du fond de l'open space. Le père Drujon a appelé police secours depuis son église, et ce, à l'heure du crime.

Novak échangea un regard avec sa partenaire visiblement déçue.

Un policier du standard pointa son nez à l'entrée.

— Julie ? T'as de la visite.

Elle se pencha vers le couloir, s'excusa d'un geste auprès de ses collègues et s'éloigna.

Novak la suivit du regard et s'avança de quelques pas pour découvrir celui qu'elle allait rejoindre : un homme élégant en complet bleu qui avait tout du chef d'entreprise.

— Qu'est-ce que tu fais là ? demanda-t-elle. Et nos vacances ?

— Écourtées.

Il y avait une pointe de reproche dans sa voix.

— J'ai compris que t'étais trop sous pression et que tu ne parviendrais pas à te libérer, alors j'ai préféré prendre les devants.

— Ces vacances, on en a tous besoin. Tu ne vas pas priver les enfants de vacances, maintenant !

— Attends… *qui* les prive de vacances, Julie ?

— Toi, Cédric ! Je t'avais dit qu'on te rejoignait ce soir ! Les bagages sont prêts à la maison et les enfants sont dans les starting-blocks…

— Julie… Il faut qu'on parle.

La prophétie de Ray se réalisa soudain. Et Julie prit l'uppercut en pleine figure. Mais il était hors de question pour elle d'aller au tapis. Alors elle contre-attaqua :

— Si tu voulais qu'on parle divorce, t'avais pas besoin d'organiser des vacances, pour me la faire en douceur. T'avais qu'à m'en parler tout simplement !

— Il ne s'agit pas de divorce, Julie. J'ai beaucoup réfléchi depuis qu'on est séparés et…

Elle s'en voulut soudain de s'être trompée.

— … et c'est de ça dont je voulais te parler. Les enfants me manquent terriblement. Et maintenant, je me sens capable de m'en occuper aussi bien que toi…

— Tu veux dire quoi par là ?

Il la regarda un moment en silence et tenta de bien choisir ses mots.

— J'ai pris un appartement à Toulouse. On pourra s'arranger pour que tu continues à les voir, mais je veux mes enfants.

— C'est une plaisanterie…

— Non.

— Hors de question ! Qui nous a plaqués il y a deux ans ?

— Je ne vous ai pas plaqués, Julie ! J'ai juste eu une promotion à Paris et tu as refusé de me suivre.

— Il fallait quoi ? Que je laisse tomber ma carrière pour la tienne, c'est ça ?

— Tu aurais pu te faire muter !

Leurs éclats de voix avaient attiré les regards des policiers qui avaient rejoint Novak à l'entrée de l'open space. Julie s'en rendit compte. Elle prit Cédric par le bras et l'entraîna dans un bureau dont elle ferma la porte.

— Julie, je n'ai pas l'intention de t'empêcher de les voir. Tu les auras un week-end sur deux et la moitié des vacances. Tu es leur mère.

— Merci de t'en souvenir. Et toi, qu'est-ce que tu es ?

— Leur père. J'ai toujours été leur père.

— À huit cents bornes ? Tu penses qu'être père sur Instagram, ça te donne le droit de revenir ?

— Je n'ai jamais cessé de les aimer.

— Qu'est-ce qui te fait croire qu'ils veulent vivre avec toi ?

— Qu'est-ce qui te fait croire qu'ils ne veulent pas ?

— OK, tu sais quoi ? On a assez parlé.

— Tu ne peux pas agir comme ça !

— Je ne t'autorise pas à me dire ce que je peux faire ou pas !

— Elle a un sacré caractère, hein ? commenta Novak qui assistait au K-O de Cédric par son ex-femme.

— Ça tombe bien que tu penses ça, dit Ray, parce qu'elle n'est pas près de quitter l'enquête, maintenant.

Le portable du commandant sonna. Il décrocha et s'éloigna en laissant Novak digérer ces paroles.

— Roques, j'écoute… Merde ! Où ça ?

Inquiet du ton qu'avait employé son boss, Novak se tourna vers lui.

— C'est arrivé quand ? … Et… et son gardien n'a rien vu ?

Ce coup de fil concernait Darius Paul. Novak en était persuadé. Il avait dû porter plainte. Et, maintenant, en tant qu'agresseur, il allait devoir en assumer les conséquences.

Ray fit signe à Novak de le rejoindre tout en poursuivant sa conversation :

— Y a des témoins ? … OK. Tu me dégottes les images de surveillance et tu rappliques avec.

Il raccrocha, songeur.

— Qu'est-ce qui se passe ?

— Darius Paul a été assassiné dans les toilettes du centre Anti-Addiction.

La nouvelle terrassa Novak. S'il avait bien violenté le pyromane pour le faire parler, il était certain d'avoir senti son cœur battre avant de le quitter.

— Il est mort comment ? demanda-t-il en tentant de recouvrer son sang-froid.

— Noyé dans une cuvette de WC. T'avais raison. Il y a bien quelqu'un derrière Darius, quelqu'un qui préfère s'assurer de son silence.

La réflexion de Ray angoissa Novak davantage.

— Avec un peu de chance, les caméras de surveillance nous permettront d'identifier son assassin.

Le cœur du capitaine battait si fort qu'il commençait à manquer d'air.

— Ça va aller ? Ça doit te faire drôle, hein, que ta nemesis finisse comme ça.

— T'as raison…

Il fallait agir vite car les images apporteraient la preuve de sa présence sur place.

— Tu me laisserais me charger de l'analyse des vidéos ? Ça occupera mes soirées à l'hosto.

Ray acquiesça gravement.

25

Les policiers avaient laissé la chambre de Maylis sens dessus dessous. Pierre Guinet y errait, comme une âme en peine. Les vêtements et les affaires de sa fille réclamaient d'être rangés. Et il tenait à les replacer exactement là où elle les avait mis, comme pour respecter ses dernières volontés. Toutes ces tenues qui ne seraient plus portées semblaient le supplier.

Les yeux chargés de larmes, il caressait religieusement les livres de Maylis et ses posters. Sa tristesse allait et venait comme une marée inconsolable et le remords y faisait son lit : regret d'avoir cru naïvement que son enfant lui survivrait ; douleur de n'avoir jamais imaginé que les instants partagés avec elle pouvaient être éphémères.

Il s'arrêta un moment devant son aquarium et se rendit compte qu'il n'avait jamais prêté attention aux poissons qu'elle adorait. Ils devaient être affamés ! Il attrapa une boîte de nourriture qui traînait sur l'étagère et saupoudra quelques flocons dans le bocal.

Derrière lui, la petite télévision de la chambre continuait de cracher ses nouvelles. Gévaugnac et son Immoleur en faisaient la une. Les reportages évoquaient, avec sensationnalisme, l'hypothèse d'un serial killer revenu chasser sur son territoire. On mentionnait aussi ce badge du Mouvement Patriote qui aurait été découvert sur la scène de crime et la possible compromission de la Mairie. Faute de déclaration officielle, la rumeur et la calomnie comblaient le vide.

Concentré sur son rangement, Pierre n'avait pas entendu Béatrice monter à l'étage. Derrière la rubalise qui barrait l'entrée de la chambre, elle observait le rituel de son mari, sans oser l'interrompre.

— Ne reste pas ici, Pierre, murmura-t-elle. Tu te fais du mal.

Les yeux dans le vide, il répondit :

— Ils ont trouvé un badge du MP, là-haut. Pourquoi les flics ne nous ont rien dit ?

— Ce ne sont que des rumeurs, chéri, dit-elle en franchissant la bande de plastique jaune. Quand ils auront quelque chose de sérieux, ils nous le diront.

Le fatalisme de son épouse lui portait sur les nerfs.

— La télé en sait plus que nous et toi ça ne te fait rien !

— Arrête, Pierre...

Il se retourna vers sa femme :

— Ils nous ont demandé si Maï s'intéressait à la politique, tu te souviens ? Tu crois qu'elle fréquentait celui à qui appartenait ce badge ?

— Comment veux-tu que je sache ?

En l'absence d'ennemi identifiable, ils commençaient à s'en prendre l'un à l'autre. S'ils aimaient leur fille de la même façon, ils vivaient leur deuil de manière différente. Dans la révolte et la culpabilité pour Pierre, l'impression de ne pas avoir su protéger son enfant, dans l'anesthésie et le silence pour Béatrice, car elle était anéantie par le remords.

— Qu'est-ce qu'on a fait pour mériter ça, tu veux me dire ? s'insurgea Pierre.

Béatrice baissa la tête, comme si la honte l'empêchait de répondre à cette question. Au bout de quelques secondes, elle prit son courage à deux mains et enveloppa son mari de ses bras protecteurs. Ils restèrent ainsi, blottis l'un contre l'autre, un long moment. Jusqu'à ce que la photo de Maylis, à la télé, ne brise leur union.

— Tu devrais arrêter de regarder les infos, suggéra Béatrice. Ils t'obligent à revivre sa mort en permanence.

— Je n'ai pas besoin d'eux pour ça, dit-il en se dégageant.

Il fut tenté de raconter à sa femme ce que le technicien de la police scientifique lui avait révélé, mais… il préféra le lui épargner.

— Pierre, je peux te demander quelque chose ?

— Bien sûr.

— Mais je voudrais que tu m'écoutes jusqu'au bout. Tu peux faire ça ?

— Je peux essayer.

— Voilà… Les parents des précédentes victimes se sont réunis spontanément en groupe de soutien et… ton frère et le père Drujon nous proposent de passer à l'église pour…

— Non, l'interrompit Pierre. Qu'ils gardent leur pitié et leur bondieuserie.

Le regard de Béatrice se perdit dans les rideaux de pompons multicolores que Maylis avait fabriqués elle-même. À travers, elle devinait la silhouette des journalistes qui faisaient le pied de grue devant chez eux. Elle refusait de se sentir l'otage de ces gens et de la police. Elle continuerait de les ignorer. Elle voulait pouvoir aller et venir comme bon lui semblait.

En garant sa voiture sur le parking de l'église, Béatrice remarqua que les gens détournaient le regard en la croisant ou s'écartaient de son chemin comme si le deuil était contagieux.

Alors qu'elle se dirigeait au pas de charge vers l'entrée du sanctuaire, un vieil homme l'interpella par-derrière, d'une voix douce.

— Nous prions tous pour vous, madame.

Elle se retourna pour le remercier et, contre toute attente, le bon Samaritain brandit un appareil photo et la mitrailla. Furieuse d'avoir été bernée, elle se jeta sur le paparazzi et le frappa de toutes ses forces. Tandis qu'elle l'injuriait et le menaçait d'un procès s'il publiait ces photos, elle sentit à nouveau les regards des passants sur elle. Très vite, sa colère se transforma en crise de nerfs et elle s'affala, sanglotante, sur le coffre d'une voiture en stationnement.

— Béa…

Quelqu'un au-dessus d'elle l'appelait. C'était Jean Guinet, le frère de Pierre. Un des pères endeuillés de Gévaugnac, le premier à avoir perdu sa fille, deux ans auparavant.

— Ne reste pas là, Béa. Viens avec nous à l'intérieur.

Moins beau garçon que son aîné, Jean avait très tôt misé sur les études pour se construire une position sociale. Propriétaire de plusieurs restaurants étoilés dans la région, son succès flamboyant suscitait des jalousies parmi les habitants, dont certains travaillaient pour lui. Il s'était même brouillé avec Pierre qui supportait mal la réussite de son cadet. Tout cela changea brutalement lorsque le sort vint s'acharner sur lui. L'assassinat de sa fille, Charlotte, eut pour effet de démolir tout ce que Jean avait mis tant de soin à bâtir. À commencer par son couple qui ne résista pas longtemps à l'holocauste.

Et, par un de ces paradoxes dont l'humanité a le secret, sa chute lui fit gagner l'estime de ceux qui l'avaient ostracisé. Il devint même une référence de résilience au village lorsque d'autres familles furent frappées.

Prenant appui sur Jean, Béatrice rejoignit le groupe de soutien. Des hommes et des femmes, d'âges et de milieux sociaux différents, qui s'étaient ignorés depuis toujours mais qui, suite au drame d'il y a deux ans, avaient fait l'apprentissage du partage. Assis sur des chaises disposées en cercle devant l'autel, ils débordaient de compassion pour celle dont la souffrance réactualisait la leur.

Jean aida Béatrice à s'asseoir et le père Drujon la salua en ces termes :

— Aujourd'hui, nous accueillons la souffrance insupportable d'une des nôtres. Ses frères et sœurs ici présents en connaissent l'intensité puisqu'ils ont été frappés eux-mêmes dans la chair de leur chair. Ces moments tragiques nous font immanquablement questionner notre foi. Comment un dieu infiniment bon et tout-puissant peut-il tolérer pareils agissements ? Pourquoi ne réagit-il pas pour éviter les guerres, les attentats, les maladies, les catastrophes naturelles ? Tolère-t-il le Mal ? A-t-il renoncé parce qu'il ne peut rien faire ou est-ce sa réponse aux péchés d'une communauté ?

Béatrice se hérissa en entendant cette dernière hypothèse. Elle connaissait l'intégrisme du père Drujon, mais elle le détesta pour la récupération qu'il faisait du meurtre de son enfant. Quel péché leur communauté aurait-elle pu commettre pour justifier que Maylis brûle sur un bûcher ?

Elle balaya du regard les parents présents. Avaient-ils accepté cette explication à la mort de leurs filles ? Y avaient-ils trouvé du réconfort ?

— Dieu n'a pas créé le Mal, poursuivit le prêtre. Il a créé des êtres libres. Aurait-il pu le faire sans que certains aient la possibilité de choisir le Mal ? Peut-être pas, me direz-vous, mais que deviennent les familles de victimes ? Comment peuvent-elles dépasser leur douleur ?

On ne peut pas, songea Béatrice. *Tu le saurais, si ton Dieu t'avait frappé, toi, donneur de leçons !*

— S'il y en a Un qui comprend la souffrance de notre sœur, aujourd'hui, continua le vieux curé, c'est bien Dieu. Car ces hommes qu'il a créés libres ont assassiné son fils unique en le clouant sur une croix.

Les parents présents hochèrent la tête de concert. Béatrice se tourna vers Jean qui acquiesçait, lui aussi. Voilà la bouée de sauvetage à laquelle ils s'étaient tous accrochés pour éviter de sombrer. Un bout de bois.

— Le christianisme prône la réconciliation et le pardon, mes frères. Mais, pour notre sœur comme pour vous autres il y a deux ans, cela sera difficile de pardonner.

Béatrice contempla le vieil homme dans sa soutane noire et se demanda quelle aurait été sa réaction à la place de son mari, ce matin-là ? S'il avait découvert le corps carbonisé de son enfant adorée ? Parlerait-il de pardon, aujourd'hui ? Pourrait-il seulement prononcer ce mot-là ?

Jean Guinet prit la parole à son tour.

— Il y a deux ans, quand on a brûlé Charlotte, ma femme et moi avons été anéantis par la souffrance. C'est pourquoi je sais exactement ce que ressentent Béatrice et mon frère Pierre, en ce moment. Et je sais aussi ce qu'ils se demandent. « Comment fait-on pour vivre avec ça ? » La réponse est terriblement simple : on ne vit pas, on survit. Face à l'horreur, il n'y a qu'une solution : en parler. Avec d'autres gens qui ont vécu la même chose que nous. C'est pourquoi j'ai créé ce groupe de soutien. Nous saurons t'aider, Béa. Car nous portons la même blessure que toi.

Les paroles de Jean n'auraient pas pu être plus en phase avec ce que ressentait Béatrice et, quand leurs regards humides se croisèrent, elle sut qu'une forme d'espoir lui était permise.

— Merci, Jean, dit le prêtre, pour avoir si bien exprimé ce chemin de croix que vous tous ici avez enduré. Mais n'oublions pas que, comme Charlotte, Emma, Jade et Chloé, Maylis est auprès de Dieu, à présent.

— C'est censé nous consoler, ça ? cria Pierre qui venait de pénétrer dans l'église.

Il s'avançait dans l'allée centrale comme un catcheur qui voulait en découdre. Béatrice se leva aussitôt et pressa le pas vers lui pour le calmer.

— De quel droit votre Dieu nous prend-il notre enfant ? poursuivit-il. Il n'a pas assez d'anges avec lui, là-haut, pour lui tenir compagnie ?

— Arrête, chéri, je t'en prie, supplia Béatrice en lui prenant le bras.

Il se dégagea.

— Non mais ça m'intéresse vraiment ! Je suis sûr que notre curé a une réponse toute faite dans son missel.

Le père Drujon ne se laissa pas ébranler. Il s'avança vers Pierre.

— Je comprends votre rage, mon fils. Il faut laisser la souffrance s'exprimer.

— Je ne suis pas votre fils ! hurla Pierre. Pas plus que le sien !

Il avait pointé un doigt accusateur vers le crucifix qui dominait l'autel. Les parents présents ne savaient quel comportement adopter car cette colère parentale avait été la leur et elle ranimait des rancunes anciennes. Même le deuil cicatrisé de Jean Guinet saignait à nouveau. Mais il ne pouvait pas rester muet face à la souffrance de son frère. Alors, il l'interpella.

— Tu ne t'en prends pas à la bonne personne, Pierre. C'est au meurtrier de ta fille que ces paroles doivent s'adresser. Pas à un dieu auquel tu ne crois pas et qui, pourtant, est la seule personne qui peut t'aider. Il nous a tous soutenus, quand nos enfants sont morts. Alors pourquoi ne le ferait-il pas pour toi ?

Le visage ruisselant de larmes, Pierre se laissait envahir par les paroles de ce frère avec lequel il ne s'entendait plus, mais qui le connaissait mieux que quiconque.

Exploitant la faille, le père Drujon releva la tête en fermant les yeux et murmura :

— Face à cet excès de mal, Seigneur, donne-nous la force de fournir un excès de bien.

Il traça un signe de croix dans le vide devant lui comme pour contrer le blasphème qui avait précédé, mais Pierre lui attrapa le poignet avant qu'il n'ait terminé.

— Pourquoi il ne t'a pas pris, toi, plutôt, curé ? Hein ? Puisque tu le comprends si bien ?

Sa voix se brisa. Et, tandis qu'il s'éloignait, ses sanglots ricochèrent sur les murs médiévaux du sanctuaire.

Le vieux prêtre était comme paralysé, à court de mots.

Un médecin sans médecine.

26

Quand Loïc Pons, jeune journaliste de vingt-cinq ans, pénétra dans la salle de rédaction new look de *La Dépêche du Midi*, il sentit la fièvre des grands jours.

— Bonjour, Kris, lança-t-il à l'hôtesse d'accueil. Je kiffe ta nouvelle coiffure !

— C'est le boss qu'il faut draguer aujourd'hui, mon grand. Il t'attend dans son bureau.

Le sourire de Loïc disparut. Ce n'était pas la première fois qu'il était convoqué chez son rédacteur en chef. Ça sentait même la dernière. Il prit une profonde inspiration et toqua à une porte entrouverte.

— Vous voulez me voir, boss ?

— Je t'ai déjà dit de ne pas m'appeler comme ça. Assieds-toi et ferme la porte.

La soixantaine robuste, Alain Lartigue avait commencé sa carrière à *Jeune Afrique* comme grand reporter, avant d'entrer à *La Dépêche* par la petite porte. Sa carte de presse, il l'arborait comme une médaille, et il était hors de question d'en faire un souvenir.

— *Paris-Normandie* et *La Marseillaise* sont en dépôt de bilan, déclara-t-il en préambule. *La Voix du Nord* a laissé seize pour cent de ses effectifs partir, remplacés par des experts en numérique, des « data-journalistes » comme toi. Mais, contrairement à ce que tout le monde pense, le web n'est pas le fossoyeur du papier.

— Ah non ?

— Non. Il l'oblige à se renouveler. De Gutenberg à Zuckerberg, le métier n'a pas vraiment changé, fiston. Un scoop reste un scoop. Et tu pratiques ça avec zéro scrupule, je me trompe ?

Loïc secoua la tête. Il commençait à comprendre pourquoi son boss l'avait convoqué.

— La presse régionale est fragile en zone urbaine sur le public jeune et sur les femmes, poursuivit Lartigue. Mais ses ressources principales viennent toujours du papier. De ses ventes dans les petites villes et les zones rurales où Internet pénètre moins. Or, « l'Immoleur de Gévaugnac » est une putain de star en zone rurale. T'es toujours en contact avec ta fliquette ?

— En principe ouais, mais… je suis pas sûr que Fiona ait très envie de me revoir. Pourquoi ?

Lartigue lui jeta un regard appuyé au-dessus de ses lunettes de myope.

— Badigeonne-toi de phéromones, fiston, parce que tu vas la revoir. Ce journal existe depuis cent cinquante ans. Notre *delta room* est la rédaction la mieux équipée de France. Pourtant, on n'est pas foutu de se différencier de la concurrence. Tu m'as dit que tu rêvais d'écrire pour le papier ?

Loïc acquiesça. Lartigue ramassa un dossier et le jeta sous ses yeux.

— C'est le moment de le prouver.

Le journaliste ouvrit le classeur et découvrit des photos du cold case et du capitaine qui dirigeait l'enquête à l'époque.

— Novak Marrec, commenta le rédacteur. C'est lui, le scoop. Il a merdé il y a deux ans et on l'a même interné à Gérard-Marchant. Pourtant, d'après mes sources, il serait de nouveau sur l'affaire. Et personne ne semble s'intéresser à lui. Le voilà, notre angle. Pourquoi la police fait encore appel à lui alors qu'il est dingue ? Remue la merde, fiston. N'oublie jamais que c'est un engrais. Allez, dégage, maintenant.

Loïc remercia son boss d'un signe de tête et alla s'asseoir sur la chaise pivotante de son box. Il se plongea dans le dossier, le digéra en quelques minutes, puis composa un numéro de téléphone.

— Hello ! Comment tu vas, mon cœur ?

À l'autre bout du fil, une policière en uniforme se changeait dans les vestiaires du SRPJ.

— « Mon cœur » ? s'étonna-t-elle. Toi, t'as besoin d'un tuyau.

— T'es trop forte comme flic, toi. Je me demande ce qu'ils attendent pour te confier une enquête. Ils pourraient booster leurs stats, avec toi ! On se voit, ce soir ?

— C'était il y a six mois qu'on devait se voir, connard. Et tu m'as posé un lapin, tu te rappelles ?

— J'adore quand tu fais ta *bad girl*, comme ça. Dis-moi, c'est vrai que Novak Marrec est à nouveau dans vos murs ?

— Tu crois quoi ? Que parce qu'on a baisé, une fois ou deux, ça te donne le droit de savoir qui enquête pour nous ?

— Enquête ? Tu veux dire, Novak Marrec est sur l'affaire de l'Immoleur ?

— Tu vois ? C'est pour ça qu'on peut pas te parler.

— Attends, Fiona, on n'a pas juste « baisé une fois ou deux », c'était plus que ça, tous les… Allô ?

Elle avait raccroché.

— Connasse ! soupira-t-il en pivotant sur son siège.

Après quelques secondes de réflexion, il s'apprêtait à composer à nouveau son numéro quand l'alarme d'un texto l'interrompit. Sur l'écran, s'afficha le message suivant : *Oublie mon numéro, connard. Call Block.*

Loïc laissa éclater sa mauvaise humeur mais, très vite, le regard de ses collègues la transforma en sourire maladroit. Il s'étira sur son siège et jeta un coup d'œil vers le bureau de son rédacteur en chef qui l'observait à travers la baie vitrée. Il leva le pouce dans sa direction pour le rassurer et se lança dans des recherches approfondies sur l'homme qu'il cherchait à cerner. En quelques clics, il parvint même à le localiser.

Une heure plus tard, la voiture de Loïc se garait rue Bayard devant l'immeuble de Novak.

Il passa devant les boîtes à lettres et s'arrêta quelques instants devant celle du policier. Elle mentionnait *6e étage*. La fenêtre d'introduction du courrier avait été condamnée. Un message demandait au facteur de le déposer chez la concierge.

Le journaliste jeta un regard vers la loge et préféra grimper, incognito, jusqu'au sixième. Il appuya sur la sonnette, mais celle-ci ne fonctionnait pas. Alors il frappa à la porte et attendit.

Personne ne vint répondre.

Sous le battant, il aperçut les tranches de plusieurs plis qui dépassaient. Il jeta un coup d'œil dans la cage d'escalier et, la voyant déserte, s'accroupit pour tenter d'extirper une enveloppe. Elles étaient empilées, ce qui rendait la tâche difficile. Mais, à force d'obstination, il parvint à en dégager une.

C'était une facture d'électricité. Le cachet de la poste datait de plus d'un an. Il hésita et se décida à l'ouvrir. À l'intérieur se trouvait un avis de coupure. Tout portait à croire que Novak ne résidait plus ici depuis longtemps, mais continuait d'en être locataire.

Il faisait nuit quand Loïc se présenta à l'accueil de l'hôpital psychiatrique Gérard-Marchant.

— Les visites sont de 14 heures à 19 heures, monsieur, l'informa l'hôtesse d'accueil. Et, en ce qui concerne M. Marrec, elles sont soumises à l'approbation du docteur Wilbert.

— Pourquoi ?

— Je n'ai pas à vous répondre.

Loïc s'apprêtait à poser une nouvelle question quand il aperçut une femme en blouse blanche qui quittait son bureau.

— Docteur Wilbert ? tenta-t-il.

Elle se retourna et scruta le jeune homme qui s'avançait vers elle.

— Mon nom est Loïc Pons, de *La Dépêche du Midi*. J'aimerais vous poser quelques questions concernant Novak Marrec.

— Désolée, je n'ai pas le temps.

— C'est votre patient, n'est-ce pas ?

— Non.

Elle se dirigea vers les ascenseurs, suivie de près par Loïc.

— Attendez ! Cet hôpital fait du soutien psychologique opérationnel auprès du SRPJ. Et, sur le dossier de police de Novak Marrec, votre nom apparaît comme psychiatre et médecin traitant depuis deux ans.

— Ces dossiers sont truffés d'erreurs. J'ai fait son évaluation psychiatrique avant son internement, c'est vrai, mais je ne m'en suis pas occupée depuis.

— Vous mentez. Vous le soignez pour euh… (Il consulta ses notes) un trouble obsessionnel délirant, c'est ça ? Plutôt cool, le nom de cette maladie, d'ailleurs.

Arrivée aux ascenseurs, Sybil appuya sur le bouton d'appel et dévisagea avec méfiance son interlocuteur qui souriait :

— Qu'est-ce que vous voulez ?

— Savoir comment il va. Comprendre pourquoi la police prend le risque de confier l'enquête de l'Immoleur à un officier qui a perdu la boule, pour dire les choses simplement.

— La police n'a fait que le consulter. Le capitaine Marrec n'est pas en état de quitter cet établissement. Et il le sait.

— Vous voulez dire qu'il est dangereux, c'est ça ?

La psychiatre fit un signe de la main à l'agent de sécurité à l'entrée.

— Écoutez, je vais vous demander de me laisser, maintenant. Bien entendu, tout ce que je vous ai dit doit rester strictement confidentiel.

— Désolé, docteur, mais ça ne marche pas comme ça. Un *off the record* doit se spécifier avant. C'est la règle.

— Parce que vous respectez des règles, vous autres ?

Elle disparut dans la cabine, laissant l'agent de sécurité raccompagner le journaliste vers la sortie.

27

Ce soir-là, Julie rembarra Théo et Noah à plusieurs reprises pour des broutilles. Elle leur demanda d'aller se coucher plus tôt que d'habitude et refusa de lire une histoire à Noah. Elle manqua également de patience avec Théo quand il prétendit vouloir un yaourt pour traîner encore un peu avec elle.

— T'es énervée, M'man ? demanda-t-il.

Julie était affalée sur le divan du séjour, un mojito à la main. À ses pieds, Bouba la regardait d'un air béat en attendant qu'elle s'intéresse à lui.

— J'ai eu une sale journée. Et j'aimerais qu'elle finisse le plus tôt possible. Alors, si tu pouvais aller te coucher sans négocier, Théo, ça serait vraiment top.

— C'est à cause de Papa, c'est ça ?

— Comment tu sais ? rétorqua-t-elle avec amertume. Il t'a appelé ?

— Non. C'était une supposition.

— Que j'ai confirmée par ma question. T'es trop fort, Théo.

Il sourit et vint s'allonger contre sa mère pour écouter battre son cœur comme il faisait avant de naître.

— On part plus en vacances, c'est ça ?

— Théo, arrête les devinettes, s'te plaît, j'ai pas envie de parler.

— T'as pas besoin de parler, M'man. Mais t'as besoin d'écouter. C'est à propos de Noah.

Elle se redressa, inquiète :

— Quoi ? Qu'est-ce qu'il a, Noah ?

— Rien de grave ! On avait pas dit que tu parlais pas ?

Elle soupira et se laissa retomber dans le confort moelleux du divan. Théo poursuivit :

— Admettons que toi et Papa, vous vous soyez disputés et que, du coup, on parte plus en vacances. Ça va pas le faire, pour Noah. Il parle sans arrêt de Papa. Il a besoin de le voir.

Julie se rendit compte à quel point elle avait sous-estimé le problème. Elle était tellement en symbiose avec ses enfants que la situation lui était apparue comme un duel entre leur famille et Cédric. Or, il n'y avait pas que deux visions à faire cohabiter. Il y en avait trois et même quatre ! Comment avait-elle pu décider de ce que ressentiraient ses enfants sans les consulter ?

Elle était sur le point de dire quelque chose, mais Théo mit le doigt sur sa bouche pour lui rappeler le silence.

— Je crois que j'ai trouvé le bon deal, M'man. Et je voulais te le proposer. Je peux ?

— Bien sûr, mon chéri, répondit-elle en lui embrassant la main.

— C'est très simple. Tu finis ton enquête sans stress et, nous, on part en vacances avec Papa.

— C'est loin d'être simple, Théo. Tu ne sais pas tout. Et c'est normal puisque je ne vous ai encore rien dit.

L'enfant se redressa, inquiet.

— Ton père revient vivre à Toulouse.

— À la maison ?

— Non. Dans une maison à lui. Et il m'a dit tout à l'heure qu'il souhaitait que vous veniez vivre avec lui.

— Tu lui as dit quoi ?

— D'après toi ?

— C'est pour ça que vous vous êtes disputés ?

— Tu recommences avec tes questions pièges ? Oui, c'est pour ça.

Théo réfléchit un moment aux implications que cela aurait dans sa vie et demanda :

— Tu viendrais avec nous ?

— Non. On est séparés, ton père et moi.

— Alors on te verrait plus ?

— Si. Un week-end sur deux et la moitié des vacances.

— On changerait d'école ?

— Non. Ton père a beaucoup de défauts mais pas celui-là.

— Pourquoi il veut ça, d'un coup ?

— Il a réfléchi et il s'est rendu compte qu'il n'avait pas passé assez de temps avec vous, alors il veut compenser.

— Il nous fait mal deux fois, quoi ! Une fois quand il se barre sans nous demander notre avis, et une fois quand il revient, en faisant pareil. On est obligés ?

— Non.

— Et si on refuse, qu'est-ce qui se passe ?

La colère de Théo faisait écho à celle de Julie. Ce qui lui fit regretter de s'être confiée. Elle se leva et chercha un terrain d'apaisement.

— Je ne ferai rien sans votre accord, Théo. Quitte à passer devant un juge. Mais tu as dit quelque chose de très important tout à l'heure à propos de Noah. Et nous devons, toi et moi, penser au mal qu'on pourrait lui faire, nous aussi, en le privant de ces vacances avec votre père. T'avais raison, Théo. C'est un bon deal. Je vais m'arranger pour que Cédric vienne vous chercher demain matin.

— Toutes nos affaires sont dans la voiture, objecta l'enfant. On l'a laissée chargée au garage parce qu'on partait.

— Ton père prendra ma voiture, ce sera plus simple.

— Et toi ?

— Je me débrouillerai. Une semaine seul avec ton père. Tu peux faire ça, pour Noah ?

Théo réfléchit un instant et hocha la tête. Julie contempla son fils avec fierté et murmura :

— Ça va me coûter bonbon, c'coup-là, hein ?

— Grave.

Et, tandis que mère et fils partageaient un sourire, le portable de Julie sonna. Elle regarda son fils s'éloigner, reprit son mojito et décrocha.

— Fraysse.

À l'autre bout du fil, personne ne répondit.

— Allô ? Allô ! ... C'est toi, Cédric ?

Toujours pas de réponse. Elle consulta l'écran qui affichait *Appel masqué* s'affichait sur l'écran.

Elle se radossa au divan, songeuse, et son regard s'arrêta sur le poste de télévision qui diffusait le portrait de Darius Paul. Elle attrapa la télécommande et augmenta le volume.

— *... a été assassiné ce matin dans les toilettes du centre Anti-Addiction où il suivait un traitement psychiatrique.*

Darius Paul avait été condamné à deux ans de prison pour avoir mis le feu à un cimetière. Le gardien, qui l'accompagnait, affirme ne pas comprendre comment cela a pu se produire. Son prisonnier était menotté pendant son passage aux toilettes et il n'est resté que quelques minutes sans surveillance.

Elle éteignit la télé et demeura songeuse. De toute évidence, Darius Paul avait été tué pour éviter qu'il ne parle. Connaissait-il l'identité du véritable Immoleur ?

28

Novak faisait les cent pas dans sa chambre d'hôpital, un téléphone dans une main et une carte de visite dans l'autre. Il hésitait à composer un numéro.

Tout autour de lui, les murs étaient tapissés de centaines de photos, de coupures de presse, de documents scotchés et de Post-it reliés entre eux par des flèches. Les visages souriants des cinq fillettes assassinées surplombaient les clichés de leurs corps calcinés, suscitant un insupportable sentiment d'injustice. Plus bas, au-dessus de son bureau, un portrait souriant de Julie était épinglé…

Il s'approcha de la photo et s'imprégna de la lumière qui s'en dégageait. Une lumière si attirante pour les ténèbres contre lesquelles il luttait ! Comment pouvait-on s'en détourner ?

« *Si tu voulais qu'on parle divorce, avait-elle dit à son mari, t'avais pas besoin d'organiser des vacances, pour me la faire en douceur. T'avais qu'à m'en parler tout simplement !* »

Il fallait qu'il lui parle.

La carte de visite qu'il tenait en main était celle que Julie avait agrafée au dossier de police. Il composa le numéro de portable qui y figurait et, tandis que les sonneries s'égrenaient, il se concentra sur la photo souriante de Julie.

— Allô ? fit une voix à l'autre bout du fil.

— Bonsoir, Fraysse, c'est… le capitaine Marrec. Je ne vous dérange pas, j'espère.

— C'est trop tard pour se le demander. Vous voulez quoi ?

Afin de se donner une contenance, Novak glissa le CD des images de surveillance du centre Anti-Addiction dans son ordinateur.

— Euh… j'ai vu que… vous étiez contrariée, en partant, je voulais juste savoir comment vous alliez.

— Mal. Mon ex-mari veut la garde des enfants.

— Oh… Et vous allez faire quoi ?

— Je ne sais pas encore.

— Si je peux faire quelque chose pour aider…

— Oui. L'assassiner pour moi…

Novak laissa échapper un rire et arrêta le défilement rapide des images. Il avait enfin repéré Darius Paul.

— C'est la première fois que je vous entends rire, fit la voix de Julie.

— Ça m'arrive, mais… pas en public.

Il remit l'enregistrement en lecture et vit Darius disparaître derrière la porte des toilettes. Il se rapprocha de l'ordinateur, pour ne perdre aucun détail.

— Vous vous en sortez avec les vidéos de surveillance ?

— Je suis dessus, là. Il n'y a pas grand-chose à en tirer.

Sur l'écran, Novak se vit bientôt rejoindre Darius. L'image était assez nette pour qu'on puisse le reconnaître et donc l'inculper.

Il accéléra le défilement jusqu'au moment où il quittait les lieux. Ces vues étaient accablantes.

La voix de Julie le ramena à son coup de fil :

— La mauvaise nouvelle de la journée, c'est que… vous allez m'avoir sur le dos.

— Quoi ? Vous ne partez plus en vacances ?

— Mes enfants, oui, moi non.

Quelque chose sur l'écran attira l'attention de Novak. Une autre personne, vêtue d'une parka noire à capuche et portant une casquette, venait de pénétrer dans les toilettes.

Sans doute celle qui a donné l'alerte, songea-t-il.

Mais l'homme en question ne ressortit pas avant une bonne minute. Et, quand il le fit, c'était avec un calme olympien.

— Vous ne dites plus rien ? fit Julie. Ça vous emmerde, hein ?

— C'est surtout pour vous que c'est emmerdant. Moi, je commence à m'y faire…

Il l'entendit sourire.

— C'est la première fois que vous dites une chose gentille.

— Ça m'arrive, mais… pas en public.

Novak retourna en arrière et relança la lecture plus lentement. Il figea l'image et l'agrandit. Impossible de distinguer le visage du suspect, sous la visière de sa casquette car il baissait la tête pour ne pas être identifié.

— Bon ben… merci de votre appel, dit Julie.

— Il n'y a pas de quoi. Bonne nuit, Fraysse.

Il raccrocha et s'approcha de l'écran. Après toutes ces années de recherches stériles, il avait peut-être, sous les yeux, l'image du véritable serial killer qu'il traquait. Darius Paul n'avait pas menti quand il disait qu'il ne faisait qu'obéir à quelqu'un.

Novak était à la fois excité et anéanti par cette prise de conscience. L'homme qui l'obsédait depuis deux ans n'était-il qu'un leurre qu'on manipulait pour faire diversion ?

L'idée que le serial killer puisse avoir tué Darius Paul, pour incriminer celui qui le pourchassait, commençait à faire du chemin dans sa tête. Mais le trouble dont il souffrait l'empêchait de faire la distinction entre ses hypothèses et la réalité. En tout cas, ce meurtre avait fait de lui le complice involontaire du tueur.

Comment parler de tout cela sans se compromettre ?

Et que faire de ces images ?

29

Pierre ouvrit la porte du frigo et en sortit une bière. Béatrice le rejoignit dans la cuisine et remarqua le nombre de bouteilles vides qui s'empilaient sur le plan de travail. La télé était allumée sur une chaîne info et une journaliste politique commentait la présence du badge de Belkacem sur la scène de crime, en s'étonnant de l'absence de prise de parole du maire de Gévaugnac.

— Ils soupçonnent le chauffeur de Cossic, déclara Pierre entre deux gorgées. Pourquoi il aurait fait ça ?

— Tu devrais arrêter de boire, chéri. Ça ne la ramènera pas, tu sais ? Va plutôt filer un coup de main à Sam au garage. Il s'en sort pas tout seul et il osera jamais te le dire.

Elle enfila son manteau et prit une pomme dans la corbeille à fruits.

— Tu vas où ?

— Faire une garde.

— C'est ça ! Fais l'autruche. Va te planquer dans ton putain d'hosto.

— Pardon ?

— C'est comme ça que tu fais à chaque fois. Dès qu'il faut faire face, tu te casses… Tu faisais comme ça avec Maï, aussi.

— Quoi ?!

Était-ce l'alcool ou le chagrin qui soufflait à Pierre les mots qu'il n'avait jamais osé dire ?

— Je faisais quoi avec Maï ? insista Béatrice, choquée.

— Tu prenais jamais le temps de lui parler. Mais quand l'hôpital t'appelait, alors là t'étais dispo !

— Qu'est-ce que tu racontes ? objecta-t-elle en le dévisageant.

— Tu savais même pas qu'elle avait un p'tit ami !

— Je l'aurais su si elle me l'avait dit !

— Tu disais tout à tes parents à treize ans, toi ?

— À ma mère, oui. Pas à mon père.

— Parce que ta mère te consacrait du temps !

Le visage de Béatrice se crispa et devint féroce.

— Elle *pouvait* me consacrer du temps parce que son mari gagnait suffisamment d'argent pour qu'elle puisse s'occuper de ses enfants. Ce qui est loin d'être ton cas ! Comment on ferait, si je ne travaillais pas, hein ? Tu crois que ton taxi et ton garage auraient suffi à payer le collège des enfants ?

— Mon boulot ne m'a jamais empêché de parler à ma fille quand elle en avait besoin.

— Ni de la laisser partir avec sa trottinette sans nous dire où elle allait !

— Ça s'appelle des fugues, ça, Béa ! hurla-t-il. Et, quand on fugue, c'est généralement à cause d'un manque de communication avec ses parents !

La colère de Béatrice retomba aussi vite qu'elle était montée. Le chagrin l'avait aussitôt transformée en remords.

— Quand elle était dans mon ventre, je pouvais la protéger de tout. Personne ne pouvait lui faire de mal. Je savais être mère avec elle, à ce moment-là. Après… j'ai perdu le contact. Est-ce que je fais les mêmes erreurs avec nos garçons ?

— Je ne crois pas, non. Mais… j'en fais aussi, tu sais ? Excuse-moi si je me suis emporté, Béa. C'est son absence qui nous fait dire ces choses, pas nous.

Pierre ouvrit grand ses bras et sa femme alla s'y blottir. Deux orphelins, l'un contre l'autre.

Le nom de Belkacem aux informations vint troubler ce moment d'apesanteur. Pierre attrapa la télécommande et éteignit le poste.

— Tu crois que c'est lui qui a tué notre fille ? demanda Béatrice en essuyant ses larmes.

— Je le crois, oui. Et il perd rien pour attendre, l'enfoiré.

Béatrice étudia son mari. Mal rasé, imbibé d'alcool, ne s'étant pas changé depuis quarante-huit heures, il était méconnaissable.

— Laisse la police s'en charger, chéri.

— La police ? grimaça-t-il, la rage aux yeux. Celle qui n'a pas su arrêter l'Immoleur, il y a deux ans ? Celle qui nous cache des choses !

— Qu'est-ce que tu racontes ? Ils ne nous ont rien caché jusqu'ici. Et ton amie Julie a promis de nous dire, dès qu'elle saurait.

— Elle nous a menti, elle aussi… J'ai parlé à l'officier qui dirigeait la fouille dans la chambre de Maï et… je l'ai supplié de me dire ce qui était arrivé à notre enfant…

— Et ? demanda Béatrice dont le cœur battait déjà la chamade.

— Maï n'était pas morte quand on l'a immolée.

Il avait dit ça d'une voix monocorde mais suffisamment distincte pour interpeller sa femme.

— Quoi ?

— Notre fille a brûlé vive.

La réalité crue de ces mots la frappa soudain. Les jambes flageolantes, elle manqua de perdre connaissance. Pierre la retint par la taille et vit son visage se décomposer. Elle fut prise de nausées et tituba jusqu'à l'évier où elle régurgita le contenu de son estomac.

Pierre s'approcha pour la réconforter, mais elle chutait dans un gouffre sans fond où il ne pouvait l'atteindre.

30

JOUR 3 - Mercredi

Choqué par ce qu'il avait découvert la veille, Novak n'avait pas dormi. Il était assis à l'accueil de l'hôpital, un double café et une barre chocolatée à la main. Les yeux rivés sur l'entrée, il surveillait les arrivées. Lorsque sa psychiatre pénétra dans le hall, il se leva brusquement, renversant son café.

L'instant d'après, il faisait irruption dans son bureau :

— Ce tueur n'est pas un délire paranoïaque que je continue à faire vivre comme tu le prétends, lui lança Novak. Il est bien réel. Il vient de tuer Darius Paul !

— Je croyais que Darius Paul *était* le tueur, soupira le docteur Wilbert en allumant une cigarette.

— Je le pensais aussi, mais le vrai tueur l'a assassiné dans les toilettes du centre Anti-Addiction…

Novak s'interrompit. Il se rendit compte que ses propos ressemblaient à ceux d'un fou. Et l'expression qu'il put lire sur le visage de sa psychiatre ne le démentit pas. Alors il se sentit obligé de tout raconter à Sybil : son agression sur Darius Paul et la façon dont le tueur avait voulu le faire inculper en l'achevant.

— Et tu saurais ça comment ? demanda le docteur Wilbert avec scepticisme.

— Grâce aux vidéos de surveillance. On ne peut pas identifier le tueur sur les images, mais on le voit clairement sortir des toilettes après son crime.

— On t'y voit donc entrer aussi, précisa la thérapeute.

— On m'y *voyait* entrer, rectifia Novak. J'ai effacé les images.

Sybil était atterrée par les complications dans lesquelles s'empêtrait son patient.

— Ça va mal finir, Novak.

— C'est déjà le cas ! répliqua le policier en se levant brusquement. Parce que j'ai eu le malheur de t'écouter.

— Si tu m'avais écoutée, tu aurais flanqué ce dossier de police à la poubelle. Tu arrêterais de le potasser, jour et nuit, pour essayer de te construire une logique qui excuserait ce que tu n'as pas pu faire il y a deux ans. On ne réécrit pas l'histoire, Novak. Ta « partenaire », comme tu l'appelles, t'a remplacé pour une bonne raison.

Les paroles de Sybil provoquèrent chez son patient une perte de confiance, une sensation de vide qu'il eut du mal à endiguer.

— Comment elle s'appelle déjà ? demanda la thérapeute.

— Qui ça ?

— Celle dont tu me parles sans cesse. La fliquette qui est venue te consulter ici, avec le dossier ?

— Fraysse. Julie Fraysse. Pourquoi ?

— Tu connais la tendance des obsessionnels aux constructions délirantes. Tu es en train d'idéaliser cette personne, Novak, sans la connaître. Il y a deux jours, tu m'en disais du mal, aujourd'hui, tu l'imagines en super enquêtrice, en mère parfaite, en amoureuse, même, qui sait ?

Il haussa les épaules comme ultime mécanisme de défense.

— Tu colles sa photo au mur de ta chambre ! Tu sais où mène l'érotomanie. On est déjà passé par là. À la sensation de rejet, d'abandon de l'être qui, soi-disant, vous aime. La case d'après, c'est la dépression.

— Tu sais quoi ? J'aurais jamais dû te laisser me convaincre que j'imaginais toutes ces choses, parce que, aujourd'hui, la petite Maylis serait peut-être encore en vie.

— Ah d'accord. Tu penses donc que c'est ma faute.

— Bien sûr que c'est ta faute. Tu es ma psychiatre, c'est toi qui me conseilles.

— Novak, si tu penses vraiment qu'en te maintenant ici sous traitement, j'ai empêché la police d'arrêter le tueur, alors j'en suis désolée. J'ai cru faire mon métier. Mais je ne suis pas responsable des agissements de cette personne. Pas plus que toi.

— Tu peux peut-être soulager ta conscience en te racontant ça, mais moi je ne peux pas.

Il était sur le point de sortir quand Sybil lui lança :

— Le but de ta visite, c'était quoi au juste, Novak ? M'expliquer que, pendant deux ans, j'ai eu tort de t'écouter délirer sur Darius Paul ?

— Non. Te dire que c'est moi qui ai eu tort de me laisser convaincre que j'étais malade. Alors, tu sais quoi ? Tu peux garder tes saloperies !

Sur ce, il fouilla ses poches, jeta ses flacons de médicaments au sol et sortit.

31

Quand Ray croisa Novak dans les couloirs, il lui demanda ce qu'avait donné l'analyse des vidéos de surveillance.

— Elles… elles s'interrompent juste après l'arrivée de Darius Paul, bredouilla-t-il en dissimulant son stress sous un rictus désabusé. Le tueur a dû… les neutraliser avant d'intervenir.

— Ouais… sans compter que relever des empreintes dans des toilettes, c'est comme chercher une pucelle sur YouPorn.

Le commandant shoota dans une poubelle pour évacuer sa frustration. Il soupira, consulta sa montre et chercha autour de lui en pénétrant dans l'open space.

— Quelqu'un a vu Fraysse ? Ne me dites pas qu'elle s'est tirée en vacances !

— Elle s'est pas tirée, non, répliqua Julie en arrivant. Mais la maman a dû s'organiser. Je vais rester jusqu'à ce qu'on boucle cette enquête, Ray. Mais à deux conditions. La première, tu la connais, ça concerne la durée de mon congé, la seconde, c'est que mon coéquipier accepte de faire les choses à *ma* façon.

Ray se tourna vers Novak et posa sur lui un regard qui ne tolérait aucun refus. Julie poursuivit en dévisageant son partenaire.

— Ce qui veut dire que c'est moi qui commande et qui fixe les règles. On ne s'assied pas sur la banquette arrière mais sur le siège passager et on traite les gens avec respect, qu'ils soient des enculés ou non.

Novak esquissa un demi-sourire et acquiesça. De toute façon, il était tellement préoccupé par ce qui avait pu se passer au centre Anti-Addiction qu'il n'avait aucune envie de décider quoi que ce soit.

— Je viens d'avoir Pierre Guinet au téléphone, ajouta Julie. Il est d'accord pour qu'on interroge le petit Arthur. Il est chez sa grand-mère à Toulouse.

— Parfait, fit Ray. C'est quand même notre seul témoin oculaire. Montrez-lui la photo de Belkacem, ça devrait lui rafraîchir la mémoire.

Une main sur le volant d'une voiture de patrouille, l'autre sur l'oreillette de son kit mains libres, Julie gérait à distance le départ de ses enfants avec leur père.

— Il va arriver, Théo. Il est juste en retard, comme d'hab. T'as la muselière de Bouba ? … Nickel. Et Noah, ça va ? … Bon. Tu m'envoies un texto quand vous partez, OK ? T'inquiète pas, ça va bien se passer. Je t'aime, mon grand. Amusez-vous bien.

Elle raccrocha et jeta un œil sur son passager.

Novak avait ouvert le dossier de l'enquête sur ses genoux. Il cherchait désespérément à concentrer son esprit sur autre chose que sur le meurtre de Darius Paul.

Il espérait dénicher dans le profil de Belkacem une info qui leur permettrait de le loger.

— Apparemment, c'est un ancien alcoolique. Il a plusieurs cures de désintoxication à son actif. Tout ce qu'on a contre lui, c'est son badge sur la scène de crime, le témoignage d'une gamine trop proche de la victime et des rumeurs de harcèlement émanant des élèves.

— Ce ne sont pas juste des rumeurs, objecta Julie. J'ai parlé avec le principal. Un collégien a signalé des attouchements, mais aucune plainte n'a été déposée. Il y a eu arrangement avec les parents.

— Arrangement financier après intervention du maire ?

— Mm mm. Ce n'est peut-être pas une preuve, mais c'est un précédent.

Une sonnerie de portable les fit sursauter. Julie consulta l'écran, c'était le commandant. Elle enclencha la touche *Haut-parleur*.

— Oui, Ray ?

— L'avis de recherche a payé. Belkacem vient d'être repéré au Mirail. C'est sur votre chemin, je crois...

— On est juste à côté.

— La dame qui nous a filé le tuyau, Mme Taieb, tient la petite supérette à côté de la bouche de métro. Elle vous conduira là où il se terre contre une petite récompense.

— Combien ?

— Comme d'hab. Pas d'imprudence, hein ? Vous dégrossissez et vous attendez la BRI.

La voiture de patrouille s'arrêta au pied d'une barre de cité. Depuis la banquette arrière, Mme Taieb, la quarantaine bien en chair, pointa le menton en direction d'une entrée.

— Bâtiment B, troisième étage, appartement 37, déclara-t-elle en comptant ses billets. Je descendais de chez moi quand j'ai entendu du bruit. Je me suis penchée dans la cage d'escalier et c'est là que je l'ai vu qui entrait chez Mme Fabre. Elle est bénévole aux Restos du Cœur.

— Merci, madame, fit Novak en ouvrant la portière.

— Capitaine ! protesta Julie. On attend la BRI !

Mais il fonçait déjà vers l'immeuble. Furieuse, Julie bondit à son tour.

Elle rattrapa Novak dans l'escalier.

— Vous n'êtes même pas armé ! murmura-t-elle en défouraillant son Sig Sauer.

— J'ai un bon garde du corps.

Elle haussa les épaules et arma la culasse.

— On n'est pas assez nombreux pour mener un assaut.

— Mais suffisamment pour l'empêcher de faire du mal à cette femme.

— Laissez-moi passer, au moins.

Elle enjamba quelques marches supplémentaires et prit les devants.

— Ray va être fou de rage, grommela-t-elle.

— Ça dépend du résultat.

Le palier du 3e était plongé dans une semi-obscurité peu rassurante. Ampoules éclatées, effluves de pisse de chat. Ils inspectèrent plusieurs portes avant de repérer l'appartement 37.

Novak appuya sur la sonnette et se tourna vers Julie qui lui fit signe de la laisser faire. Il acquiesça et recula d'un pas. Mais, lorsqu'il entendit des gémissements à l'intérieur, il se jeta violemment contre la porte. La serrure lâcha, manquant de lui faire perdre l'équilibre.

Le temps de comprendre ce qui venait de se passer, Julie perdit de vue son partenaire. Elle pénétra à son tour dans le hall. Les lieux étaient aussi sombres que le palier. Les ampoules avaient toutes été brisées. Elle avançait à l'aveuglette, son pistolet à bout de bras. Le logement puait l'encens et la cire brûlée.

Des plaintes étouffées lui parvinrent depuis le fond d'une pièce. Elle se dirigea vers elles, trébucha sur un obstacle et se récupéra tant bien que mal.

Une clarté froide lui permit de distinguer une silhouette au sol. Une vieille femme, couchée sur le ventre, qui se débattait. Elle était ligotée, un chiffon enfoncé dans la bouche. Elle avait probablement tenté de ramper vers l'entrée pour chercher de l'aide.

Julie s'accroupit, la redressa et lui retira son bâillon en murmurant :

— Madame Fabre ? C'est la police. Où est-il ?

— Au fond du couloir, répondit-elle à bout de souffle. Dans la salle à manger. Il a ma petite-fille ! Faites vite !

Terrifiée, elle sanglotait en suffoquant.

— Ne vous inquiétez pas, madame. On s'en occupe.

Julie se releva et emprunta un long couloir en pointant son arme devant elle. Elle grimaça en raison de l'odeur. Était-ce de l'essence ?

— Par ici ! hurla Novak.

Julie pivota vers l'endroit d'où venait la voix. Une porte entrouverte se découpait dans l'obscurité sur une lumière bleue et vacillante. Sa main libre frôla le mur pour se diriger à tâtons vers la porte entrebâillée.

L'odeur d'essence se faisait plus présente.

Quand elle poussa le battant, elle découvrit, au centre de la pièce, un spectacle qui la terrifia. Ninon s'agitait, ligotée sur une table en bois, pieds et poings liés, du duct tape sur la bouche. Elle était nue et sa peau était couverte de symboles cabalistiques. À son chevet, Novak défaisait ses liens. Il pataugeait dans de l'essence qui avait été répandue sur le sol carrelé.

— N'approchez pas! ordonna-t-il. Les bougies!

Par terre, tout autour d'un pentagramme dessiné à la craie, des chandelles noires achevaient de se consumer. Leurs flammes bleues frôlaient dangereusement les vapeurs du combustible. Une véritable bombe à retardement!

— Essayez doucement de les éteindre.

Mais quand Julie s'accroupit, une douleur aiguë la fit se retourner. Une silhouette en parka noire à capuche avait surgi derrière elle, lui tailladant le bras au rasoir. Julie fit volte-face et braqua son pistolet vers son agresseur :

— Police! Lâchez votre arme!

Le visage enragé, comme possédé, Belkacem donnait des coups de lame à tout va en répétant les mêmes mots latins :

— *Ignis umbra Dei est...*

Le rasoir frôla le visage de Julie. Elle recula juste à temps pour l'éviter, mais ses talons renversèrent une chandelle.

La nappe d'essence s'enflamma aussitôt.

Jaillissant derrière elle, Novak poussa brutalement Julie vers le couloir, la soustrayant ainsi au brasier. Ensuite, il se rua vers Ninon en piétinant les flammes.

— Novak! hurla Julie, terrifiée.

Le policier extirpa in extremis la fillette de son autel et courut vers la pièce adjacente en la portant dans ses bras.

Belkacem tenta de l'en empêcher. Mais ses jambes prirent feu. La douleur extrême sembla l'arracher à une transe. Il se rendit compte soudain qu'il était piégé. Tout autour de lui, les flammes dévoraient la pièce, s'élevant déjà jusqu'au plafond.

Pris de panique, il courut vers les fenêtres en beuglant de douleur.

Le carreau explosa dans une cascade de verre.

Puis ce fut un terrible fracas sur le toit d'une voiture garée plus bas.

32

Lionel Belkacem gisait inconscient sur un brancard. Des soignants le transportaient d'urgence dans les couloirs d'un hôpital.

— Est-ce qu'il va s'en sortir, docteur ? demanda Novak qui pressait le pas derrière eux.

— Il est trop tôt pour se prononcer, monsieur. Vous êtes qui au juste ?

— Capitaine Novak Marrec, l'officier qui l'a arrêté. Je dois l'interroger.

Sans ralentir la cadence, le médecin rétorqua :

— Vous plaisantez ?

— Cet homme a des informations capitales concernant une série de meurtres. S'il doit mourir, je dois l'interroger avant.

— S'il doit s'en sortir, je dois l'opérer avant.

Ils disparurent derrière les portes du bloc opératoire.

Novak savait que, même s'il survivait, il ne pourrait pas interroger Belkacem avant vingt-quatre heures. Il serait intubé, sous respirateur artificiel, et personne ne le laisserait s'approcher. Il recula dans le couloir et son regard croisa celui de l'infirmier qui nettoyait à la serpillière la traînée de sang laissée par le brancard.

Quand Novak rejoignit Julie dans la salle de soins, une infirmière terminait de panser sa blessure.

— Ça va aller ? demanda-t-il.

— Il m'a coupée méchamment, mais ça aurait pu être pire. Son rasoir est passé à deux doigts de mon visage.

Julie remercia l'infirmière. Celle-ci hocha la tête et quitta la salle.

— Et la petite ? demanda Novak. Elle vous a dit quelque chose ?

— Elle était venue passer le week-end chez sa grand-mère. Belkacem le savait. Il a sonné chez Mme Fabre et a prétendu que Ninon était en danger. Alors elle lui a ouvert. La dernière chose dont elle se souvient est la compresse de chloroforme sur son visage. Quand elle a repris conscience, sa petite-fille était ligotée sur la table et bâillonnée. Elle a tenté d'intervenir, mais elle était attachée, elle aussi. Belkacem lui a dit que Ninon était possédée par le démon et qu'il fallait l'exorciser. Et il s'est mis à décrire des cercles autour d'elle en l'aspergeant d'essence et en baragouinant du latin.

— Du latin ?

— Mm mm. Il le faisait encore quand il m'a attaquée. Il était comme en transe.

Novak médita ces paroles et sembla y déceler une logique.

— *Ignis umbra Dei est*, c'est ça ?

— Ça y ressemble. Ça veut dire quoi ?

— Le feu est l'ombre de Dieu… Et Ninon, elle est où, maintenant ?

— Ses parents sont venus la chercher.

Julie se rendit compte que la manche gauche de Novak était calcinée et que sa main l'était aussi.

— Il faut vous faire examiner…

— Oui, bien sûr… Pourquoi s'en prendre à Ninon ?

— Elle est de Gévaugnac et… préado, comme la petite Guinet et les quatre autres victimes. Vous pensez que c'est lui qui a tué Maylis ? Ça expliquerait la présence de son badge sur la scène de crime…

— Belkacem n'est qu'un adepte. Celui qu'il sert choisit des gens fragiles comme disciples, faciles à manipuler. Darius Paul était pyromane, Belkacem alcoolique. Tous les deux étaient addicts et Belkacem, sans éducation.

— Il répétait quand même des mots de latin.

— Oui… dans un état second. Vous l'avez dit vous-même, il était comme en transe.

— C'était une façon de parler.

— Non, il était vraiment sous emprise. Est-ce que le mot « datura » vous dit quelque chose ?

Elle secoua la tête.

— Les Aztèques utilisaient cette plante pour ses propriétés psychotropes et hallucinogènes. Aujourd'hui, les groupes satanistes l'emploient pour initier leurs membres. Son ingestion entraîne un délire hallucinatoire qui dure plusieurs heures durant lesquelles on peut vous faire faire n'importe quoi.

— Donc vous persistez à croire que ces meurtres en série sont l'œuvre d'un groupe ?

— Je dirais plutôt d'une fratrie. Ce n'est pas un meurtre que nous avons interrompu, Fraysse. C'est un rite satanique. Le bûcher, les chandelles noires… Quelqu'un brûle ces fillettes comme si elles étaient des sorcières, ou comme si elles s'apprêtaient à le devenir.

— Comment ça ?

— Quelqu'un veut les empêcher de devenir femmes. Car, pour lui, les femmes sont des démons, des tentatrices, des Lilith.

— Des quoi ?

— Des Lilith. Lilith était la première femme d'Adam. Avant Ève. Selon la tradition juive, elle n'a pas été conçue à partir d'une côte d'Adam comme Ève, mais à partir d'argile. Comme lui. Elle se sentait donc son égale et a refusé de se soumettre à son époux. Pour la punir, Dieu l'a jetée en enfer pour qu'elle y brûle.

— D'où vous sortez tout ça ? demanda Julie, impressionnée par son raisonnement.

— L'HP, ça laisse pas mal de temps pour la lecture, minimisa-t-il. Vous devriez peut-être demander aux médecins de nous réserver un échantillon du sang de Belkacem pour vérifier la présence de datura ?

Elle ne bougea pas et le regarda fixement.

— Qu'est-ce qu'il y a ?

— Je ne ferai rien avant que vous ne vous fassiez soigner.

Alors seulement, Novak remarqua la méchante brûlure à son bras gauche.

33

La voiture de Jean-Daniel Cossic se gara devant la mairie de Gévaugnac. Une nuée de journalistes et de photographes l'entoura aussitôt. Il descendit, escorté d'une assistante, et se faufila avec elle jusqu'aux marches du bâtiment, faisant de son mieux pour ignorer les questions hostiles qui fusaient de toutes parts :

— Monsieur le maire, quels sont vos liens réels avec M. Belkacem ?

— Avez-vous tenté de couvrir son implication dans l'immolation de la petite Maylis ?

— Comment réagissez-vous à sa récidive ?

Quand Cossic arriva devant les portes, un agent municipal sortit pour lui prêter main-forte. Mais il lui fit signe de n'en rien faire. Il se retourna vers les reporters et attendit le silence pour faire une déclaration aussi calme et posée que possible.

— Une jeune fille de notre commune est morte, il y a à peine quarante-huit heures, et une deuxième a failli perdre la vie aujourd'hui, à Toulouse. D'après ce que m'a dit la police, M. Belkacem aurait été présent sur la deuxième scène de crime et aurait fait une chute du troisième étage. Son pronostic vital est engagé. C'est tout ce que je sais, pour le moment.

— La présence du badge MP de M. Belkacem sur la première scène de crime ne signe-t-elle pas également son implication dans le meurtre de la petite Maylis?

— La police m'a demandé de ne faire aucun commentaire à ce sujet, je suis désolé.

— Monsieur Belkacem était la caution « minorité visible » d'un parti souvent qualifié de raciste. Ne craignez-vous pas que son implication dans un crime odieux n'enflamme l'aile la plus radicale de votre mouvement?

Cossic chercha à repérer dans la foule celui qui avait posé cette question.

— Qu'est-ce que vous insinuez?

Le journaliste se fraya un chemin à travers ses confrères jusqu'au bas des marches. C'était Loïc Pons, le jeune reporter de *La Dépêche du Midi.* Sa provocation avait fonctionné. Il ne lui restait plus qu'à enfoncer le clou pour passer en boucle sur les chaînes info et au zapping.

— Rien d'autre que ce que je dis! Ces crimes odieux, commis par un adhérent arabe du MP, ne vont-ils pas ramener votre parti à ses fondamentaux fascistes?

Surprenant tout le monde sauf Loïc, Cossic l'attrapa par le col et le plaqua contre la berline municipale.

— Mon parti n'est pas fasciste, grommela-t-il. Il est de droite. La vraie droite.

— La vraie droite? railla Pierre qui assistait à la scène en direct à la télévision. Il peut toujours courir pour que je lui vende mon garage, ce salaud!

Il éteignit le poste et se tourna vers sa belle-mère.

— Désolé, Fabienne, mais je peux pas l'encadrer. Quand on pense qu'il s'est fait élire sur un programme sécuritaire...

— Il a tout de même commencé à rénover le village qui en avait bien besoin, fit-elle remarquer.

Julie préféra intervenir avant que l'échange ne dégénère.

— Où pouvons-nous nous installer sans vous déranger, madame ?

— Ici même, dans le séjour, si cela vous convient.

— C'est parfait.

L'audition d'Arthur, que Julie avait préféré appeler une « conversation », allait se tenir à Toulouse chez sa grand-mère, où les enfants avaient trouvé refuge en attendant que la pression retombe un peu au village.

Même si Fabienne aurait pu servir d'adulte référent, Pierre avait tenu à faire le déplacement.

— Comment ça se passe, à Gévaugnac ? demanda Julie pendant qu'elle installait le caméscope.

— On a fini par fermer les volets jour et nuit pour se protéger des paparazzi, répondit Pierre. On ne peut plus faire un pas sans tomber sur un journaliste. Le mieux serait peut-être de se servir d'eux. De faire un appel à témoin avec une récompense...

— Ne fais pas ça, Pierrot, murmura-t-elle en réglant le cadre. Tu vas crouler sous les appels de dingues qui te diront n'importe quoi pour essayer de récupérer des thunes. Et t'y croiras à chaque fois ! Je sais que c'est dur, mais...

— Non, tu ne sais pas. Tu ne sais pas ce que c'est que de ne pas pouvoir enterrer ta fille, de trouver son *Okapi* dans la boîte à lettres, d'entendre sa voix sur le répondeur quand t'appelles la maison et de ne pas oser l'effacer parce que c'est tout ce qui te reste d'elle.

— Ils aggraveront les choses, crois-moi. Ce n'est pas la flic qui te dit ça, c'est l'amie d'enfance.

— Celle qui m'a fait croire que Maylis était morte avant de brûler ?

Julie prit le reproche en pleine figure, mais ne regretta pas son choix.

— La même amie, oui. Celle que tu protégeais, petite, et qui essaie juste d'être à ta hauteur.

La conversation s'interrompit avec l'entrée d'Arthur et de Fabienne dans le séjour. Le petit garçon se raidit quand il aperçut l'objectif pointé vers le divan.

— Je vais m'asseoir devant toi, Arthur et on va discuter, tous les deux. Et tu verras que, très vite, tu oublieras la caméra. S'il y a quoi que ce soit qui te gêne ou si tu veux qu'on arrête un moment, tu me fais signe. D'accord ?

L'enfant hocha la tête et s'assit sur le canapé. Julie s'installa face à lui.

— On commence ?

Il hocha la tête timidement.

— Pourquoi tu t'es retrouvé là-haut, cette nuit-là, Arthur ? Maylis t'avait demandé de l'accompagner ?

Pierre frissonna en notant le changement d'expression sur le visage de son fils.

— Non, répondit-il. Elle savait pas que je la suivais.

— Comment ça ?

— J'ai entendu du bruit, ça m'a réveillé et j'ai été voir à la fenêtre. Elle remontait la rue sur sa trottinette.

— Il était quelle heure ?

— Entre 4 h 30 et 6 heures, fit Pierre.

Julie se tourna vers lui et ne put cacher son agacement. Les parents font les pires adultes référents car ils se sentent obligés d'intervenir pour soulager leur enfant.

— Désolé, fit Pierre, qui avait capté la crispation de son amie.

Il se radossa à son fauteuil.

— C'était quelle heure, Arthur ?

— 4 h 45. J'ai regardé ma montre. Je pouvais pas la laisser toute seule dehors la nuit.

— Pourquoi tu n'as pas prévenu tes parents ?

— J'allais pas la dénoncer.

Arthur se mordit les lèvres. Il y avait autre chose.

— Elle allait retrouver quelqu'un ?

— J'sais pas.

Premier mensonge, songea Julie.

— Mais tu t'es posé la question, n'est-ce pas ? C'est pour ça que tu l'as suivie. Pour la protéger au cas où…

Le garçon acquiesça. De plus en plus nerveux, Pierre avait les yeux rivés sur son fils.

— Elle était inquiète de quelque chose ? Elle t'en a parlé ?

— Non.

Il avait répondu trop vite.

— Est-ce que… tu aurais vu ta sœur fréquenter des gens pas bien ?

L'enfant resta silencieux. Il se tourna vers la caméra puis vers son père.

— Quand tu l'as suivie ce matin-là, est-ce que tu as vu celui qui lui a fait du mal ?

Pierre était sur le point d'intervenir quand Julie le stoppa d'un regard.

— Tu veux que cette personne soit punie, n'est-ce pas, Arthur ? Si nous l'arrêtons, il ne pourra rien te faire. Alors que, tant qu'il est dehors, tout peut arriver.

Arthur avait les larmes aux yeux. Il regarda à nouveau vers son père. Julie comprit qu'il avait peur de parler devant lui et lança une œillade complice à Pierre.

— Tu peux aller lui chercher un verre d'eau, s'il te plaît ?

— Bien sûr, fit-il en saisissant le sens de la manœuvre.

Il se leva et se dirigea vers la cuisine. Arthur en profita pour marmonner :

— Le jour d'avant, j'ai vu Maï se disputer avec une grande personne dans la rue.

Julie devait lutter contre l'exaltation qui s'empare de tout policier quand on s'approche de l'aveu. C'était d'autant plus délicat que la confession pouvait s'arrêter dès le retour du père. Elle leva les yeux vers la cuisine et Pierre lui fit signe de prendre son temps tout en prêtant l'oreille.

— Tu sais comme il s'appelle ?

— Non. Il disait qu'il était photographe… et qu'il allait faire d'elle une star. Mais il ressemblait pas à un photographe. À la fin, ils se sont disputés, mais j'ai pas compris ce qu'ils disaient.

— Tu pourrais me le décrire ?

— Il était moins grand que Papa, et il avait une tête de gitan.

— Tes parents sont au courant ?

Arthur regarda par-dessus son épaule et vit la porte entrouverte de la cuisine. Alors, il s'empressa d'ajouter d'une voix à peine audible :

— Ils m'auraient pas cru. Maï était la préférée de papa. Pour lui, elle aurait jamais pu faire ça.

Quand Pierre les rejoignit dans le séjour avec le verre d'eau, les nerfs de l'enfant lâchèrent et les larmes prirent le relais. Julie écrivit quelque chose sur une carte de visite en disant :

— On va s'arrêter là. Merci Arthur, tu as été très courageux.

Pierre posa le verre sur la table basse, s'assit à côté de son fils et passa son bras autour de ses épaules pour le consoler.

— Ce que tu m'as dit va beaucoup nous aider, ajouta Julie en éteignant le caméscope.

Elle le rangea dans son étui et Pierre se leva pour la raccompagner.

— Tu salueras ta belle-mère de ma part ? fit-elle.

— Bien sûr.

Avant de partir, elle tendit la main à Arthur en disant :

— Si tu te souviens de quoi que ce soit, tu m'appelles, d'accord ?

— D'accord.

Le garçon serra la main de la policière et sentit qu'elle contenait quelque chose. Il leva les yeux vers elle et hérita d'un clin d'œil.

Et, tandis que Pierre et Julie s'éloignaient vers la porte, Arthur découvrit ce que l'enquêtrice lui avait remis : une carte de visite sur laquelle était griffonné : *Dessine-moi la tête du gitan et envoie-la-moi par mail à cette adresse. Merci.*

34

Novak se redressa sur son siège en grimaçant. Les heures passées à attendre sur la banquette inconfortable de cette salle d'attente l'avaient perclus de courbatures. Il s'étira pour se débarrasser de la raideur qui tétanisait sa nuque et alla se renseigner sur l'état de Belkacem auprès de l'infirmière, responsable du service.

— L'opération s'est bien passée, monsieur, mais…

— Capitaine, corrigea Novak.

— Désolée, capitaine, rectifia-t-elle. Le patient n'est pas en état d'être interrogé. Il vient de subir une opération particulièrement délicate et il est en soins intensifs.

— Mais il a repris conscience ?

— Oui. Cela tient du miracle.

Novak remarqua la croix qu'elle portait en pendentif.

— Savez-vous ce qu'a fait votre… « miraculé » ?

— Quoi qu'il ait fait, capitaine, notre devoir est de le soigner.

— Et le mien est d'empêcher qu'une nouvelle fillette soit immolée. C'est assez clair pour vous ?

— Je comprends. Vous pourrez faire votre devoir quand mon patient sera physiquement en état de vous répondre.

— C'est-à-dire ?

— Dieu seul le sait.

— Ce n'est pas Dieu qui est à l'œuvre chez ce « patient » que vous protégez, mademoiselle… (Il lut le prénom figurant sur le badge de sa blouse) Sophie. Il est membre d'une fratrie sataniste qui a déjà immolé cinq fillettes au cours des deux dernières années. Cinq familles détruites et une sixième qui aurait pu l'être si je n'étais pas intervenu pour arracher leur enfant aux flammes.

Pour appuyer ses propos, Novak souleva son bras gauche bandé, de la main jusqu'au coude.

— Mon Dieu, c'est terrible… C'est l'Immoleur, c'est ça ?

— Les immoleurs. Votre patient est l'un d'eux, mais il connaît certainement l'identité des autres membres. La plupart sont des victimes, eux aussi, manipulés par un gourou. Et je suis certain que, si je pouvais parler à M. Belkacem, il regretterait son geste et me fournirait des informations capitales qui pourraient sauver des vies. N'est-ce pas la vocation première de votre métier ? *Sauver des vies ?*

Novak avait réussi à faire douter l'infirmière.

— Cinq minutes, poursuivit-il. Je n'ai besoin que de cinq minutes avec lui.

Elle hésita, vérifia que la voie était libre et murmura :

— Franchissez les portes battantes, vous trouverez une tenue stérile dans la salle d'attente à l'entrée. Monsieur Belkacem a été placé dans la pièce de gauche.

— Dieu vous bénisse, lança-t-il en s'éloignant.

— Cinq minutes, hein ? insista-t-elle.

Il acquiesça en souriant et s'engouffra dans l'unité de soins intensifs.

Le silence qui régnait dans le service n'était troublé que par les bips têtus des moniteurs ou le souffle régulier des appareils d'assistance respiratoire. Novak avait revêtu la combinaison réglementaire qui, d'une certaine façon, lui servait de laissez-passer.

Le couloir donnait sur deux larges pièces face à face équipées de baies vitrées. Chacune comprenait une dizaine de lits entre lesquels deux ou trois infirmières en blouses bleues se déplaçaient sans bruit.

Quand Novak s'engagea dans la salle de gauche, l'une d'elles se tourna vers lui. Il crut un moment qu'elle allait lui interdire l'accès, mais elle se contenta de le saluer d'un hochement de tête et s'éloigna en poussant un chariot de soins.

Belkacem se trouvait dans une alcôve équipée de deux lits. Mais seul le sien était occupé. La tête bandée, la nuque immobilisée par une minerve crânienne et les quatre membres plâtrés et brochés, il ressemblait à une momie. Des cathéters le reliaient à toute une série de poches et de moniteurs. Cette débauche de matériel sophistiqué pour maintenir en vie une ordure pareille révolta Novak.

Il vérifia qu'il était seul, puis tira le rideau translucide entourant le lit pour l'isoler. Il se pencha vers le suspect jusqu'à ce que sa bouche effleure son oreille.

— Écoute-moi bien, enculé. Je me fous que tu sois ou pas en état de parler parce que je me fous de ce qui peut t'arriver.

Les paupières de Belkacem papillonnèrent. Sa respiration s'accéléra et ses yeux s'entrouvrirent.

— Je ne permettrai pas qu'une autre fillette soit sacrifiée, tu m'entends ? Alors tu vas me dire qui est derrière tout ça et combien vous êtes !

Quand Belkacem aperçut Novak, il paniqua. Ses yeux terrifiés cherchèrent une échappatoire, mais son corps bandé et plâtré était verrouillé au lit. Ses lèvres tentèrent d'articuler quelque chose.

— Quoi ? fit Novak.

Belkacem toussa, s'étrangla.

— Parle plus fort, je t'entends pas !

Une alarme se déclencha sur le moniteur au-dessus d'eux. Son rythme cardiaque s'était emballé. Il fallait faire vite. Quelqu'un du poste de garde allait intervenir, d'un moment à l'autre. Alors, Novak saisit Belkacem par les épaules et le secoua pour le pousser à parler.

— Qui est derrière tout ça ? insista-t-il. Dis-le-moi, bordel !

La douleur était trop intense. Un mot sortit de sa bouche, mais prononcé trop bas pour que Novak en comprenne le sens. Alors, il tendit l'oreille tout près de ses lèvres. Sa seule chance de connaître la vérité était là.

Soudain, derrière lui, le rideau s'ouvrit. L'infirmière qui avait accouru découvrit un spectacle terrifiant : son patient saignait sous ses bandages.

— Monsieur ? Qu'est-ce que vous faites là ?

Novak se retourna vers la soignante et lui fit signe de patienter. Ses mains étaient couvertes de sang.

— Qu'est-ce que vous lui avez fait ? s'effraya-t-elle. Sortez d'ici tout de suite !

Ignorant l'infirmière qui appelait la sécurité, Novak se pencha à nouveau vers Belkacem, lequel, revigoré par l'adrénaline, semblait prêt à parler.

— Qui dirige la fratrie ? hurla le policier. Qui t'oblige à faire ces choses ?

Dans un ultime effort, ses lèvres luttèrent pour prononcer :

— Le Maître…

Novak s'éveilla en sursaut, désorienté. Il resta un moment avachi contre le bureau sur lequel il s'était assoupi et se frotta les yeux en se demandant s'il avait rêvé.

Il se redressa et vit qu'il n'avait pas de sang sur les mains, mais qu'un pansement lui enveloppait tout le bras gauche. L'odeur de Biafine lui rappela le sauvetage de Ninon.

Sa table était couverte d'éléments du dossier de police et son ordinateur figé sur le reportage du maire de Gévaugnac, réagissant à l'implication de Belkacem.

Il se retourna sur son siège et s'efforça de se rappeler les raisons de sa présence dans cette pièce.

L'endroit lui était familier. Une lumière nocturne tombait en cascade depuis la fenêtre située à deux mètres cinquante de hauteur. Le lit vissé au sol, le coin toilette… il reconnut sa chambre d'hôpital. Il était retourné dormir à Gérard-Marchant comme tous les soirs.

Depuis qu'il avait arrêté son traitement, la confusion et les trous de mémoire devenaient ingérables. Fallait-il le reprendre ?

Il sortit dans le couloir. Le large hall carré était désert. Il s'approcha lentement de la cage de verre ronde occupée par le gardien de nuit.

— *Buenas*, Eduardito, lança-t-il à l'interphone du guichet vitré.

Le surveillant latino sursauta. Il était tellement concentré sur son match de foot qu'il ne l'avait pas entendu approcher.

— *Hola*, Novak ! Qu'est-ce que tu fous debout à cette heure, *pendejo* ?

— Je fais comme toi, *amigo*, je travaille !

Le gardien éclata de rire à gorge déployée.

— C'est quoi, le score ?

— 3-2 pour l'Uruguay.

— *La patria o la tumba !* s'exclama Novak. La patrie ou la mort, c'est ce que dit votre hymne, non ?

Eduardo acquiesça en souriant et répondit, la main sur le cœur :

— *Sabremos cumplir*. On va encore gagner la coupe, cette année.

— Normal ! Les gens parlent tout le temps du Brésil, mais c'est la Celeste, l'équipe la plus titrée du football mondial. Quinze Copa America et quatre étoiles sur le maillot, quand même !

— C'est clair. Mais je le sens pas, c't'arbitre. Il arrête pas de siffler. On peut même plus jouer !

— Ben… y a des règles, *pendejo*, faut les respecter.

— Les règles, c'est une chose, la vie c'en est une autre, répondit le surveillant.

Il remarqua le bandage que son patient portait à la main gauche et jusqu'à l'avant-bras.

— Qu'est-ce que tu t'es fait ?

Novak suivit le regard du gardien. L'odeur de la Biafine lui remit les idées en place : il se remémora le sauvetage de la fillette…

— Oh, c'est rien, minimisa-t-il. Juste une mauvaise brûlure.

Son bourreau avait échappé miraculeusement à sa défenestration… Mais que s'était-il passé ensuite ? Impossible à dire.

L'horloge de l'accueil affichait 2 h 30. Il était trop tard pour appeler Julie. Mais son rêve était tellement réel qu'il lui fallait vérifier.

— Je peux te demander un service ?

— Si c'est de t'ouvrir les portes, j'ai pas le droit, tu le sais.

— Non, c'est juste de me brancher la télé.

— OK, mais le son au minimum, d'accord ? Parce que mes autres *locos*, ils « bossent » pas tous comme toi.

Il ponctua sa remarque d'un rire contagieux. Le policier s'éloigna en disant :

— Je ferai moins de bruit que toi en tout cas, j'te promets.

Novak pénétra dans la salle de loisirs déserte et s'installa sous le poste de télévision. Quand le voyant s'alluma, il attrapa la télécommande et zappa jusqu'à tomber sur une chaîne info. Une journaliste était en reportage devant la maison des Guinet.

— *…de connaître un nouveau rebondissement. La diffusion par BFM d'un portrait-robot, réalisé par le petit frère de Maylis, a permis l'arrestation d'un suspect. Django Mirko, photographe, est actuellement en garde à vue.*

Le portrait d'un gitan s'afficha sur l'écran, accompagné du portrait-robot qu'Arthur avait réalisé. La ressemblance était étonnante.

Novak n'en revenait pas. Pourquoi ne l'avait-on pas informé de cette arrestation ? Ses collègues avaient-ils découvert son implication dans l'agression de Darius Paul ? Ou bien était-ce l'interrogatoire musclé de Belkacem qui avait provoqué sa mise à l'écart ? Qu'avait-il fait cette nuit avant de rentrer à Gérard-Marchant ? Impossible de se rappeler.

Cette incapacité croissante à faire la différence entre ce qu'il imaginait et la réalité handicapait Novak de plus en plus.

Un flash de lumière en provenance du jardin attira son attention. Il s'approcha de la baie vitrée donnant sur les arcades et aperçut, cachée derrière un bosquet, une silhouette qui observait ses allées et venues.

Immobile sous la pluie, l'homme en imperméable dégagea son visage du téléobjectif. Loïc Pons, le jeune journaliste de *La Dépêche*, vérifia la photo qu'il venait de prendre sur l'écran LCD de sa caméra, et sourit en imaginant le titre de sa une.

35

JOUR 4 - Jeudi

Les médias s'étaient largement fait l'écho de l'arrestation de Django Mirko. Sa photo avait fait la une de tous les journaux télévisés. Des images de son fourgon tôlé Citroën, garé à l'entrée de Gévaugnac, tournaient en boucle sur les chaînes info.

Les témoignages les plus saugrenus avaient droit de cité. Des gens auraient vu « l'Immoleur » traîner près des habitations avec son appareil photo. D'autres parlaient d'attentats à la pudeur. Enfin, les volontaires de la milice qui avaient participé à son arrestation se vantaient d'avoir interpellé le monstre.

Les caméras-trottoir firent très vite de Django Mirko un tueur vedette malgré lui. Paradoxalement, cela finit par avoir des conséquences positives sur l'économie locale. Si les touristes avaient déserté le village depuis deux ans, les hôtels faisaient à nouveau le plein, grâce aux journalistes qui couvraient l'événement et aux curieux, venus prendre des selfies sur le terrain de chasse du serial killer.

Certains habitants s'improvisaient même maison d'hôtes. Et les nouveaux arrivants, qu'ils soient reporters ou touristes, venaient de se mettre à la page en traînant au bistrot. Mais ce qu'ils en rapportaient tenait plus du potin que du scoop.

Tous, médias et population confondus, avaient besoin d'un visage pour incarner l'Immoleur de Gévaugnac. Et Django Mirko était le candidat idéal. Étranger, marginal, nomade et rom. Une aubaine pour le Mouvement Patriote qui n'hésita pas à souffler sur les braises. Le maire réussissait ainsi le double exploit de détourner l'attention de son garde du corps et de justifier l'attitude xénophobe de son parti.

Quand Pierre remit les pieds dans son garage après quatre jours d'absence, il y trouva Sam, la tête plongée sous un capot. Pâle, les yeux tristes, ce petit homme insignifiant avait toujours vécu dans l'ombre de Pierre, y compris dans ses moments les plus sombres, ceux que le père de Maylis préférait oublier. Il avait vu les enfants grandir, leur avait servi de baby-sitter parfois et les aimait comme si c'étaient les siens.

Il essuya ses mains crasseuses sur un chiffon et rejoignit son ami, les yeux humides.

— Putain, Pierrot, c'est pas possible…

Il fondit en larmes. Pierre le consola tout en balayant son atelier du regard. Il allait devoir reprendre ses affaires en main : les commandes, les réparations, les clients à facturer. La Terre continuait de tourner sans Maylis et il devait penser à Arthur et à Gabriel.

— Merci d'avoir maintenu l'atelier ouvert, Sammy.

— Tu rigoles, Pierrot ! répondit-il en séchant ses larmes sur le revers de sa manche couverte de cambouis. C'est rien à côté de ce que t'as fait pour moi.

— Va te reposer, maintenant. Je vais prendre le relais.

— Je préfère rester avec toi. C'est qui, ce rom qu'ils ont arrêté ?

— Un photographe qui voulait que Maï pose pour lui.

— Qu'elle *pose* ? s'offusqua Sam.

— Ouais. C'est grâce à Arthur qu'ils l'ont chopé. Il les avait vus s'engueuler dans la rue… Tu peux arrêter de me poser des questions, s'te plaît ?

— Ouais désolé, c'est juste que… les flics ont tellement merdé, il y a deux ans… Si tu veux qu'on s'en occupe, Pierrot, je suis ton homme, tu le sais.

— Pas la peine, ils le tiennent, maintenant. Béatrice avait raison. Faut faire confiance à la police.

36

Novak arriva en vue du commissariat après une énième nuit sans sommeil. Il avait hésité longtemps à s'y rendre, s'arrêtant plusieurs fois en chemin pour reprendre son souffle. Il avait l'impression d'arpenter un rêve, ne sachant plus vraiment si le décor autour de lui était réel. Il en arrivait même à douter de ses pensées, tant elles n'avaient plus d'ancrage dans sa mémoire. Ses mains tremblaient comme celles d'un junkie et des bouffées de panique le paralysaient. Non, décidément, il n'y arriverait pas... Il valait mieux retourner à Gérard-Marchant.

L'agent de faction à l'entrée de l'hôtel de police le vit faire demi-tour et l'interpella :

— Capitaine ! Ils vous attendent en haut. Il y a du nouveau !

Novak n'avait plus le choix.

Il lui adressa un signe de tête et le rejoignit.

Quand il pénétra dans l'open space, les regards de ses collègues se portèrent vers lui, ce qui accentua sa gêne. Julie ne l'avait pas vu entrer. Elle accrochait des photos de Django Mirko sur le panneau de liège. Quant à Ray, il était trop énervé pour remarquer sa présence.

— Avec leur putain de scoop, ils ont failli nous le faire tuer, cette nuit. S'il n'y avait pas eu le cureton pour prévenir les gendarmes, notre Gypsy King serait au bout d'une corde, à l'heure qu'il est.

Seule Julie osa intervenir.

— N'empêche que le petit Arthur a confirmé que c'était bien l'homme de son dess…

Elle s'interrompit en apercevant Novak.

Il vit qu'elle le regardait étrangement ; comme un homme qui n'est pas dans son état normal. Mais avait-il un état normal ?

— Excusez-moi de vous interrompre, les gars, mais… est-ce qu'on travaille toujours ensemble ? C'est la télé qui me débriefe, maintenant ? Pourquoi personne ne m'a prévenu ?

— Dans mon bureau, trancha Ray en le rejoignant.

Avant de sortir, il adressa un dernier message à ses hommes :

— La fuite vient forcément de chez nous. Alors, je conseille à la balance de se dénoncer parce que, si c'est moi qui la trouve, je la suspendrai de ses fonctions, je gèlerai son salaire et je lui ferai payer à l'ancienne, si vous voyez ce que je veux dire. Fraysse, vous venez avec nous ?

Julie suivit son patron et Novak dans le couloir.

— Qu'est-ce qui se passe, Ray ? T'as perdu mon numéro ? Pourtant, tu sais me trouver quand t'as besoin de moi.

Pour toute réponse, le commandant désigna son bureau d'un geste. Les deux capitaines y entrèrent. Il ferma la porte et attaqua sans préliminaires, comme à son habitude.

— Est-ce que t'as interrogé Belkacem, hier, pendant qu'il était en soins intensifs ?

— Ça se peut, ouais, bredouilla Novak.

— Sur quelle base ?

— Comment ça, sur quelle base ? Tentative d'homicide.

— Il y a une procédure à suivre, Novak, quand un suspect est en soins intensifs. Ce sont les médecins qui ont autorité.

— Ce n'est pas un suspect, Ray, c'est un des immoleurs. Fraysse et moi, on était aux premières loges.

— C'est vrai, intervint Julie, mais vous étiez censé attendre qu'il soit en état physique d'être interrogé. Mes ordres étaient clairs.

— Vos ordres ?

— Oui, mes ordres. C'est ce qui avait été convenu, non ?

— Si j'avais obéi à vos ordres et attendu la BRI, capitaine, la petite Ninon serait à l'état de merguez, en ce moment, comme sa copine.

— Ça, ce n'étaient pas les ordres de Fraysse, intervint Ray, c'étaient les miens. Et tu y as délibérément désobéi. J'ai trop besoin de toi en ce moment pour te mettre aux arrêts, mais sache que c'est la dernière fois que tu ne respectes pas ta hiérarchie, est-ce que c'est clair ?

Novak hocha la tête.

— Belkacem sera inculpé pour tentative de meurtre. On va perquisitionner chez lui mais, en attendant, il a déposé plainte pour agression et harcèlement. Son avocat nous a appelés. Le témoignage de la chef de service est… accablant. Et puis il y a ça.

Ray lança à son capitaine un exemplaire de *La Dépêche du Midi*. L'article, signé Loïc Pons, s'étalait en première page avec, comme manchette : *La police recrute à l'asile.*

Novak blêmit. Cette photo de lui, prise cette nuit, en tenue de patient d'un hôpital psychiatrique, le déstabilisa. Il leva les yeux vers Julie et ne trouva, dans son regard, aucune hostilité, juste de la compassion.

— Heureusement pour nous, poursuivit Ray, l'article ne parle que de « consultation ». Ta psychiatre, le docteur Wilbert, a été parfaite. Quand le journaliste lui a demandé si tu enquêtais pour nous, elle a déclaré, je cite : « Mon patient n'est pas en état de quitter cet établissement. »

Novak fronça les sourcils. Sybil avait-elle menti pour le couvrir ? Ou n'avait-elle fait qu'exprimer ce dont elle était convaincue ?

— Mais ces fouille-merde ne vont pas s'arrêter là, tu les connais. Tôt ou tard, ils feront le lien avec la plainte de Belkacem. Alors voilà ce que je te propose. Tu vas continuer d'enquêter avec nous, mais en tant que consultant, depuis l'hôpital. La capitaine Fraysse te tiendra au courant, heure par heure, des progrès de l'enquête et tu pourras nous conseiller, mais tout se fera par téléphone.

— Est-ce que je peux au moins montrer la photo de Django Mirko à Belkacem et voir comment il réagit ?

Ray leva les yeux vers le plafond et soupira.

— Ça t'arrive d'écouter ce qu'on te dit ? On ne doit plus te voir dehors. La capitaine Fraysse interrogera Belkacem quand il sera en état.

— Et ça va prendre combien de temps, ça ? Celui qui manipule les immoleurs est toujours dans la nature, Ray. Nous devons faire tout ce qui est en notre pouvoir pour l'empêcher de tuer à nouveau.

— Ça ne te concerne plus, vieux. Tu es consultant.

Cette réplique désarçonna Novak. Il se tourna vers Julie qui baissa les yeux. Elle respectait le jusqu'au-boutisme de son partenaire, mais elle le craignait aussi. Le silence qui suivit accentua la gêne entre eux trois.

— Alors quoi, je suis privé de terrain, c'est ça ?

— Novak... En nous donnant un coup de main, tu ne t'attendais tout de même pas à être réintégré, si ?

— Non, bien sûr que non, rétorqua-t-il pour sauver la face. Mais... n'es-tu pas au moins curieux de savoir ce que Belkacem m'a dit quand je l'ai interrogé ?

— Peut-être, mais rien de tout ça n'est admissible devant un tribunal, on est d'accord ?

Novak prit une profonde inspiration et regarda Julie qui l'encouragea à continuer.

— Quand je lui ai demandé qui lui faisait faire ces choses, il m'a répondu : le Maître. Il n'y a pas qu'un seul immoleur, Ray. Chaque victime a son bourreau. Belkacem n'est probablement pas celui de Maylis, tout comme Darius Paul n'était pas celui de la petite Chloé. « Le Maître » voulait uniquement nous signifier que nous ne pouvions pas dissoudre la fratrie en arrêtant un de ses membres.

— La fratrie ?

— C'est ainsi qu'ils appellent leur groupe.

— Pourquoi ce... « Maître » se serait arrêté d'immoler pendant deux ans alors ? demanda Julie.

— Et pourquoi il reprend maintenant ? ajouta Ray.

— J'en sais rien. Mais Django Mirko a peut-être l'explication, lui. Tu l'as mis où ?

— En salle d'interrogatoire. Quand la milice l'a interpellé cette nuit, il avait allumé un bûcher sur les hauteurs de Gévaugnac. Mais ils n'ont trouvé qu'un faon en train de cuire.

— Qui est assez fou pour prendre le risque de faire un barbecue dans ce village après ce qui s'est passé ? commenta Julie.

— Quelqu'un qui obéit aux ordres, répondit Novak. Un membre qu'on souhaite éliminer. Il aurait dû être lynché, cette nuit. Le Maître s'est déjà débarrassé de Darius Paul. À votre place, je mettrais Belkacem sous protection policière.

Julie se tourna vers Ray qui approuva d'un hochement de tête.

— Tu m'autorises à l'interroger ? demanda Novak. Un dernier *live* avant le télétravail ?

37

Tandis que Novak traversait avec Julie les couloirs menant à la salle d'interrogatoire, il se demandait si Django Mirko était un disciple du Maître, ou bien s'il était le Maître lui-même, cette silhouette à la parka noire qu'il avait vue sortir des toilettes sur les images de surveillance.

Arrivé devant la glace sans tain de la salle d'observation, il étudia le suspect. Son gabarit peu imposant pouvait coller avec celui de l'assassin de Darius Paul. Lorsque Mirko leva ses yeux noirs vers le miroir, Novak vacilla et recula d'un pas.

Une nouvelle bouffée de panique l'assaillit. Comme celle qu'il avait éprouvée à l'extérieur. Ses mains se mirent à trembler. Il n'avait qu'une crainte : que Julie se rende compte qu'il était totalement incapable d'assurer cet interrogatoire.

— Ça va ? s'inquiéta sa partenaire.

Il endigua la convulsion en comprimant son bras bandé.

— Oui, c'est… juste mes insomnies qui se rappellent à moi, balbutia-t-il. Je vais commencer et… si je sens que… je n'y arrive pas, vous pourrez me remplacer ?

Elle acquiesça, à la fois ravie que son coéquipier collabore enfin sincèrement et soucieuse pour lui.

Quelques secondes plus tard, Novak pénétrait dans la salle d'interrogatoire. La pièce était étroite et étouffante. Son absence de fenêtre et le clignotement agaçant du plafonnier portaient très vite sur les nerfs des suspects. Une technique de pression que Ray avait empruntée à Kojak. Tout comme les chaises bancales et la présence désuète du miroir sans tain qui s'avérait, selon lui, bien plus flippante qu'un retour vidéo. Le but était que la personne interrogée se sente mal à l'aise et observée.

Novak s'installa face au suspect qui gardait la tête baissée. Il en profita pour l'étudier. Ses cheveux longs et gras en bataille, ses joues mal rasées et son côté grunge renvoyaient une image de sauvagerie qui n'aidait pas à l'innocenter.

— Vous en avez mis du temps à venir m'interroger, déclara-t-il d'une voix chevrotante et sardonique.

Un frisson primitif parcourut Novak. Y avait-il un double sens dans cette phrase ? Faisait-il allusion aux années qu'avait duré sa traque ou juste aux quelques heures passées à croupir dans cette pièce ?

Novak eut soudain envie de fuir, mais ses jambes étaient comme tétanisées. Il devait à tout prix banaliser ce suspect pour en prendre le contrôle. Il lui fallait s'en remettre à ses techniques d'interrogatoire et à son instinct, comme il avait toujours fait. La première question devait décontenancer.

— Tu as déjà consulté un psy ? demanda-t-il avec désinvolture.

Django haussa les épaules et secoua la tête.

— Tu devrais. Les gens m'appellent Novak et toi, ils t'appellent comment ?

— Django.

— Non. Ils t'appellent « le monstre », qui a immolé au moins une fillette après en avoir sûrement abusé, ce que l'état du corps ne nous permet plus de vérifier. Mais ces crimes, aussi odieux soient-ils, sont dans l'ordre des choses, d'une certaine façon. Sans la soif, on ne boirait pas. Sans la faim, on ne mangerait pas et sans les pulsions sexuelles, on ne se reproduirait pas. La nature se fout de savoir si c'est avec ou sans violence ou quel âge ont les femelles qu'on pénètre. Ce qui compte pour elle, c'est la survie de l'espèce.

Novak leva les yeux vers le miroir. Il savait que sa partenaire serait choquée par ses paroles.

Derrière la vitre sans tain, Julie se tourna vers Ray.

— Qu'est-ce qu'il raconte ?

— C'est sa technique d'interrogatoire... Il pense à voix haute pour le suspect. Ça lui a pas mal réussi, dans le passé.

Apparemment, Django était aussi surpris que Julie. Il dévisagea le policier et dit :

— C'est vous qui avez besoin d'un psy, pas moi.

Novak le fusilla du regard mais parvint à garder son calme.

— Pourquoi Maylis te criait dessus, la veille de sa mort ?

— Elle voulait poser pour moi. Elle était mignonne (il rit) et... prête à tout, si vous voyez ce que je veux dire...

— T'as eu des relations sexuelles avec elle ?

Django haussa les épaules et leva les yeux au plafond.

— Elle avait treize ans ! Je ne consomme que des fruits mûrs.

Il sourit bêtement, ravi de sa formule.

— Ça ne t'empêche pas de les déshabiller sur tes photos, les fruits.

— L'art et la vie sont deux choses différentes.

— Ça ne m'explique toujours pas pourquoi elle te criait dessus.

— C'est l'effet que je fais aux femmes, et pas seulement au pieu.

Julie se dégagea un moment de la baie vitrée.

— Comment la p'tite Maylis a pu faire confiance à un connard pareil ?

— Il était photographe, répondit Ray. Et il la regardait comme une femme. C'était sans doute la première fois…

Dans la salle d'interrogatoire, Novak se fit plus incisif :

— D'où te vient cette fascination pour le feu ?

— Quelle fascination ?

— *Qui* allume un bûcher en pleine nuit ?

— Celui qui a faim, répondit Django.

Novak dévisagea longuement son interlocuteur comme s'il cherchait à lire en lui. Cela mit le gitan mal à l'aise.

— Tu sais que la plupart des pyromanes mouillent encore leur lit ? Est-ce que c'est ton cas ?

— Je ne suis pas pyromane.

— Alors tu es très con. Tu fais ton barbecue aux abords d'un village où une fillette vient d'être retrouvée brûlée, il y a trois jours ? On parle que de ça en ce moment.

— Je vis sans écran et sans portable, répliqua Django. Je me suis coupé de la propagande des lobbys il y a longtemps. Injoignable et je m'en porte très bien. J'ai juste ma camionnette et ma caméra.

— Tu gagnes ta vie comment ?

— En vendant mes photos.

— À qui ? À des réseaux pédophiles ?

— Ça va pas, non ?

— Tes clients, ils les aiment pas trop mûrs, les fruits. Tout juste sortis de l'enfance. T'appelles ça comment, toi ?

Django haussa les épaules et détourna le regard. Novak se leva et changea d'angle d'attaque.

— Tu sais, Django, on est tous pareils. On peut survivre à l'opinion des autres avec un peu d'entraînement mais, pour garder une bonne opinion de soi, il faut parfois une dose importante de mensonges. En tout cas, celle que tu dois déployer en ce moment, pour te convaincre que tu es un type bien après ce que tu as fait, doit être phénoménale. Alors je ne te demande pas de regarder la vérité en face, ce serait trop dur pour toi, je te demande juste de te mettre deux minutes à la place des parents de Maylis.

Il déposa sur la table une photo du corps carbonisé de la victime. Django détourna le regard.

— Le p'tit ange qu'ils adoraient est tellement abîmé qu'ils ne peuvent même plus le reconnaître. Pour faire leur deuil, il leur faut un visage. Si ce n'est celui de leur fille, du moins celui de son assassin. Donne-leur au moins ça.

— Je suis désolé pour les parents, mais leur gamine était loin d'être un p'tit ange. Je suis peut-être pas fréquentable, mais je suis pas un tueur.

Novak remarqua des tremblements suspects chez son interlocuteur. En tant qu'ancien des Stups, il ne tarda pas à comprendre.

— T'es pas juste photographe, toi, hein ? T'es un junkie en manque. C'est en jouant sur ça que le Maître t'a recruté, hein ? Darius Paul, c'était le feu, Belkacem l'alcool et toi la came, c'est ça ?

— De quoi vous parlez ?

— Des addicts comme toi, faciles à manipuler. Tu faisais quoi au centre Anti-Addiction, hier ?

— Pardon ?

Le besoin impérieux de trouver un responsable pour ce crime et l'absence de remèdes pour juguler sa parano croissante firent perdre à Novak toute objectivité.

— T'étais là pour une cure ou pour assassiner Darius Paul dans les toilettes ?

— Quoi ?!

— Il en savait trop sur la fratrie, c'est ça ? Alors le Maître t'a demandé de l'éliminer.

— Qui ça ?

— Le Maître, celui à qui vous obéissez ! explosa le policier en arpentant la salle comme un chien enragé. Arrête de me prendre pour un con ! Tu sais très bien de qui je parle !

— C'est quoi, ce délire ? Attendez, moi j'ai tué personne, hein ? À part ce Bambi dans la forêt parce que j'avais faim. Bon d'accord, j'ai proposé à la p'tite de poser pour moi. On avait rendez-vous à 5 heures du mat près de la chapelle Saint-Georges. Mais si on s'est engueulés, c'est parce qu'elle voulait que je lui vende de la beuh. Et, pour moi, la came, c'est à partir de seize ans, comme la conduite accompagnée. Alors, oui, je lui ai posé un lapin, mais j'ai pas tué cette garce, bordel !

Les derniers mots de Django firent perdre à Novak tout contrôle. Il se jeta sur lui et ses collègues furent obligés d'intervenir à trois pour lui faire lâcher prise.

38

Après ce déchaînement de violence, Novak se sentait serein, l'esprit dégagé, presque exalté. Mais il devait cette sensation à l'état de choc qui l'anesthésiait plutôt qu'à un soulagement réel. Il avait la naïveté de croire que le supplice du remords lui serait épargné. Mais il se méprenait. Aujourd'hui encore, il conservait intacte l'odeur que sa mère dégageait quand il venait l'asseoir à la table de la cuisine ou quand il la remontait dans sa chambre.

Face au refus de sa sœur d'accepter la mort de leur mère, il avait continué à la faire vivre aussi longtemps que possible. Il imitait le son de sa voix pour que les histoires qu'elle leur racontait se poursuivent. Et Loriane avait beau ne pas percevoir cette pestilence et croire que sa mère était toujours en vie, le remords était là, enchâssé dans l'esprit du jeune Novak, avec la même clarté qu'aujourd'hui.

En voulant surprotéger sa petite sœur, il avait explosé la frontière entre le bien et le mal. Et, lorsque les services sociaux, alertés par les voisins, étaient intervenus chez eux, le spectacle qu'ils découvrirent dépassait l'entendement. Ils crurent bien faire en séparant les enfants, mais cet abandon forcé fut à l'origine des premiers symptômes de Novak : délire hallucinatoire pour tenter d'oublier, crises de panique quand il se rappelait et pulsions suicidaires quand la pression était trop forte.

Ce fut la Légion étrangère qui sauva Novak. Les conditions de vie difficiles de ce corps d'élite de l'armée française constituèrent le meilleur exutoire pour arracher un jeune homme de vingt ans à sa dépression. Missions périlleuses en République centrafricaine, ascension rapide jalonnée de décorations et influence d'un mentor hors norme, tout cela allait faire de lui un autre homme.

Le sauvetage de Loriane s'avéra plus facile. Placée dans une famille d'accueil aimante qui avait fini par l'adopter, elle avait connu la stabilité dont Novak avait été privé. Mais elle n'avait jamais oublié son grand frère. À force de démarches, l'avocate qu'elle était devenue avait fini par le retrouver à la PJ de Toulouse. Aujourd'hui, elle était son seul contact avec un passé ineffaçable, un passé dont ils étaient tous les deux colocataires. Pourquoi est-ce que la brume qui dissipait si bien la perception de la réalité chez Novak ne s'attaquait-elle pas au mildiou de son enfance ?

— Capitaine ?

Il leva les yeux et aperçut Ray qui venait le rejoindre dans la cour de la brigade. Le commandant s'assit à ses côtés sur le capot d'une voiture de police et alluma une cigarette. Il inspira une taffe et relâcha la fumée en cherchant ses mots.

— Si t'es venu me faire la morale, l'interrompit Novak, économise ta salive. Ce type n'est peut-être pas un de nos immoleurs, mais c'est une belle saloperie. Et il mérite bien pire que ce que je lui ai fait.

— On est des flics, vieux. On n'est ni juges, ni bourreaux.

Novak acquiesça. Ray avait raison. Comme souvent.

— J'ai vu ses photos, poursuivit le commandant. Il est assez doué, dans le genre David Hamilton 2.0. Ce type est un pervers, un junkie, il a accosté la petite Maylis la veille du meurtre pour lui proposer de poser pour lui, mais ça s'arrête là. On va le mettre en garde à vue jusqu'à ce qu'on puisse comparer son ADN avec celui retrouvé sur les menottes, mais…

— Ce n'est pas un des leurs, soupira le capitaine. Mais Belkacem, oui. T'as des nouvelles de l'hosto ?

— Ils doivent le réopérer ce matin.

— Putain… Faut le faire parler avant qu'il crève.

— Novak…

— Désolé, ouais, je… je ne suis que consultant. Mais, en tant que consultant, je te conseille de creuser la piste Mathias Cossic. C'est le meilleur pote de Belkacem. Et peut-être même son amant. Il doit forcément avoir des infos.

— Novak, on va en rester là, d'accord ?

— Comment ça ?

— J'ai sous-évalué le traumatisme que cette enquête pouvait provoquer chez toi. Si tu continues à t'occuper de cette affaire…

— C'est trop tard, Ray. Fallait pas m'envoyer Fraysse avec le dossier. Il m'a fallu deux ans de traitement pour me convaincre que plus jamais je ne travaillerais pour la police. Et maintenant tu me dis quoi ? Qu'il vaut mieux en rester là ? Mais c'est où, « là » ? Et je fais comment, moi, pour débrancher ?

— Je ne sais pas quoi te dire, vieux.

— Ben ne dis rien.

Il se leva et, sur le point de partir, se retourna pour ajouter :

— Pourquoi t'as arrêté de me rendre visite à l'hosto, Ray ?

— Le docteur Wilbert m'a dit que… ma présence te rappelait trop le travail. Et que… (il cita de mémoire les propos mesurés de la psy) « ça compromettrait grandement tes chances de rétablissement ».

Novak sourit tristement.

— Ouais… c'est tout elle, ça. Me raccompagne pas, va, je connais le chemin.

Il tourna les talons et se dirigea vers le bâtiment, laissant son supérieur à ses regrets. Quand il pénétra dans l'accueil, Julie l'interpella.

— Capitaine !

Il s'arrêta et la considéra en souriant. Elle l'attendait en prétendant lire les annonces d'un panneau d'information.

— Oui, capitaine ?

— Je voulais vous dire… Je regrette ce qui est en train de se passer.

— C'est gentil.

— Non, c'est sincère. Et puis… je voulais vous remercier.

— De quoi ? D'avoir bousillé vos vacances ?

— De m'avoir sauvé la vie, hier. Mes enfants ne le savent pas, mais chaque fois qu'ils auront leur mère sur le dos, ce sera un peu grâce à vous.

— Les pauvres mômes !

Ils partagèrent un sourire complice auquel Novak mit fin.

— Vous avez été très patiente avec moi, Fraysse et… je voulais m'excuser pour mes… « sautes d'humeur ».

Vu l'état dans lequel je suis en ce moment, je comprends qu'on puisse douter de mon jugement, mais je reste persuadé d'une chose : il va recommencer. Belkacem n'était qu'un de ses exécutants, tout comme Darius Paul avant lui, et comme le prochain. Alors, je vous en conjure, ne vous dites pas que c'est fini.

Elle hocha la tête et le regarda s'éloigner.

Novak traversait le parvis de l'hôtel de police, quand un coup de klaxon lui fit tourner la tête. Un vieux break Volvo était garé le long du trottoir et, derrière le volant, un visage familier lui faisait signe d'approcher. Il se dirigea vers la voiture et la portière passager s'ouvrit.

— Grimpe, beau brun ! lança Loriane.

Il monta à bord et dévisagea sa sœur en souriant.

— Comment tu savais que…

— Je lis les journaux… (Elle lui lança un exemplaire de *La Dépêche*.) … et je me suis dit que t'aurais peut-être besoin de ta petite sœur.

Novak déplia le quotidien et, cette fois, l'article lui arracha un sourire.

— Il y a quelque chose de drôle ?

— C'est juste que… va falloir qu'ils changent leur une, maintenant. C'est plutôt « La police *licencie* à l'asile ».

— Quoi ? Ils t'ont re-viré ?

— Mm mm.

— Qu'est-ce qui s'est passé ?

— J'ai merdé.

Loriane se demanda ce que cachait cette formule. Elle observa son frère, espérant qu'il en dise plus, mais rien ne vint. Alors elle mit le contact et démarra.

Ils roulèrent un moment en silence, chacun attendant que l'autre aborde le sujet. Et, comme à leur habitude, ce fut Loriane qui craqua en premier.

— Quand tu dis que… « t'as merdé », ça veut dire quoi ?

Il haussa les épaules sans répondre.

— T'as arrêté la clozapine ?

— Non ! rétorqua Novak, un tout petit peu trop vite.

Mais il savait pertinemment que ce mensonge ne le mènerait à rien.

— OK, c'est vrai, j'ai arrêté, mais je me sens super bien. Je me suis repris en main.

— Ah ouais, et ça date de quand, cette reprise en main ? Vingt-quatre heures ?

— Faut bien commencer.

— Le docteur Wilbert est d'accord pour que t'arrêtes ton traitement ?

— Non. Mais tu sais comment sont les psychiatres. Ils ne croient pas à la médecine douce.

— La médecine douce, hein ? Super ! Tu sais quoi ? C'est ce que je me dirai à ta prochaine crise, quand il faudra quatre colosses pour t'empêcher de te mutiler.

— Lo, je fais de la muscu tous les jours, j'ai retrouvé l'appétit et, niveau sommeil, ça va plutôt bien.

— Menteur. Je sais reconnaître un insomniaque quand j'en vois un.

— Je suis en train de me recaler, là. Ça prend du temps. Me condamne pas alors que c'est en train de marcher.

— Tu *crois* que c'est en train de marcher. Obsessionnel délirant, Nov. C'est de ça que tu souffres. Tu pourrais te convaincre de n'importe quoi.

Elle se tourna vers lui et il ne put soutenir son regard. Plus facile de se mentir à soi-même qu'à celle qui vous connaît le mieux.

— Cinq fillettes sont mortes brûlées, Lo.

— Je sais ce que tu ressens, mais…

— Non, Lo, tu n'sais pas. Les deux dernières sont mortes par ma faute !

— Quoi ?

— Je n'aurais pas dû me laisser enfermer dans ce putain d'HP.

— T'avais besoin de soins, Nov… Ces fillettes ne sont pas mortes parce que tu te faisais soigner, voyons !

— Leurs putains de médocs me ramollissent ! Si j'avais pas arrêté de les prendre, une sixième fillette serait morte brûlée, hier.

La voix de Novak s'était brisée et des larmes pointaient à ses yeux, qu'il ne laissa pas couler. Loriane dégagea une main du volant et caressa la nuque de son frère.

— Tu vas rester dormir à la maison, ce soir. Zoé a préparé ta chambre et, je te préviens, elle n'acceptera pas que tu refuses. Elle est super excitée. Je lui ai expliqué qu'il fallait que tu te reposes et que tu dormirais peut-être dans la journée comme quand on prend l'avion. Ça l'a fait beaucoup rire.

— Et papa Ben ?

— Je lui cherche un remplaçant.

Novak laissa échapper un rire. Loriane y joignit le sien et, l'espace d'un instant, ils oublièrent tout le reste.

39

Après l'interrogatoire d'Arthur, Pierre avait ramené ses fils à Gévaugnac. Le silence de la maison lui était insupportable et puis il avait l'impression de les avoir négligés durant ces quatre jours consacrés à Maylis. Il s'inquiétait surtout pour Arthur qui semblait se remettre trop facilement des horreurs auxquelles il avait assisté. Pierre avait tenté d'en parler avec Béatrice, mais elle fuyait toute discussion.

À plat ventre sur le même lit que leur père, les garçons écoutaient religieusement la lecture qu'il leur faisait du *Magicien d'Oz* de Lyman Frank Baum :

— « Ne faites pas attention à Toto, dit Dorothée à son nouvel ami. Il ne mord jamais. — Oh, je n'ai pas peur, répliqua l'Épouvantail, il ne peut pas faire de mal à ma paille. Je vais vous confier un secret. Il n'y a qu'une chose au monde qui me fasse peur. — Qu'est-ce que c'est ? demanda Dorothée. Le fermier Muntchkin qui vous a fabriqué ? — Non, répondit l'Épouvantail ; c'est une allumette ! »

Le visage de Pierre s'assombrit. Troublé par l'image qui lui vint à l'esprit, il interrompit la lecture. Comprenant pourquoi, Arthur retira délicatement le livre de ses mains et le posa sur la table de nuit.

— La suite, demain soir, dit-il à son frère.

— Pourquoi il dit ça, l'Épouvantail ? demanda Gabriel.

— Parce que son corps est en paille, répondit Arthur. Et il a peur de brûler.

— Comme Maï ?

Il y eut une longue pause durant laquelle Arthur guetta la réaction de son père. Celui-ci prit une profonde inspiration et préféra changer de conversation.

— Allez, on dort, maintenant.

Gabriel se glissa sous la couette, tandis qu'Arthur grimpait à l'échelle pour atteindre son lit superposé.

— Elle est au ciel, Maï, Papa ? demanda Gabriel.

— Bien sûr qu'elle est au ciel, répondit Pierre en le bordant. Et elle veille sur nous tous, de là-haut.

— Avec les anges, ajouta Arthur.

— Avec les anges, confirma Pierre.

— À la télé, ils disent que la police a trouvé le méchant qui l'a tuée. C'est vrai ?

— Oui. Grâce à ton frère qui l'a reconnu.

Pierre leva les yeux vers Arthur, lui sourit tristement et ajouta :

— Ils vont le mettre en prison pour qu'il ne puisse plus faire de mal à quelqu'un.

Rassuré, Gabriel ouvrit grand les bras vers son père en disant :

— Câlin de près ?

Pierre se pencha vers lui et le serra tendrement dans ses bras. Puis il se leva, fit de même avec Arthur et éteignit la lumière en sortant.

— Tu peux laisser la porte ouverte ? demandèrent en chœur les enfants.

Pierre acquiesça et descendit rejoindre Béatrice qui préparait à manger dans la cuisine. La télé était allumée, mais elle ne la regardait pas. Elle était perdue dans ses pensées.

— Ça va ? demanda Pierre tendrement.

Il attendit une réponse qui ne vint pas. Elle ne se tourna même pas pour le regarder.

— Il faut qu'on vive ce deuil à deux, Béa. Si ce n'est pour nous, au moins pour les enfants.

Elle cessa de couper les carottes et regarda dans le vide. Depuis la mort de Maylis, elle ne supportait plus l'existence de ce secret entre eux. Il fallait qu'elle lui parle. Mais comment aborder le sujet ? Comment trouver les mots ?

— Pourquoi tu ne m'as rien dit pour Maylis et Mathias ? demanda-t-elle.

— Parce qu'elle m'a fait jurer de ne pas t'en parler. Elle avait peur de te décevoir.

Béatrice n'en croyait pas ses oreilles.

— De me décevoir ?

— Oui.

— Mais elle pouvait tout me dire ! Tout !

Sa voix se brisa et elle lâcha le couteau qui lui blessa les doigts. Pierre se porta spontanément à son secours, mais elle le repoussa et passa sa main sous le jet d'eau.

— Est-ce qu'il y a d'autres choses que tu m'as cachées ? D'autres choses que j'ignore à propos de notre fille ou de toi ?

Inconsciemment, elle souhaitait qu'il y en ait. Et beaucoup. Histoire de rendre plus facile son propre aveu.

— Je ne t'ai rien caché d'autre, Béa, je te le jure, affirma-t-il tendrement.

Elle tournait le dos à Pierre et les larmes qu'elle versait étaient celles du remords. Plus elle le savait innocent, plus elle se sentait coupable.

— Tu sais tout de moi, poursuivit-il. Tu connais mon présent aussi bien que mon passé. Tout ce que j'ai fait de mal, je te l'ai confié. Je suis devenu un autre homme, par amour pour toi. Honnête et loyal. Et c'est ce que j'essaie de transmettre à nos enfants.

Béatrice fit face à son mari, le visage ruisselant de larmes.

— Il faut que je t'avoue quelque chose, Pierre.

Le silence qui suivit sembla durer une éternité. Béatrice était sur le point de se confier quand la voix du présentateur du journal télévisé annonça une nouvelle qui allait avoir de terribles conséquences.

— *Le principal suspect dans l'affaire du meurtre de la petite Maylis devrait être libéré ce soir vers 23 heures à la fin de sa garde à vue. En effet, le profil génétique de Django Mirko ne correspond pas à l'ADN relevé sur les menottes utilisées pour entraver…*

La voix du présentateur se perdit dans les hurlements de Béatrice. Elle se mit à tout renverser autour d'elle, tandis que le journaliste poursuivait son sujet.

— *Ayant reconnu sa culpabilité pour usage de stupéfiants, il sera remis en liberté sous contrôle judiciaire en attente de sa convocation devant le tribunal correctionnel. Il risque un an d'emprisonnement et 3 750 euros d'amende.*

Pierre tenta d'endiguer la crise de nerfs de sa femme en la prenant dans ses bras, mais elle se débattit en hurlant. Exténuée, elle finit par s'écrouler à terre en sanglotant.

Attirés par les cris, Arthur et Gabriel descendirent l'escalier.

— Qu'est ce qui se passe, Papa ? demanda le plus grand.

— Remontez, les enfants, ordonna Pierre. Maman n'est pas bien. Je monterai vous voir dans un moment.

Les garçons obéirent et leur père s'accroupit auprès de Béatrice. Il la serra contre lui en la berçant tandis qu'elle répétait comme une litanie :

— Il est dehors, Pierre. L'homme… qui a tué notre enfant est dehors, prêt à recommencer.

Quelque chose dans les yeux du père de Maylis venait de se rallumer.

40

Il faisait nuit quand la Volvo se gara devant la maison de Loriane. Novak en descendit et entendit crier :

— Tontoooon !!

Il leva les yeux et aperçut Zoé qui traversait le jardin en courant vers lui. Il la souleva de terre et la prit dans ses bras en disant :

— T'es prête à perdre à *Smash* ?

— J'suis prête à te mettre minable, ouais !

— Zoé… fit Loriane derrière eux. On parle pas comme ça à son oncle.

— C'est pas mon oncle, c'est mon tonton.

— Elle a réponse à tout, hein ? fit Loriane.

— Comme sa maman ! rétorqua Novak.

Zoé remarqua le bras bandé de son oncle et s'en inquiéta.

— Qu'est-ce que tu t'es fait à la main ?

— Blessure de guerre, princesse, minimisa-t-il.

Loriane préparait à manger dans la cuisine en écoutant sa fille et son frère qui jouaient sur la Switch dans le séjour. Elle adorait qu'ils s'amusent autant ensemble.

— Bon, t'as plus que deux vies, Tonton. Concentre-toi, un peu !

— Attends-tends-tends ! Comment je fais, moi, pour utiliser ma fleur de feu, maintenant ?

— Ben tu prends ton item, tu tiens le bouton « A » et tu l'utilises, c'est pas compliqué, Tonton !

— Pas compliqué, pas compliqué… Yesss ! J'ai attrapé un trophée aide. T'es prête à te faire éjecter ?

— Non mais t'as vu ton trophée ? ricana Zoé. C'est un Nintendog ! Il va juste lécher l'écran, on n'y verra plus rien et on pourra plus se battre !

Elle piqua un fou rire contagieux.

On sonna à la porte. Novak se tourna vers l'entrée et prévint sa sœur.

— J'y vais, Lo ! (À sa nièce.) Tu me surveilles ce Nintendog. Je tiens pas à ce qu'il fasse caca partout.

Zoé éclata de rire et regarda son oncle disparaître dans le hall.

Quand Novak ouvrit la porte, Julie se tenait sur le perron, un épais dossier de police sous le bras.

— Comment vous avez fait pour me trouver ? demanda-t-il, surpris.

— Je suis flic, capitaine. Je peux entrer deux minutes ?

— Ma nièce est en train de me mettre minable à *Smash* et j'ai plus que deux vies pour éviter l'humiliation. Donc, si vous pouviez faire court…

Julie sourit et franchit le seuil. Puis elle lui tendit une enveloppe.

— Ray n'a pas encore vu ce qu'il y a là-dedans. Je vous l'ai apporté directement parce que vous méritez d'être le premier à le voir.

Sentant soudain l'importance de ce qu'il y avait dans le pli, il dévisagea Julie et ouvrit fiévreusement l'enveloppe. Elle contenait les résultats des analyses de sang de Lionel Belkacem. Parmi les substances décelées, se trouvait la drogue hallucinogène dont avait parlé Novak : le datura.

— J'avais raison ? fit le policier, comme pour s'en convaincre.

— Vous aviez raison, confirma Julie.

Zoé débarqua dans le hall, sa Switch à la main. Elle détailla Julie de la tête aux pieds.

— Bonjour, dit-elle doucement. Je m'appelle Zoé. T'es la fiancée de Tonton ?

— Non, s'esclaffa Novak, c'est ma collègue. La capitaine Fraysse.

— Tu restes manger avec nous, capitaine ? enchaîna-t-elle avec un sourire désarmant.

— Non, je… je venais juste… apporter quelque chose à ton oncle.

— Quelle bonne idée, Zoé ! trancha Loriane en les rejoignant. Ce sera un repas familial, hein ? J'ai fait des steaks moutarde.

Elle s'essuya sur le tablier qu'elle portait autour de la taille et lui tendit chaleureusement la main.

— Je suis Loriane, la sœur du grand homme. Ravie de faire votre connaissance… en personne, je veux dire. Mon frère m'a tellement parlé de vous. Il n'y a que votre prénom que j'ignore.

— C'est Julie.

— Julie, je vous présente Novak. Novak, Julie. Mon frère est un ancien militaire, alors il a tendance à appeler les gens par leur patronyme. Mais puisque vous n'êtes pas en service, je vous propose d'utiliser vos prénoms.

— La maîtresse de maison a toujours raison, déclara Zoé. Et sa fille encore plus. Alors viens, Tonton, on a une partie à terminer.

Elle prit la main de son oncle et l'entraîna vers le living. En s'éloignant, Novak adressa à Julie un geste d'impuissance.

— Zoé l'adore, expliqua Loriane. C'est aussi la seule image masculine stable dans sa vie. Enfin, stable…

Tout en commençant à jouer, Novak gardait un œil sur les deux femmes. Et il se surprit même à imaginer ce qu'elles pourraient se dire.

— Je vous offre quelque chose à boire, Julie ?

— Non, pas pour l'instant, merci. Ça sent rudement bon.

— C'est la sauce qui fait tout. Ma mère me la faisait toujours goûter quand j'étais petite et je la prépare de mémoire. Désolée pour le désordre, Zoé passe son temps à ranger derrière moi.

Julie déposa le dossier de police sur le canapé et retira sa veste. Loriane tiqua en apercevant l'arme dans son holster. La policière s'en rendit compte et la plaça hors de portée sur une armoire.

— Je sais, c'est idiot, je devrais être habituée avec Nov, mais .

Elle se força à sourire et secoua la tête.

— Je comprends tout à fait.

Zoé arriva en trombe.

— J'ai explosé ton frère, Maman. Mais bon… (se référant à sa main bandée) c'est un blessé de guerre.

Julie sourit et leva les yeux vers son coéquipier qu'elle découvrait sous un tout autre jour. Loriane se tourna vers sa fille.

— Tu viens me donner un coup de main, la puce ?

Elles disparurent ensemble dans la kitchenette.

— Je vais peut-être vous laisser en famille, murmura Julie.

— Et vous allez faire quoi ? Manger toute seule chez vous ? À moins que vous ayez un plan cul…

Elle pouffa de rire. Loriane et Zoé revinrent avec un plat de viande fumant, de la salade et la vaisselle nécessaire au dîner.

— C'est quoi qui te fait rire, Julie ? demanda la petite fille.

— Ton tonton.

— Il est drôle, mon tonton, hein ?

— J'avais pas remarqué, l'asticota-t-elle en souriant.

Zoé déposa quatre assiettes creuses et des couverts pour chacun. Loriane servit la viande et demanda :

— Du vin, Julie ?

— Merci, oui.

Novak ouvrit une bouteille et Zoé tourna la salade.

— T'es mariée, capitaine ? demanda-t-elle en s'asseyant.

Novak lui fit les gros yeux.

— Zoé ! C'est quoi, cette question ?

— Ça ne me gêne pas, dit Julie. Je suis… séparée de mon mari et on a deux garçons géniaux : Théo et Noah.

— Tonton, il s'est jamais marié, expliqua Zoé. Pourtant, il est super sexy. Moi, si j'étais grande, j'hésiterais pas, hein.

— Zoé ! intervint Loriane.

— Quoi, c'est vrai ! se défendit-elle. Mais il est un peu bizarre, aussi. Et ça doit faire peur aux femmes, ça.

Novak ne put refréner un rire.

— C'est surtout que celles qui ont passé plus de deux heures avec moi me trouvent très vite ingérable. Demande à ma collègue.

Zoé et Loriane se tournèrent vers Julie qui souriait.

— Je confirme, répondit-elle en fixant Novak.

Leurs regards restèrent accrochés un peu plus que nécessaire.

41

La vaisselle sale trempait dans l'évier. Il régnait dans la maison un silence de fin de soirée. Loriane et Zoé étaient allées se coucher et Julie et Novak avaient improvisé un débrief.

La table de la salle à manger était couverte de clichés de police et de procès-verbaux. Un mug de café à la main, Novak examinait les photos prises chez la grand-mère de Ninon et les comparait à celles de Maylis et du cold case.

— La perquise chez Belkacem, ça a donné quoi ?

— Elle n'a pas encore eu lieu. On devait recevoir la commission rogatoire en fin de journée.

— Putain, mais il attend quoi, le juge ? L'accord écrit d'un suspect comateux ? Il y a sûrement des indices chez lui concernant la fratrie !

— Je sais. Je l'ai rappelé et il m'a promis de me l'envoyer cette nuit. Je serai chez Belkacem demain matin à 6 heures.

Novak soupira, frustré. S'il y avait bien quelque chose qui le mettait hors de lui, c'étaient les lenteurs administratives.

— Il faut tout reprendre à zéro, déclara-t-il en réarrangeant les photos. Essayons d'oublier ce qu'on sait. Ça oriente notre regard et on passe à côté de détails qui nous crèvent les yeux mais qu'on ne voit pas.

Novak positionnait les clichés à l'envers pour en briser le sens narratif. Julie les étudiait par-dessus son épaule en tentant de suivre le raisonnement de son partenaire.

— Qu'est-ce que la dernière agression nous a appris ? demanda Novak.

— Que le lieu importe moins que le mode opératoire, le bûcher. Les quatre meurtres du cold case et celui de Maylis ont tous été perpétrés dans la nature. La tentative de Belkacem, elle, a eu lieu en ville.

— Oui, mais sur une fillette du même âge, originaire du même village. Et deux des bourreaux y travaillaient. Darius Paul était professeur au collège de Gévaugnac et Lionel Belkacem était chauffeur du maire.

— Ça a donc forcément à voir avec la commune, déduisit Julie.

— Avec *l'histoire* de la commune, vous voulez dire.

Elle fronça les sourcils et Novak précisa sa pensée.

— Le premier procès en sorcellerie ne date pas du XIVe siècle avec l'Inquisition comme on le croit souvent, mais du XIe avec l'Innommable Féminin.

— Le quoi ?

— L'Innommable Féminin. Une doctrine selon laquelle la femme tient son pouvoir de séduction d'un pacte avec le démon.

— Lilith ? suggéra Julie qui se rappelait leur échange aux urgences.

— La première femme, acquiesça-t-il. C'est à Gévaugnac, en 1025, qu'a lieu la première chasse aux sorcières. Les filles formées du village deviennent la proie d'une élite de notables, une « fratrie » diront certains, qui les jugent une fois leur maturation sexuelle achevée. Celles qui ne sont pas vierges sont réputées avoir été infectées dans le corps et l'âme par un démon.

— Vous voulez dire que ces meurtres seraient une sentence proférée contre des possédées ?

— Un exorcisme plutôt. C'est ce que Belkacem a dit à la grand-mère de Ninon. On tente d'expulser l'entité maléfique qui s'est emparée des fillettes et, si le rituel échoue, on brûle l'Innommable Féminin qui est en elles.

— D'où ces mots en latin que répétait Belkacem, fit Julie, songeuse.

— *Ignis umbra Dei est.* Le feu est l'ombre de Dieu.

— Mais rien ne prouve que Darius Paul ait agi de la sorte.

Novak se redressa et s'étira.

— Belkacem était drogué au datura. Si Darius Paul l'était au moment de son arrestation, il y a deux ans, cela devrait figurer au procès-verbal, non ?

Julie fouilla nerveusement dans le dossier et mit la main sur le rapport établi par le médecin qui l'avait examiné.

— Il y a bien eu une prise de sang effectuée au moment de son arrestation, mais on ne mentionne pas de datura.

Julie soupira en refermant le classeur.

Novak haussa les épaules.

— Le labo est peut-être passé à côté. Comme pour les empreintes sur les menottes chinoises. Il n'y a qu'une façon d'en avoir le cœur net. Il est quelle heure, là ?

Elle consulta sa montre.

— Vingt-trois heures. Quoi ? Vous n'allez pas appeler quelqu'un ?

42

Malgré l'heure tardive, les reporters avaient envahi le parvis de l'hôtel de police. Et, quand Django Mirko sortit, encadré de deux agents en uniforme, il eut droit aux flashes des photographes et à une forêt de micros qui se tendaient vers lui. On criait son nom pour attirer son attention, comme pour une montée des marches à Cannes.

Les journalistes les plus proches l'assaillirent de leurs questions, mais le bruit de fond était tel que le gitan ne pouvait saisir que quelques mots-clés comme « Maylis », « Django » et « l'Immoleur ».

Au lieu de se défiler, il s'arrêta un moment, balaya du regard les silhouettes qui se découpaient sous l'éclat stroboscopique des flashes et fit un geste, signifiant qu'il allait parler. Un silence relatif s'ensuivit.

— Ces dernières vingt-quatre heures ont été très dures pour moi. J'ai entendu des choses horribles, des choses que… j'aurais jamais pu imaginer.

Le calme de Django face à ceux qui l'avaient calomnié avait de quoi impressionner.

— Je ne suis pas un saint, j'ai fait des choses dans ma vie que je regrette aujourd'hui. J'ai… volé quand j'avais faim, j'ai… bu quand j'avais froid, mais jamais j'aurais pu faire ce qu'on dit de moi. Je comprends que mes photos puissent choquer, mais… pour moi, l'art doit choquer. Il doit interpeller le bourgeois dans son confort. J'espère, pour les parents de Maylis, qu'on trouvera le monstre qui a fait ça à leur fille. Et je prierai pour eux.

Le vacarme reprit. Les journalistes essayèrent d'obtenir des infos supplémentaires, mais Django ne prononça plus un mot. Grâce aux deux agents en uniforme qui l'escortaient, il se fraya un chemin à travers la foule et trouva refuge dans un taxi en stationnement.

Il referma la portière, mais les photographes continuèrent de le mitrailler à travers la fenêtre. Le van démarra, arrachant enfin Django à la meute.

Lorsqu'il se tourna vers son chauffeur pour lui indiquer sa destination, il s'étonna de la présence d'une séparation vitrée qui l'isolait de ses passagers, comme dans les taxis anglais.

Il toqua au Plexiglas et le conducteur fit coulisser un petit hublot, sans quitter la route des yeux.

— Plutôt utile quand on travaille de nuit, hein ? lança Django en souriant.

— Plutôt oui.

— On va à Gévaugnac, à quarante kilomètres de Rodez.

Le chauffeur acquiesça et referma le hublot.

Après la chaise bancale de la salle d'interrogatoire, le confort de cette banquette était divin. Django s'y adossa et son regard se perdit dans les lumières de Toulouse qui défilaient. Il se demanda si la déclaration qu'il venait de faire suffirait à étancher la soif de sang de l'opinion publique et si les menaces de mort qu'il avait reçues se tasseraient suite à sa libération.

« Mentez, mentez, il en restera toujours quelque chose », lui disait son père. Enfant, il n'avait jamais compris le sens de ce vieux dicton médiéval mais, aujourd'hui, il sonnait comme un anathème.

Parviendrait-il à survivre à ce qui avait été écrit sur lui et à sa célébrité toute nouvelle, aussi inattendue que malsaine ? Son nombre de followers avait explosé sur son compte Instagram. Pourquoi les gens s'intéressaient-ils plus aux photos d'un criminel qu'à celles d'un artiste lambda ? Ce n'étaient pas ses clichés qui étaient pervers mais le voyeurisme de tous ces gens. Le comble serait qu'on lui propose une expo, non pas pour la qualité de son travail, mais en raison de l'importance que son nom avait prise sur les réseaux sociaux !

Il eut soudain besoin de prendre l'air. Il enclencha le bouton de commande des vitres mais elles étaient bloquées. Alors il toqua au Plexiglas :

— Vous pouvez ouvrir les fenêtres, s'il vous plaît ?

Mais le chauffeur sembla ne pas entendre.

— Monsieur ? insista-t-il en s'approchant de la cloison. Il fait trop chaud dans votre taxi !

Le conducteur ne se retourna même pas.

En regardant à l'extérieur, Django se rendit compte que les lumières de la ville avaient disparu pour laisser place à des routes sombres et désertes. Inquiet, il cogna plus fort contre la paroi en criant :

— Monsieur ? Vous ne rejoindrez pas l'autoroute par là ! Où est-ce que vous allez ?

Le chauffeur l'ignora.

Ne supportant pas d'être enfermé, Django essaya d'ouvrir les portières, mais elles étaient verrouillées.

— Merde ! Déposez-moi au coin de la rue ! Je veux descendre !

Mais au lieu de s'arrêter, le van accéléra tellement fort que Django fut projeté en arrière.

— Ralentissez, bon sang ! brailla-t-il. Vous allez nous tuer !

Pour toute réponse, le chauffeur se tourna vers son passager et lui dit :

— Ce n'est pas comme ça que vous mourrez.

Django connaissait ce visage. C'était celui du père de Maylis.

43

Après dix minutes de négociation au téléphone, Novak avait réussi à convaincre Bauwen de le rejoindre au laboratoire de police scientifique. Cas unique en France, celui-ci était situé au deuxième étage du commissariat central de Toulouse. Un vrai gain de temps quand, sur le même lieu, cohabitaient tous les services de criminologie de la police nationale.

La mission du vieux légiste était de rechercher la présence de datura dans l'échantillon de sang de Darius Paul stocké depuis deux ans dans la chambre froide des scellés.

Si Bauwen avait accordé cette faveur à Novak, il n'avait pas renoncé à râler pour autant. Même si confondre les criminels avait été sa passion, ce retraité estimait avoir suffisamment donné à un pays qui ne reconnaissait pas la pénibilité de son travail. C'était, du reste, son sujet de conversation favori et, si l'on voulait s'attirer ses bonnes grâces, il fallait accepter de lui servir d'auditoire. Ce que Novak et Julie s'empressèrent de faire, en le suivant dans les couloirs qui menaient au saint des saints.

— On résout trente pour cent des enquêtes, et on ne représente que deux pour cent de la masse salariale de la police. Et ils ont le toupet de nous refuser le statut d'actifs ! Quand on nous envoie sur les scènes de crimes ou d'attentats, on est sédentaires, peut-être ?

Novak se tourna vers Julie qui soupirait d'ennui et l'invita d'un geste à le laisser gérer.

À l'entrée du labo, un panneau prévenait *Danger chimie*. Bauwen composa un code d'accès qu'il connaissait par cœur et les portes s'ouvrirent automatiquement.

— Je ne sais pas où vous trouvez votre plaisir, tous les deux, mais en ce qui me concerne, les heures sups impayées, j'ai plus que donné. Ça ne pouvait pas attendre demain ? Il fait quoi, le nouveau ?

— Ses classes, répondit Novak.

Bauwen éclata de rire, ce qui le mit de bonne humeur pour la suite :

— Le datura, donc, hein ? L'herbe du diable ! Il a plusieurs surnoms, tous aussi redoutables que lui. Allez faire un tour, les amoureux. Ça va prendre un petit bout de temps, quand même. Je vous envoie un texto quand c'est prêt. T'as toujours le même numéro, Novak ?

— Y a que ça de stable, chez moi.

Nouveau rire de Bauwen :

— Tu m'as manqué, enfoiré.

— Toi aussi, Pat. Merci pour la nocturne.

Le scientifique minimisa d'un mouvement de main.

— Allez, dégagez de mon labo, vous me faites perdre du temps.

Novak entraîna Julie dans le couloir en disant :

— C'est une pointure, ce type. Y en a pas deux comme lui.

— J'en connais un autre qui est difficilement remplaçable.

Novak se tourna vers elle, sensible au compliment.

— De moins en moins. Je vous offre un verre ?

Il s'était arrêté devant le distributeur de boissons. Julie contempla les bureaux assoupis autour d'elle et répondit :

— Mmm… méga romantique, comme endroit pour boire un verre.

— Pour moi, ça l'est. En tout cas, plus que mon HP.

Julie regardait son collègue avec d'autres yeux. Elle le trouvait vraiment touchant. Gêné, Novak rompit le charme en proposant :

— Bière ou soda ?

— Je vous laisse décider.

Il glissa des pièces dans la machine, fit sa sélection et les canettes refusèrent de tomber. Il tapa sur l'appareil plusieurs fois, mais cela ne changea rien. Ce qui amusa beaucoup sa partenaire.

— Allez, je vous enlève, dit-elle. On va le prendre chez moi, ce verre. J'habite juste à côté.

Ils quittèrent le commissariat et marchèrent le long du canal du Midi, sous les platanes centenaires.

— Vos enfants, ça va ? demanda Novak. Leurs vacances se passent bien ?

— Oui. Enfin… Noah adore son père, donc… il lui pardonne tout, mais… pour Théo, c'est plus dur.

— Il a quel âge ?

— Quatorze.

— Eh ! C'est un petit mec.

— Ouais… « L'Innommable Masculin » ?

Ils partagèrent un rire franc. Ils n'avaient jamais été aussi proches, tous les deux, aussi compatibles.

— Théo s'en tirera très bien, la rassura-t-il. Les grands frères trouvent toujours des solutions pour que leur cadet ne souffre pas.

— Ça sent le vécu.

— Mm mm… Ça va le faire, vous verrez.

— Et vous ? Ça va le faire ? s'inquiéta-t-elle.

Il réfléchit, la regarda longuement et esquissa un mouvement de tête qui voulait dire « pas sûr ».

Julie poussa la porte d'entrée de son duplex, alluma la lumière et fit entrer Novak. Le décor lui inspira aussitôt confiance. C'était celui d'une femme positive, lumineuse, qui aimait la vie. Tout le contraire de lui. Julie abandonna ses clés à l'entrée, puis se dirigea vers la cuisine ouverte en demandant :

— Bière ou soda ?

— Je vous laisse décider, répondit-il en reprenant ses paroles.

— Vous aviez fait quel choix, tout à l'heure ?

— Bière pour vous, soda pour moi.

Elle sourit, sortit deux bières du frigo, les décapsula et les posa sur le plan de travail. De l'autre côté du comptoir, Novak accueillit ce choix d'un salut de la tête et leva sa bouteille. Ils trinquèrent, goulot contre goulot, et burent une gorgée dans un ensemble parfait. Quand ils reposèrent leurs bières, la main de Julie frôla celle de Novak par inadvertance et elle frissonna.

— Il y a longtemps que vous habitez ici ? demanda-t-il.

— Deux ans. Quand j'ai pris mes fonctions, j'ai cherché pas loin du taf et j'ai eu un pot monstre.

Novak la fixa longuement de ses yeux turquoise. Julie songea à la proximité de cet homme au comportement imprévisible, à la douce odeur de sa peau et aux complications qu'une relation avec lui engendrerait dans sa vie.

— Je peux vous poser une question ? demanda-t-elle.

— Deux même, si vous voulez.

— La maladie dont vous souffrez, est-ce qu'on peut en guérir ?

Il réfléchit un moment et répondit :

— Les docteurs pensent que oui, mais... la vraie question c'est : est-ce qu'il faut vraiment ?

Julie fronça les sourcils, alors Novak précisa :

— Ce soir, par exemple, avec Zoé et Loriane tout à l'heure et avec vous, maintenant, je ressens des choses intenses auxquelles je n'aurais peut-être pas eu accès si je n'étais pas... atteint de ce trouble. Ce qui est sûr, en tout cas, c'est que si ce soir on me posait la question « est-ce que tu veux guérir, Novak ? », je dirais « cent fois non ».

Le sourire qui naquit sur les lèvres de Julie creusa deux adorables fossettes sur ses joues. Le regard de Novak s'y attarda, ce qui la fit rougir. Il se pencha lentement vers elle et appuya son front contre le sien, ne rencontrant aucune résistance.

Leurs bouches demeurèrent ainsi, à quelques centimètres l'une de l'autre. Elle sentit son souffle chaud sur ses joues et en eut la chair de poule. Il ne fallut que quelques secondes pour qu'elle abdique. Ses mains se portèrent vers sa nuque et elle l'embrassa furtivement avant qu'il ne parvienne à l'en empêcher. Mais le voulait-il vraiment ?

Très vite, la tendresse se changea en désir, le désir en passion et la passion en urgence. Ils se déshabillèrent l'un l'autre, sans égard pour leurs vêtements. Novak força l'ouverture de son chemisier et caressa ses seins qui durcirent aussitôt. Surexcitée, Julie défit fiévreusement le ceinturon de son amant et libéra son sexe. Il caressa la chair douce de son dos, descendit jusqu'à ses fesses et la souleva. C'est alors que Julie aperçut, dans la lumière qui filtrait par les fenêtres, les cinq cicatrices qui lui labouraient les épaules, preuves indélébiles des automutilations qu'il s'était infligées pour se punir de la mort des fillettes. La dernière était encore fraîche.

Leurs regards se croisèrent, comme en apesanteur. L'instant d'après, il la renversait sur la table de la cuisine. Il lui saisit les jambes, la rapprocha de lui et elle sentit la vie entre ses cuisses.

Leurs hanches se heurtèrent alors dans un va-et-vient qui ne cessait de redoubler d'ardeur. Julie gémissait sous le torse de Novak, ses seins glissant contre sa poitrine, tandis qu'il la prenait, encore et encore. Quand, exténués, ils parvinrent ensemble à la jouissance, leurs corps en sueur ne formaient plus qu'un.

La sonnerie étouffée d'un texto résonna dans une poche.

— C'est lui ? murmura Julie, hors d'haleine et encore ivre de plaisir.

— Quand je dis que c'est une pointure, souffla Novak, provoquant le fou rire de la jeune femme.

Elle se redressa plus vite que lui et alla fourrager dans les vêtements éparpillés. Elle trouva le portable, en consulta l'écran et leva les yeux, victorieuse :

— Le sang de Darius Paul… est positif au datura.

44

Ce secteur de la zone industrielle tombait en friche. Les anciens bâtiments avaient été vandalisés et leurs ruines, qui surgissaient du brouillard, évoquaient une ville fantôme sous la clarté lunaire. Le site devait faire le bonheur des explorateurs urbains mais, à cette heure et par ce temps, l'endroit était désert.

Des faisceaux de phares percèrent un court instant la brume, laissant entrevoir des rails envahis d'herbes folles. La musique hard rock qui s'échappait de l'habitacle s'accordait étrangement avec le délabrement du lieu. Durant le trajet, Django Mirko avait épuisé tous les arguments possibles pour tenter de dissuader Pierre de mettre son plan à exécution. Mais, fatigué de l'entendre, le père de Maylis avait fini par glisser un CD de Metallica dans le lecteur et par monter le volume au-delà du raisonnable pour couvrir ses jérémiades.

Le taxi s'engagea dans un ultime virage bosselé, tressauta sur un chemin de terre et ralentit. Il s'arrêta devant un hangar tagué dont les baies vitrées semblaient avoir été soufflées par une explosion.

Pierre coupa le moteur et resta un moment au volant, en continuant d'ignorer son passager. Si la musique couvrait ses hurlements, il sentait vibrer le Plexiglas derrière sa nuque, Django s'échinant à tenter de défoncer la cloison à coups de pied.

Pierre sortit un téléphone de sa poche et se retourna vers son prisonnier. Il le regarda un moment lui adresser des suppliques qu'il n'entendait pas et pensa à celles de sa fille qu'il avait ignorées. Il prit plusieurs photos, sélectionna la plus dramatique mais, au moment de l'envoyer à Béatrice, il découvrit les dix appels de sa femme et les textos qu'elle lui avait adressés. Sur le point de les consulter, sa main hésita sur le clavier.

Il releva la tête, songeur.

Ce que ces messages contenaient, il s'en doutait. Béatrice avait dû se réveiller et, ne le trouvant pas à ses côtés, avait compris la raison de son absence. Elle le connaissait suffisamment pour savoir qu'il ne resterait pas les bras croisés pendant que l'assassin de leur fille goûtait à son impunité.

Pierre rempocha le téléphone, ouvrit la portière et descendit du taxi.

Sur la banquette arrière, Django s'inquiéta de voir son geôlier faire le tour du véhicule. L'épais brouillard ne lui permettait que d'en deviner la silhouette. Quand le père de Maylis disparut dans l'angle mort, Django se mit à genoux sur le siège pour ne pas le perdre de vue. Qu'allait-il chercher dans le coffre ? Une arme ?

Pierre souleva le hayon, révélant trois jerricans, parfaitement alignés.

Quelques secondes plus tard, il arrosait son taxi d'essence.

Les hurlements de Django se noyaient dans les sonorités heavy metal de la musique, au point de sembler étrangement en faire partie. L'odeur écœurante du carburant se répandait dans l'habitacle, accentuant la détresse du passager. En désespoir de cause, il précipitait son corps contre les portières comme s'il pouvait les enfoncer. Son front et ses poings portaient les stigmates sanglants des tentatives précédentes.

Quand Pierre eut terminé de verser le contenu du troisième jerrican, il sortit un Zippo de son blouson et le brandit vers Django comme on porte un toast. Son prisonnier répondit à ce geste par de nouvelles suppliques inondées de larmes. Mais elles n'allaient pas suffire à éteindre l'incendie.

Le bourreau glissa son pouce sur le côté du briquet et le couvercle s'ouvrit. Il actionna la molette, provoquant l'étincelle qui alluma la flamme.

L'expression de panique sur le visage de Django était la plus belle récompense à la perte de Maylis. Et Pierre fut soudain tenté de filmer cette mise à mort pour partager cela avec sa femme. Mais saurait-elle s'en repaître autant que lui ?

C'est alors qu'il sentit son téléphone vibrer dans sa poche et il prit cela comme un signe. Il s'en empara et consulta l'écran pour savoir qui appelait. C'était elle. Il décrocha.

— Béa ?

— Pierre, où es-tu ? demanda-t-elle, affolée.

— Béa, je te rappelle dans un moment, d'accord ?

— Non, Pierre, non. J'ai fait un rêve horrible. Tu étais en train de t'en prendre à ce Django Mirko et, c'est idiot, mais… j'avais besoin d'entendre ta voix.

Pierre avait toujours le Zippo allumé en main.

— Pierre ? C'est quoi cette musique assourdissante ?

Il chercha une façon de répondre à cette question. Mais comment le faire sans donner raison aux craintes de sa femme ?

— Pierre ?

— Je… Je suis venu chercher un client à un concert, mais, Béa, je…

— Pierre, je m'excuse pour ma réaction de tout à l'heure, je… j'ai craqué, mais, tu sais, si la police a relâché ce junkie, c'est que… ce n'est pas lui qui a tué notre fille. Il a fait une déclaration à la télé et j'ai senti qu'il était sincère. Alors je ne voudrais pas que tu te sentes obligé de…

Elle s'interrompit, ne sachant comment formuler l'inacceptable.

— T'inquiète pas, Béa, on s'en sortira.

— Je le sais, Pierre, mais ce cauchemar était tellement… réel… Je sais que tu ne ferais jamais une chose pareille mais, quand tu m'as vue comme ça, tu t'es peut-être dit que…

Dans la voiture, Django avait vu le changement d'expression sur le visage de Pierre et avait interprété le doute qu'il avait pu lire comme un renoncement. Et, à présent, il remerciait son tortionnaire de sa clémence.

— Béa, le concert est presque fini. Mon client… ne va pas tarder à sortir, il faut que je raccroche.

— Non, Pierre, attends, il faut que je sache quelque chose.

— On me fait signe d'approcher de l'entrée des artistes, Béa, il faut que j'y aille.

— Tu ne l'as pas tué, n'est-ce pas ?

— Bien sûr que non.

— Dis-le-moi.

Le silence qui suivit inquiéta Béatrice. Pierre était écartelé entre son désir de vengeance et le pressentiment de sa femme.

— Je ne l'ai pas tué, affirma-t-il rapidement, comme pour s'en débarrasser.

— Non, Pierre, ne le dis pas comme ça. Jure-moi que tu n'as pas en tête de le faire.

La main qui tenait le briquet se mit à trembler et des larmes dégoulinèrent sur les joues du père de Maylis. Son silence sonnait comme un aveu. Et Béatrice ne renonçait pas.

— Je veux que tu me jures sur la tête de nos enfants que tu ne chercheras pas à le tuer.

Pris entre sa soif de vengeance et le serment que sa femme exigeait de lui, il ne parvenait plus à refréner ses sanglots.

— Pierre ? Sa mort ne fera pas revenir Maylis. Ne fais pas ça, je t'en prie. J'ai besoin de toi. Gabriel et Arthur ont besoin de toi.

Les dernières paroles de Béatrice lui firent refermer le Zippo.

— Je ne le tuerai pas, Béa. Je te le jure.

— Merci, mon amour. Merci.

Il raccrocha et releva les yeux vers le meurtrier de sa fille qu'il venait de gracier. Le soulagement qu'il put lire sur le visage de son otage lui parut soudain indécent.

Pourquoi n'avait-il pas choisi de la gracier, elle, quand elle était à sa merci ? Sa vie avait-elle moins d'importance que la sienne ? Comment pouvait-on pardonner à un monstre qui torture et immole impunément depuis deux ans ? Qu'avaient donc fait ces cinq fillettes pour mériter pareil traitement ?

Toutes ces questions avaient la même réponse. Et elle tenait dans sa main. Alors il ralluma son briquet et le jeta sous les roues.

Aussitôt, des flammes s'élevèrent du sol détrempé et embrasèrent le taxi. La bouffée de chaleur fut si intense que Pierre fut contraint de reculer. Mais ses yeux ne voulaient pas quitter le supplicié pris au piège qui s'agitait comme une marionnette folle pour tenter de prolonger sa pitoyable existence.

Pour ne pas mourir asphyxié, il retint sa respiration mais le revêtement du plafond fondait au-dessus de lui, dégoulinant sur ses cheveux qui prirent feu instantanément. Dans un élan désespéré, il tenta à nouveau d'enfoncer le Plexiglas qui s'était déformé dans la fournaise. Mais il se retrouva piégé à l'avant de la cabine que les flammes dévoraient déjà.

Le lecteur CD se liquéfia et la musique s'étouffa pour laisser place aux hurlements de Django.

Très vite, le taxi se transforma en boule de feu. Les flammes grimpèrent le long des murs couverts de graffitis et le véhicule explosa dans un éclair aveuglant, projetant une pluie de débris autour de lui.

45

Avec sa succession de petits restos orientaux, ses snacks bariolés et sa grande rue passante et fiévreuse, Saint-Michel était un des quartiers les plus dynamiques de Toulouse. Populaire et mixte, il foisonnait de monde, de jour comme de nuit. Y cohabitaient étudiants, seniors et auto-entrepreneurs, tous ceux pour qui le centre-ville frontalier était devenu hors de prix.

Lionel Belkacem était de ceux-là. S'il occupait une chambre de fonction à la mairie de Gévaugnac, son salaire de chauffeur lui avait permis d'acheter à crédit un petit deux-pièces à Saint-Michel. Ce qui lui permettait d'assurer les navettes du maire entre la commune qu'il administrait et la Ville rose où il gérait ses affaires immobilières.

À 2 h 45, une voiture de patrouille se gara dans la ruelle étroite qui desservait l'immeuble vétuste de Belkacem. Comme à son habitude, Novak jaillit du véhicule sans en attendre l'arrêt. Julie sortit à son tour et tenta de le raisonner.

— Tu m'avais promis qu'on attendrait l'heure légale pour la perquise.

— Il ne s'agit pas de perquisitionner, Julie, mais de pénétrer chez un suspect mis en examen pour infraction grave.

Il pressait le pas et Julie avait du mal à suivre.

— Tu joues sur les mots, là.

— Ce n'est pas moi qui joue sur les mots, c'est le Code de procédure pénale. Article 56 : « En cas d'infraction grave, les policiers peuvent pénétrer chez quelqu'un sans mandat lorsqu'ils soupçonnent que s'y trouvent des preuves qui pourraient être détruites. »

Le nom de Belkacem, sur la boîte à lettres, leur indiqua l'étage.

Une fois sur le palier du cinquième, Novak vérifia le nom sur les portes.

— Attends ! murmura Julie en lui bloquant le bras. T'es sûr de toi, pour l'article 56 ? Parce que, sinon, rien de ce qu'on trouvera à l'intérieur ne sera admissible, tu le sais aussi bien que moi !

— Si on les arrête pas, une autre fillette va cramer, Julie. Si ça ne te gêne pas, moi si.

En son for intérieur, elle savait qu'il avait raison. Novak repéra bientôt la porte de Belkacem. Mais, à sa grande surprise, elle avait déjà été forcée. Il se tourna vers Julie pour le lui faire constater.

Elle défourailla son arme, fit signe à son coéquipier de s'écarter et poussa délicatement le battant.

Si le séjour était sombre, la pièce adjacente était éclairée et des bruits s'en échappaient. Ils avancèrent à pas feutrés, tout en inspectant chaque recoin du living. Julie tenait son arme à deux mains, prête à mettre en joue.

Elle risqua un œil dans la chambre… Un adolescent était en train de fourrager dans les placards sans ménagement. Soudain, il sembla trouver ce qu'il cherchait.

— Police ! hurla Julie en braquant son arme. Retournez-vous lentement, les mains sur la tête.

— J'ai rien fait ! se défendit le jeune homme en levant doucement les bras et le haut rose qu'il tenait.

— Les mains sur la tête, j'ai dit ! ordonna Julie. Et retournez-vous !

Mais l'adolescent, tétanisé, refusait d'obéir.

Alors Novak se jeta sur lui et le plaqua au sol. Quand il le retourna, il reconnut Mathias Cossic, le fils du maire de Gévaugnac. Le vêtement qu'il était venu récupérer était un tee-shirt féminin, taché de sang.

46

JOUR 5 - Vendredi

— Novak ? Novak !

L'esprit du policier revint dans le bureau du docteur Wilbert. La lumière du soleil qui inondait la pièce l'obligea à fermer momentanément les paupières, comme si sa rétine était encore sous l'emprise de la nuit.

Il leva les yeux vers sa psychiatre qui l'observait avec une compassion toute professionnelle. Elle frottait une cigarette allumée sur le bord d'un cendrier pour en aiguiser la cendre.

— Qu'est-ce qu'il y a ? demanda-t-elle de sa voix suave et rassurante. Tu étais où, encore ? Quelque chose qui te tracasse ?

— On peut dire ça, ouais. Une question, déjà : qu'est-ce que je fous dans un hôpital psychiatrique ?

— Tu devrais le savoir, Novak. C'est toi qui t'es fait interner.

— Non, c'est mon patron, rectifia-t-il.

— Faux. Du reste, il n'aurait pas pu sans une décision de justice.

Novak médita ce que venait de dire sa thérapeute. L'argument était imparable et attisa sa frustration. Elle se changea bientôt en colère.

— Pourquoi je me serais fait enfermer chez les dingues ? Tu connais beaucoup de gens, toi, qui seraient prêts à faire ça ?

— Je vois, soupira Sybil tout en prenant quelques notes sur son ordinateur.

— Non, tu ne vois pas.

— Je ne demande qu'à comprendre, dit-elle en écrasant son mégot. Explique-moi.

— Expliquer quoi ? Expliquer à un psychiatre que la folie n'existe pas ? Que le rêve d'un animal sauvage n'est pas d'être domestiqué ? Qu'un cheval n'est pas fait pour porter une selle et un mors ? Que la norme que l'homme veut imposer à la nature et à lui-même est une aberration ?

— Il ne s'agit pas de norme, Novak, mais de guérison.

— Ah oui ? Et tu veux me guérir de quoi ? De *qui* je suis ? Ce que tu appelles une maladie n'est en fait qu'une expression de ma personnalité. Les médicaments que tu me donnes ne servent qu'à l'endormir. Tu cherches quoi, au juste ? À me faire devenir quelqu'un d'autre ? De quel droit ?

— Les distorsions de la réalité, les bouffées délirantes comme celle que tu viens d'avoir… tu appelles ça ta personnalité, toi ?

— Si c'est comme ça que mon organisme trouve son équilibre, je ne vois aucune raison d'en changer.

— Parce que tu te trouves équilibré, en ce moment, Novak ?

— Plus que lorsque j'étais abruti par tes putains de médocs.

— Mes « putains de médocs », comme tu dis, réduisaient tes délires, et te permettaient tant bien que mal d'entendre raison.

— S'il y a un truc au monde que je ne veux pas entendre, c'est bien la raison. Elle est contre-nature. Cite-moi un seul animal obsédé par l'idée d'être raisonnable ?

— Nous ne sommes pas des animaux, Novak.

— On nous force à ne pas l'être, tu veux dire ! Du coup, la folie est le seul espace de liberté qu'il nous reste.

Sybil croisa les bras en souriant. Elle regardait son patient avec une certaine admiration. C'était un virtuose du syllogisme.

— C'est une théorie très intéressante pour expliquer ta maladie, Novak.

— Je ne suis pas *malade*. Mais toi, si. Vous autres, psys, êtes enchaînés à la raison. Tout ce qui n'est pas « raisonnable » pour vous est « maladie ».

Le docteur Wilbert se pencha vers son ordinateur et consulta ses notes.

— Dans pratiquement tous nos entretiens, tu as reconnu avoir « du mal à supporter ton état ».

— Ce que j'ai du mal à supporter, c'est cet hôpital. Je veux m'en aller.

La psychiatre réfléchit quelques secondes. Son visage se ferma.

— Je suis désolée, Novak, mais je ne peux pas l'autoriser.

— Si c'est bien moi qui ai décidé de mon internement, je peux aussi y mettre un terme.

— Tu as décidé de faire appel à nous pour te guérir. À nous donc de décider quand tu le seras.

Ne supportant pas cette perte d'autonomie, Novak se leva et se mit à tourner dans la pièce, comme un lion en cage.

La main droite de Sybil glissa discrètement sous son bureau pour s'approcher du bouton d'alarme qui l'équipait. Mais elle tenta malgré tout de raisonner son patient.

— Depuis que tes anciens collègues t'ont consulté sur cette affaire, ton état a empiré, Novak. Tu ne suis plus mes conseils, tu ne prends plus ton traitement, je vais être obligée de réduire tes privilèges.

— Mes privilèges ? répéta-t-il avec sarcasme.

— Plus d'ordinateur, d'accès à Internet, plus de photos sinistres tapissant ta chambre, c'est ça que tu veux ?

Novak la fusilla du regard et retourna s'asseoir.

— Si tu fais ça, tu seras personnellement responsable des prochaines atrocités que les membres de la fratrie commettront.

— Les membres de quoi ?

— De la fratrie. La communauté responsable des immolations.

Le docteur Wilbert prit une profonde inspiration.

— Tiens donc, une nouvelle théorie ?

Elle fit le tour de son bureau et vint s'asseoir sur le bord de la table, face à Novak :

— C'est intéressant que tu choisisses ce mot pour désigner le coupable.

— Quel mot ?

— Fratrie. Car il te ramène à l'origine de ton trauma. Ton lien avec ta sœur et les limites que tu as accepté de franchir pour elle, à la mort de votre mère. Aujourd'hui, tu fais pareil avec cette enquête ! Tu instaures une autre réalité pour ne pas accepter ce que tu ne contrôles pas. D'abord c'était un serial killer en la personne de Darius Paul, et maintenant ce serait une « fratrie » ?

— Oui. La même fratrie qui a endeuillé Gévaugnac au XIe siècle au nom de l'Innommable Féminin.

— Le quoi ? demanda la thérapeute qui perdait patience.

— L'Innommable Féminin. Une doctrine selon laquelle toute fille formée qui perd sa virginité a forcément été infectée par un démon. L'immolation qui suit est une sorte d'exorcisme. Et il est pratiqué par un membre de la fratrie qui agit en état second.

— Comment ça ?

— On a retrouvé du datura dans le sang de Belkacem. Et il y en avait également dans celui de Darius Paul. Les immoleurs sont drogués, Sybil.

— Par qui ?

— Par leur gourou. C'est lui, le véritable criminel.

— Un gourou… fit-elle en revenant s'asseoir à son bureau. Et qu'est-ce que ton boss pense de tout ça ?

— Franchement ?

— Ce serait mieux, oui.

Novak s'affala sur son siège, poussa un long soupir et répondit :

— Ray a du mal avec cette histoire de fratrie… mais ma coéquipière y croit. Il faut dire qu'elle était aux premières loges avec moi, quand Belkacem a essayé d'immoler la petite Ninon.

Sybil se pencha vers son ordinateur et actionna la souris pour ouvrir un dossier.

— La capitaine Julie Fraysse, c'est ça ?

— C'est ça.

— Plutôt jolie, hein ?

— Pour une flic, elle est pas mal, ouais. T'as qu'à l'interroger si tu ne me crois pas. C'est pas le genre à me faire des cadeaux.

Perplexe, la psychiatre s'adossa à son fauteuil, s'y balança légèrement et demanda :

— Ça va mieux, ton bras ?

— Ça continue de me démanger, mais c'est normal, ça cicatrise.

Elle l'observa tandis qu'il ajustait délicatement son pansement.

— J'aimerais que tu reprennes ton traitement de ton plein gré, Novak. Peut-être à une plus faible dose.

— Je ne peux plus le prendre, Sybil.

— Pourquoi ?

— Parce qu'il m'abrutit. Il provoque chez moi des erreurs de jugement.

— Comme quoi, par exemple ?

— Le meurtre de Maylis. Si je n'avais pas été ramolli par ces putains de médocs, je l'aurais vu venir. Ils ont besoin de moi, Sybil. Je ne peux pas les laisser tomber. Et tu sais à quel point résoudre cette enquête est important pour moi. Alors voilà ce que je te propose. Fini les sorties. À partir de maintenant, j'enquêterai d'ici, depuis ma chambre. Je serai juste consultant pour eux. Mais, pour ça, j'ai besoin d'un ordi, d'Internet et de mon dossier. Alors, tu veux bien continuer de m'accorder ces… « privilèges » ?

— Je vais y réfléchir.

Novak quitta le bureau du docteur Wilbert et traversa l'accueil pour emprunter le long couloir qui menait aux chambres. Arrivé devant le bureau des infirmiers, il s'arrêta devant le tableau Velleda où figurait la liste des résidents. Il saisit le feutre qui y était accroché et inscrivit, à côté de son nom, l'heure qu'il était et sa destination.

Indiquer son passage chaque fois que l'on quittait une section faisait partie du règlement. L'automatisme avec lequel Novak s'en acquittait témoignait de son ancienneté.

Et, tandis qu'il poursuivait sa routine, les paroles de Ray lui revinrent en mémoire :

« Ces fouille-merde ne vont pas s'arrêter là, tu les connais. Tôt ou tard, ils feront le lien avec la plainte de Belkacem. »

Novak traversa la salle de loisirs, bruyante et chaotique, sans un regard pour les autres résidents occupés à des activités diverses. Certains fixaient la télévision d'un œil morne, d'autres semblaient perdus dans une conversation solitaire. Des comportements devenus si familiers pour lui qu'il n'y prêtait plus attention. D'autant que les mots de Ray continuaient d'occuper son esprit :

« Alors voilà ce que je te propose. Tu vas continuer d'enquêter avec nous, mais en tant que consultant, depuis l'hôpital. »

— Enfoiré, va ! pensa Novak à voix haute. Tu me vires, soi-disant pour mon bien, mais tu veux quand même m'utiliser ? Tu perds rien pour attendre…

Il poussa la porte de sa chambre et fut rassuré de constater que ses murs étaient encore tapissés des centaines de photos, coupures de presse et Post-it qu'il avait épinglés. Les photos de Julie y étaient aussi.

Parmi les documents, se trouvait l'article de *La Dépêche*. Il le décrocha de sa main bandée, mémorisa le nom du journaliste et alla s'asseoir à la petite table qui lui servait de bureau. Son ordinateur était ouvert sur le dernier flash d'information qu'il avait visionné : l'arrestation de Mathias Cossic.

En quelques clics sur un moteur de recherche, il obtint le numéro de téléphone du journal. Et il le composa sur son portable.

— Bonjour madame, je voudrais parler à Loïc Pons, s'il vous plaît… Dites-lui que c'est de la part de Novak Marrec, il prendra l'appel.

47

Julie observait Mathias Cossic à travers le miroir sans tain de la salle d'interrogatoire. Il faisait les cent pas en se rongeant les ongles, tandis que son avocat étudiait tranquillement le procès-verbal établi quelques heures plus tôt, lors de son interpellation. Les motifs pour inculper l'adolescent ne manquaient pas, et Julie misait sur la crainte qu'ils allaient générer pour obtenir d'autres confidences.

Son téléphone sonna. C'était Théo.

— Je suis désolé de te déranger au travail, M'man, mais on a super faim et Papa nous a pas laissé assez de thunes. J'ai essayé de l'appeler plusieurs fois, mais il répond pas.

— Comment ça, mais il est pas avec vous ? s'inquiéta Julie.

— Il avait un rendez-vous super important et il nous a demandé de l'attendre à la villa, mais ça c'était hier.

Julie prit sur elle pour ne pas exploser.

— Vous êtes où, là ?

— Au Café de la plage. J'ai dit au patron que j'allais t'appeler. Il est très gentil, mais il refuse de continuer à nous faire crédit.

— Passe-le-moi ! dit-elle en se tournant vers Ray qui venait d'entrer.

— Ça va, Julie ? s'enquit le commandant.

— Si on veut, ouais. Mes enfants sont seuls, Cédric s'est barré.

— Comment ça, barré ?

— Il avait un « rendez-vous important », enragea-t-elle.

— Putain, Cédric, merde… T'inquiète, Théo va gérer. Dis-moi… vas-y mollo avec le fils du maire. J'ai eu son père au téléphone, il est fou de rage.

— C'est contre son gamin qu'il devrait être fou de rage. Meilleur pote d'un des immoleurs, violation de domicile, détention de stupéfiants et possession d'un tee-shirt ensanglanté ayant appartenu à la dernière victime… Je continue ?

— Julie… soupira Ray en fermant les yeux. Fais ton travail, mais… avec doigté.

La voix du restaurateur à l'autre bout du fil força Julie à écourter l'échange.

— Bonjour, monsieur. Capitaine Julie Fraysse du SRPJ de Toulouse à l'appareil. Je vais vous donner mon numéro de carte de crédit. Il y en a pour combien ? … Ah ouais, quand même…

Julie quitta la salle d'observation, le téléphone à l'oreille.

— Non, Théo, tu as bien fait. Et tu vas quand même pas t'excuser pour les conneries de ton père.

Elle poussa un long soupir. Il lui fallait trouver une solution immédiate.

— Bon. Voilà ce qu'on va faire. On va se dire que c'était un week-end à la mer et vous allez rentrer. Je sais qu'on est vendredi, Théo. Écoute, je vais vous commander un Uber qui vous emmènera à la gare. Je t'envoie vos billets sur ton téléphone … Non, pas de bagages. Vous prenez juste le minimum dans vos sacs à dos. Votre père se démerdera pour nous ramener la voiture et tout le reste … Quoi, Bouba? … Ah ben oui… vous prenez Bouba, bien sûr! Je t'envoie son billet. Et euh… n'oublie pas sa muselière pour le train … Non, pas besoin de prévenir ton père. Un bon flip, ça lui fera du bien. Je t'aime, mon Théo. Tu me passes Noah pour que je lui explique?

Julie entra sans frapper dans la pièce et jeta son dossier sur la table.

— Bonjour, Mathias. Comment ça va, ce matin?

— Mal. J'ai pas pu dormir dans votre cellule de merde.

— T'as peut-être mal lu, en arrivant. Il y a bien écrit « hôtel » à l'entrée, mais « de police ».

Elle tendit la main à l'avocat qui la serra mollement avant d'ouvrir le feu.

— Je ne vois pas votre commission rogatoire, capitaine?

— Il n'y en a pas, maître. Ce n'était pas une perquisition mais une intervention dans le cadre d'une infraction grave pour éviter que… « des éléments de preuve ne soient détruits ». Article 56 du Code de procédure pénale. (Elle se tourna vers Mathias.) Assieds-toi, s'il te plaît.

Tandis que l'adolescent obéissait à contrecœur, Julie précisa :

— Les questions que je vais te poser ne sont que des demandes d'éclaircissement. Plus vite tu y répondras, plus vite tu pourras rentrer chez toi.

Elle ouvrit son dossier et fit semblant d'y lire quelque chose.

— Qu'est-ce que tu faisais chez Belkacem?

— Je suis venu récupérer ma Switch.

— Et tu attaques une porte au pied-de-biche pour récupérer une console de jeux, toi ?

Mathias eut un sourire nerveux et stupide.

— Vu que Lionel est dans le coma, je voyais pas comment il aurait pu me la rendre. J'avais pas les clés et…

— …tu as fracturé la serrure. Moi j'appelle ça une violation de domicile. C'est passible d'un an d'emprisonnement et de 15 000 euros d'amende.

Le sourire de Mathias s'effaça instantanément. Il devint livide.

— Le problème, c'est que ce n'était pas une Switch que tu avais en main quand on t'a interpellé.

Elle sortit du dossier une photo et la fit glisser sur la table.

— C'était un tee-shirt, imprégné du sang de Maylis Guinet. Tu expliques ça comment ?

Mathias y jeta à peine un coup d'œil.

— Mon client se réserve le droit de ne pas répondre à cette question, intervint l'avocat.

Julie l'ignora et ne lâcha pas l'adolescent.

— J'essaie de t'aider, Mathias. On a trouvé des stupéfiants sur toi, en quantité suffisante pour imaginer que tu deales. Tu étais le meilleur ami de Belkacem qui est mis en examen pour tentative d'homicide et acte de barbarie, tu entres chez lui par effraction et on te retrouve avec, en main, un tee-shirt ensanglanté pointant vers la dernière victime, tu en conclus quoi, toi ?

— Assez ! s'écria l'avocat en se levant. Cessez d'intimider mon client ou nous partons.

— Vous, peut-être, maître, mais Mathias ne partira pas. Car, s'il ne répond pas à mes questions, je le mets en garde à vue.

L'adolescent se tortilla sur sa chaise.

— Mon client n'a pas dormi de la nuit. Il n'est pas en mesure de…

— Suis les conseils de cet homme, Mathias, et t'es pas près de rentrer chez toi. Il est payé à l'heure, je te rappelle.

— C'est terminé. Plus de questions, déclara l'avocat en collectant ses affaires.

— J'suis pas un dealer ! s'écria l'adolescent. La came, c'est pour ma conso perso !

— Monsieur Cossic ! reprocha l'avocat.

— Eh ben voilà, fit Julie, se voulant rassurante. Tu viens d'alléger les charges qui pèsent contre toi, en répondant juste à une question. Étant donné que tu es mineur, tu t'en tireras avec un stage de sensibilisation et un rappel à la loi, n'est-ce pas, maître ? À propos, vous restez avec nous, ou vous sortez prendre l'air ?

— C'est à mon client d'en décider.

Mathias lui fit signe de rester. Julie leur adressa un sourire, puis demeura silencieuse pendant un long moment. Mathias osait à peine bouger sur sa chaise en raison du cliquetis que son balancement produisait. Il leva les yeux vers le plafonnier dont le clignotement jouait sur ses nerfs.

— Si tu nous parlais de Ghost ?

Cette question perturba Mathias. Il pâlit, se mit à claquer des dents.

— Tous ces emails, sur ton ordinateur, adressés à Ghost, c'est quoi ? Un nom de code pour Belkacem ? Ou une *chat room* de la fratrie à laquelle vous appartenez tous les deux ?

— C'est quoi, ce délire ?

— Tu as cru effacer tes mails, mais ils sont encore sur ton disque dur, tu sais ? Ils sont en cours de déchiffrage, en ce moment. On connaîtra bientôt la vérité. Mais cela plaiderait en ta faveur si elle venait de toi. Alors ? C'est quoi, Ghost ?

Mathias était à bout. Son cœur cognait contre sa poitrine et sa respiration s'emballait. Il se tourna vers son avocat pour chercher de l'aide mais, une fois de plus, celui-ci lui conseilla le silence. Or, il était au bord de l'explosion.

— Attendez, je… je vais vous expliquer, bredouilla-t-il en se levant.

— Monsieur Cossic ! C'est dans votre intérêt de…

— La ferme ! hurla l'adolescent. Ghost, c'est mon dealer : Django Mirko. Quand la police l'a coffré, j'ai eu la trouille. Alors j'ai effacé tous nos échanges.

— Et quand la police a coffré Belkacem, t'as été jusqu'à fracturer sa porte pour récupérer ce tee-shirt avant que la police ne perquisitionne ! Tu voulais quoi, protéger ton complice, le meurtrier de Maylis ?

— Ça n'a rien à voir avec lui ! sanglota l'adolescent.

— Je te laisse une chance de reformuler, Mathias. Parce que tu veux tout, sauf me mentir.

— Cessez de menacer mon client, capitaine, intervint l'avocat. Il s'est prêté au jeu, il a répondu à vos questions alors qu'il était en droit de se taire. Maintenant c'est terminé.

— Ce tee-shirt, rugit Mathias, c'est Maylis qui me l'a confié, comme preuve !

— Comme preuve de quoi ? D'amour ? ironisa-t-elle pour le provoquer.

— De maltraitance, s'écria-t-il. Si Maylis fuguait, c'était pour échapper aux pétages de plombs de sa mère qui la battait.

48

Béatrice était morte d'inquiétude. Pierre n'était pas rentré de la nuit et ne répondait pas à ses messages. Après lui avoir parlé au téléphone, elle n'avait pas pu retrouver le sommeil. Alors, elle s'était mise à nettoyer la maison de fond en comble, comme si elle pouvait effacer ce qu'elle avait vu en rêve : son mari, aussi violent qu'au premier jour, avant qu'il n'accepte de changer pour elle, de devenir un homme honnête, un mari respectable. Maylis aurait-elle autant aimé son père si elle avait su qui il était, avant sa naissance ?

Pierre avait-il tenu parole ?

Elle avait tenté de joindre Sam, son partenaire, mais lui non plus ne la rappelait pas. Avait-il fait corps avec lui dans une vendetta sanglante, comme par le passé ?

Elle fut tentée d'appeler Jean pour savoir s'il avait des nouvelles de son frère, mais Pierre et lui étaient brouillés. Alors pourquoi se seraient-ils parlé ?

À court de solutions, elle avait téléphoné à sa mère et lui avait demandé de venir s'occuper des enfants. En percevant la détresse dans sa voix, Fabienne avait accepté, sans poser de questions.

L'éponge ne nettoyait plus aucune tache, mais Béatrice continuait de frotter les meubles propres, de manière obsessionnelle, pour essayer d'en tirer une réponse. En récurant le bureau de son mari, elle tomba sur une photo de Maylis avec son père. Un selfie pris quelque temps auparavant, immortalisant un tendre bras de fer. Maylis était ravissante et Pierre arborait ce sourire vainqueur qui l'avait fait craquer il y a vingt-quatre ans quand ils s'étaient rencontrés.

Au dos du cliché, elle découvrit une dédicace : *Je t'aime, Papa !*

Les larmes qui lui vinrent aux yeux n'avaient rien à voir avec la tristesse. Et tout avec la jalousie. Comment était-ce possible que ni son mari ni sa fille n'aient pensé à lui montrer cette photo ? Béatrice était-elle à ce point étrangère à leur vie pour qu'on ne prenne pas la peine de partager ce moment avec elle ? De combien de tranches de bonheur comme celle-ci l'avait-on privée ? Et pourquoi ?

L'infidélité… C'était à cause de ça. Maylis ne lui avait jamais pardonné d'avoir trompé son père. Et, si elle avait accepté de ne rien dire, c'était à condition que Béatrice rompe. Un chantage affectif auquel elle avait dû céder. Mais, depuis, elle n'avait jamais retrouvé son statut de mère. Maylis lui avait fait payer sa trahison, à petit feu, en instaurant une sorte de ségrégation parentale. Une vie secrète avec son père dans laquelle Béatrice n'avait pas sa place.

Cette photo, inédite pour elle, en était la preuve.

Comment pouvait-on faire le deuil d'une personne qui vous avait rejetée ? Avait-on le droit d'éprouver du chagrin pour quelqu'un qui ne vous aimait pas ? Une réconciliation entre mère et fille était-elle possible après la mort ?

Béatrice leva les yeux vers l'escalier qui menait au premier et elle eut soudain une irrésistible envie de visiter la chambre de Maylis, son « chez-elle » comme l'adolescente l'appelait, dans lequel elle n'était pas la bienvenue de son vivant.

Sa main caressa le prénom en lettres de bois sur la porte et s'arrêta sur le S que Pierre avait réparé. Elle sentit la colle qui débordait légèrement comme un surplus de peau sur une cicatrice.

Quand elle pénétra dans la pièce, elle se rendit compte que beaucoup de choses manquaient. Des photos avaient été décollées des murs, l'ordinateur, embarqué, comme le laissait supposer un cordon secteur orphelin. Les enquêteurs avaient-ils trouvé un journal intime ? Il allait falloir qu'elle réclame tout ça et qu'elle s'y plonge pour apprendre à connaître sa fille et rattraper le temps perdu.

Elle s'allongea sur le lit et ferma les yeux pour se remémorer ces moments où Maylis, enfant, lui demandait de se coucher à côté d'elle jusqu'à ce qu'elle s'endorme.

En rouvrant les paupières, elle devina la présence, au plafond, de petites étoiles et planètes phosphorescentes. Elle se rappelait les avoir collées, une à une, sous la direction de Maylis quand elle était petite. En songeant qu'elle les avait conservées, intactes, et qu'elle les regardait tous les soirs avant de s'endormir, Béatrice voulut croire que leur lien n'était pas totalement rompu.

En ouvrant la penderie, le parfum de sa fille l'enveloppa tout entière. Ses vêtements étaient encore alignés sur des cintres. Et elle repensa au coup de fil du légiste, qu'elle avait reçu la veille, lui indiquant que le corps allait leur être rendu. Elle n'avait pas eu l'occasion d'en parler à Pierre, mais ils allaient enfin pouvoir organiser des funérailles. Et elle se demanda quelle robe Maylis aurait préféré porter. Elle était si coquette, si originale dans ses choix !

Pierre connaissait, peut-être mieux qu'elle, la réponse.

Pierre…

Pour la énième fois, elle vérifia l'écran de son portable.

Il n'avait toujours pas rappelé. Où pouvait-il bien être ?

La sonnette de la porte la fit sursauter.

Elle se précipita hors de la chambre et descendit rapidement l'escalier pour aller ouvrir.

Sur le seuil, se trouvait Sam, le regard fuyant.

— Qu'est-ce qui se passe ? le pressa-t-elle. Il est arrivé quelque chose à Pierre ?

— Il est allé se livrer à la police.

49

Fouille, menottes, relevé d'empreintes, photo face-profil, Pierre Guinet faisait un nouveau passage par la case prison. Une ambiance de délinquance que ce bon père de famille croyait avoir bannie de sa vie pour toujours.

Son enfance, passée à chercher de quoi manger pour sa mère et lui, dans les quartiers pauvres de Rodez, revenait le hanter ; les bagarres pour l'obtenir et les coups qu'il avait reçus avant de savoir en donner.

Sans père pour lui servir d'exemple et avec une maman trop faible pour le protéger, Pierre n'avait eu d'autre choix que d'essayer d'être vieux avant d'être adulte. Et puis un jour, un homme providentiel était entré dans la vie de sa mère. Il les avait arrachés à leur condition en les amenant à la campagne. Gévaugnac ! Ce petit village représentait pour le vaurien qu'il était à l'époque un véritable Eldorado, avec ses pèlerins, venus des quatre coins du monde, prêts à être détroussés et cette nourriture abondante et accessible.

Mais la transition entre les deux vies de Pierre s'était avérée difficile. Son manque de résultats à l'école où son père adoptif était instituteur, ses vols à répétition dans la région, tout cela lui avait valu pas mal d'ennuis : séjours prolongés en maison de correction, puis découverte, à son retour, d'un demi-frère, Jean, né entre-temps.

C'est l'existence de ce compétiteur, au sein de sa famille, qui avait poussé Pierre à se reprendre. Une sorte d'instinct de conservation que son père adoptif encouragea. Cours de rattrapage scolaire intensifs, remise à niveau, il renoua avec les bancs du collège et ses résultats s'en ressentirent.

Pierre retrouva bientôt l'estime de ses parents et commença même à s'intéresser aux filles. Julie fut la première, mais ils étaient plus amis qu'amoureux. Lorsque Béatrice vint s'installer au village, Pierre ne la quitta pas des yeux.

Il apprit à tout connaître d'elle : ses goûts, ses habitudes, ses manies. Il la suivait tous les jours, à son insu. Les marges de ses cahiers étaient couvertes des dessins qu'il avait faits d'elle. Il n'avait jamais osé l'aborder alors, lui avouer ses sentiments !

En épousant Béatrice des années plus tard, il devint, par amour, un autre homme. Plus de démêlés avec la justice, plus de mensonges, plus de solutions trouvées avec ses poings. Elle parvint même à le réconcilier provisoirement avec son frère Jean, à la mort de leurs parents. Et ils se partagèrent l'héritage sans conflit.

L'ancien voyou était désormais propriétaire d'un petit garage de village et détenteur d'une licence de taxi. Béatrice avait fait de lui ce dont il avait toujours manqué :

un père, qui se devrait d'être un modèle pour ses enfants en les voyant grandir.

Était-il un modèle aujourd'hui ? Les verrait-il grandir ?

Deux agents en uniforme vinrent le chercher en cellule de détention.

— Votre avocat est arrivé, lui dit l'un d'eux.

— J'ai pas besoin d'avocat, répondit Pierre. Je suis coupable.

— Croyez-moi, monsieur. Si vous ne voulez pas passer le reste de votre vie en prison, vous en aurez besoin.

Ils l'emmenèrent, menotté, jusqu'à une pièce où l'attendait une femme d'une classe sociale bien supérieure à la sienne. Sa première pensée fut qu'il n'aurait pas les moyens de se payer ses services. Sa deuxième qu'il était sale, mal rasé et qu'il sentait encore l'essence.

— Asseyez-vous, suggéra-t-elle. Je suis maître Rebbot, votre avocate commise d'office, ce qui signifie que je ne vous coûterai rien.

Soulagé, Pierre s'installa sur un siège. L'un des gardes s'éclipsa pendant que l'autre demeurait dans la pièce, pour raison de sécurité.

Tandis que l'avocate évoquait sa difficulté à obtenir une audience préliminaire dans la journée en raison d'un tribunal surchargé, Pierre l'écoutait à peine. Il pensait à Béatrice et aux enfants qu'il avait pris soin de mettre à l'abri financièrement, avant de se livrer. Il était passé voir le maire de Gévaugnac pour accepter sa proposition de rachat de la parcelle sur laquelle était bâti son garage. Grâce à cette somme, Béatrice n'aurait plus besoin d'assurer ses gardes de nuit à l'hôpital et elle aurait plus de temps pour Arthur et Gabriel. Maintenant que Maylis était vengée, la vie allait pouvoir reprendre normalement.

— … la partie civile souhaitera vous mettre en examen pour séquestration arbitraire et homicide, conclut l'avocate. Monsieur Guinet ?

Pierre releva la tête et dit simplement :

— Je le mérite.

L'avocate s'étonna de son fatalisme.

— Cela ne nous empêche pas de nous battre pour votre famille.

— Je les ai mis à l'abri.

— Financièrement peut-être, mais… Vos garçons ont quel âge ?

— Neuf et six ans.

— On a besoin d'un père, à cet âge-là.

— Je n'ai pas eu le mien et j'ai survécu.

Elle prit une profonde inspiration.

— Il y a un contexte médiatique que le juge ne pourra pas ignorer. La police, les médias et les réseaux sociaux avaient fait de cet homme un coupable…

— Il est coupable.

–… et ils le relâchent du jour au lendemain ?! Ce sont des circonstances atténuantes que nous pouvons faire valoir.

— Il n'y a rien à atténuer, trancha Pierre. Je suis aussi coupable que lui.

— Je comprends votre besoin de reconnaître les faits, monsieur Guinet, mais, vu les conditions, nous pouvons tout de même espérer une certaine clémence. Vous vous êtes livré à la police de votre plein gré, vous avez avoué…

— Je voudrais voir mon épouse, maître.

— Désolée, mais vous ne pouvez pas, tant que l'audience n'a pas eu lieu.

Il ferma les yeux et s'enferma dans le silence.

— Je vais faire le maximum pour accélérer le processus. Vous avez des questions ?

Il ne répondit pas. Alors l'avocate collecta ses affaires, se tourna vers le garde et mit fin à l'entretien.

50

Arrivé devant la maison de Loriane, Ray gara sa voiture le long du trottoir et coupa le contact. Il se sentait mal à l'aise. Sa mauvaise conscience se rappelait à lui. Il allait être mal reçu, il le savait. Mais il devait tenter.

Il répéta à voix haute les meilleures premières phrases qui lui venaient à l'esprit, mais elles étaient toutes maladroites et sonnaient faux. Qu'aurait-il souhaité entendre du patron de son frère s'il avait été à la place de Loriane ? Rien. Il lui aurait sans doute fermé la porte au nez.

Ray attrapa le journal qui traînait sur le siège passager et descendit de voiture. En poussant le portail de la maisonnette, il se rappela la première fois qu'il avait découvert les lieux. C'était il y a six ans. Telle une mère s'assurant des bonnes fréquentations de son fils, Loriane avait souhaité rencontrer le patron de son frère. Elle les avait invités à dîner, lui et sa femme, en compagnie de Novak. Au cours de cette soirée, elle avait fait beaucoup pour le dégel de leur relation. Elle s'était montrée charmante. Aujourd'hui, c'était une tout autre Loriane qui allait l'accueillir.

— Comment osez-vous venir chez moi après ce que vous avez fait à mon frère ? s'enflamma-t-elle, la porte à peine ouverte.

— Je peux entrer ?

Et il le fit, sans attendre la réponse.

— Novak avait enfin réussi à se soigner ! poursuivit-elle. Et il a fallu que vous le fassiez replonger !

— Écoutez, je comprends que vous soyez en colère.

— En colère ? Je suis folle de rage, oui ! Vous voulez quoi ?

Il se tint le front. Il fallait à tout prix qu'il trouve les bons arguments.

— Je sais que j'ai fait une erreur en consultant Novak sur cette affaire. Mais, si je viens vous voir aujourd'hui, c'est pour son bien.

— Foutaises ! Vous n'en avez rien à foutre de son bien !

— Il faut me croire, Loriane. Novak est en plein délire, en ce moment !

— À qui la faute ?

— En agissant comme il le fait, il contrarie ses chances de sortie. Il faut que vous le raisonniez. Il ne peut pas balancer des *fake news* à la presse mettant en cause nos services.

— Des quoi ?

— Vous n'êtes pas au courant ?

Ray lui tendit l'exemplaire de *La Dépêche* qu'il tenait en main. En première page, la manchette annonçait :

ÉCARTÉ DE L'ENQUÊTE,
LE CAPITAINE MARREC S'EXPLIQUE :
« C'est une fratrie de type sectaire
qui immole à Gévaugnac. »

Loriane réalisa soudain dans quel bourbier son frère était en train de s'enfoncer. Mais elle ne baissa pas la garde pour autant.

— Et vous voudriez qu'il fasse quoi ? Qu'il se laisse humilier par la presse, sans se défendre ?

— Il ne se défend pas, rétorqua Ray. Au mieux, il se ridiculise, au pire, il se met en danger. Si sa théorie tient la route, celui qui est derrière ces meurtres pourrait bien faire de lui sa prochaine victime.

Cet argument fit mouche. Loriane poussa un long soupir et se replongea dans l'article.

— Vous y croyez, vous, à cette histoire de fratrie ?

— Ma capitaine trouve ça plausible. Et on peut pas dire qu'elle fait partie de ses supporters. La meilleure chose que vous puissiez faire pour Novak, c'est de le convaincre de reprendre son traitement. Il l'a arrêté, vous êtes au courant ?

Elle baissa les yeux.

— J'ai parlé à sa psychiatre, tout à l'heure, poursuivit le commandant. Elle est très inquiète pour lui. Allez le voir. Vous êtes la seule personne qui a peut-être encore une influence sur lui.

51

Dans la salle de soins, Novak soignait ses brûlures à la main et au bras gauches. Il appliquait méticuleusement de la Biafine sur sa peau quand Eduardo, l'infirmier latino, l'interpella du couloir.

— Eh, le grand brûlé ! T'as de la visite ! Et elle est de plus en plus canon…

Novak se retourna et aperçut sa sœur qui haussait les épaules en souriant. L'infirmier s'éloigna en levant le pouce.

— Eh, Lo ! Comment tu vas, depuis l'autre soir ?

— Quel autre soir ?

— Ben… avec Zoé et Julie.

Loriane eut un moment d'hésitation mais, très vite, elle s'inquiéta de la blessure de son frère.

— Qu'est-ce que tu t'es fait à la main ?

— Tu sais bien, le sauvetage de la petite Ninon. Tu veux bien m'aider à faire mon pansement ? Serre pas trop, hein ? Parce que… c'est encore sensible.

Loriane prit la bande Velpeau qu'il lui tendait et s'exécuta avec douceur.

— T'en es où de tes démarches pour me faire sortir ?

— Justement, je voulais t'en parler… Je vais demander que tu me sois confié. Une tutelle de famille, ça devrait le faire.

Il sourit.

— Tu m'étonnes… quand on a la chance d'avoir une super avocate !

— Tu te sens comment, Nov ?

— J'ai qu'une hâte, c'est de me tirer d'ici.

— On va y arriver mais, pour ça… (Elle lui tendit un flacon.) … faut que tu reprennes ton traitement.

Le regard de Novak sur sa sœur changea brutalement. C'était celui qu'on adresse à une ennemie.

— Alors c'est ça, hein ? Tu viens m'amadouer avec des espoirs de sortie pour me droguer ! Je croyais que tu voulais m'aider ?

— Mais je veux t'aider, Nov.

— Pas en me filant cette saloperie ! s'énerva-t-il.

— Écoute, si tu restes dans cet état, tu sortiras pas !

— Tu préfères quoi ? Récupérer un zombie ? Quand je suis sous médocs, je ne suis plus moi-même !

— À la moindre contrariété, tu péteras un câble, tu agresseras des gens. C'est déjà arrivé !

Novak dévisagea sa sœur. Elle n'était pas censée savoir cela.

— Ray t'a parlé de l'agression de Belkacem en salle de réa, c'est ça ?

— L'agression de qui ? Non, je… je parlais de Darius Paul, il y a deux ans…

— Putain, Ray ! Il est venu te voir, hein ?

Loriane se rendit compte qu'elle avait gaffé et ne savait plus comment se sortir de ce mauvais pas.

— Il s'inquiète pour toi, Nov.

— Comment tu peux faire confiance au type qui m'a fait enfermer? hurla-t-il.

Désemparée devant la crise de paranoïa qu'elle avait déclenchée, Loriane recula d'un pas. Un infirmier accourut dans le couloir.

— Tout va bien, mademoiselle?

— Oui, tout va parfaitement bien! beugla Novak en renversant un chariot de soins. Je viens juste d'apprendre que ma petite sœur fait partie du complot!

L'infirmier appuya sur son boîtier d'alarme et avança vers son patient.

— Calme-toi, Novak!

— Capitaine, rectifia-t-il, le souffle court.

Le soignant se plaça devant Loriane pour faire rempart et lui murmura de sortir. Se sentant impuissante, elle obéit. Le spectacle de son frère dans cet état lui était insupportable.

— C'est juste un coup de chauffe, capitaine, fit l'infirmier. Ça va passer.

Saturés d'adrénaline, les muscles de Novak se tendaient, ses forces se décuplaient. L'impression de guet-apens qui se dégageait de ce face-à-face provoqua chez lui un pic de stress qu'il tenta de contenir en respirant profondément. Mais son cœur battait la chamade et l'hyperventilation ne parvenait pas à lui amener l'oxygène nécessaire. Alors, pris de panique, il bondit brusquement vers la sortie, percuta celui qui lui barrait la route et le projeta à terre avec la puissance d'un taureau.

Deux autres infirmiers arrivèrent en renfort. L'un d'eux était équipé d'un matelas qu'il referma sur le forcené.

— Lâchez-moi ! hurla-t-il en se débattant comme un diable.

Dans sa rage, Novak mordit au sang l'oreille d'un de ses geôliers.

Et, tandis qu'on le ceinturait, l'un des soignants lui fit une injection de tranquillisant. Ses yeux se révulsèrent et il perdit connaissance.

52

Si l'arrestation de Django Mirko avait apaisé les esprits de Gévaugnac, sa libération soudaine, puis son immolation par Pierre Guinet avaient décuplé la peur. Et l'interview de Novak, publiée dans *La Dépêche du Midi*, avait porté le coup de grâce. L'idée que l'Immoleur puisse avoir des adeptes toujours actifs dans la commune était sur toutes les bouches.

Nourrie par les médias, très présents au village, la paranoïa grandissait. D'autant qu'un nouveau drame venait de se produire.

Méline, onze ans, avait disparu la veille alors qu'elle se rendait à vélo à son cours de piano. Sa bicyclette avait été retrouvée accidentée sur la route de Saint-Cyprien, menant à Gévaugnac. Craignant un kidnapping en rapport avec l'affaire de l'Immoleur, la police avait lancé une alerte enlèvement. Et la Section de recherches de la gendarmerie collaborait étroitement avec le SRPJ de Toulouse pour retrouver la fillette.

Débordé par sa milice qui voulait prendre les choses en main, le maire était tiraillé entre la gestion du chaos rural et la garde à vue de son fils. Il appela son ami, le préfet, et la pression descendit les étages jusqu'au bureau de Ray.

— Pourquoi est-ce qu'on garde le gamin, si on n'a rien contre lui ? reprocha le commandant.

— Pour l'instant, on n'a que sa parole, répondit Julie. Et elle vaut pas grand-chose, si on se réfère à son CV. Mathias prétend que Béatrice battait sa fille, mais si ça se trouve, c'est lui qui la battait.

— Pourquoi il aurait gardé le tee-shirt, alors ? aboya le commandant.

— Ray, si t'as eu un coup de fil du préfet, dis-le simplement mais calmement, OK ?

— J'en ai rien à foutre du préfet ! C'est juste que j'ai pas d'arguments à lui opposer ! Il a lu le délire de Novak dans *La Dépêche* et il est fou de rage.

— Il y a pas que du délire, dans ce qu'il dit. Il y a des pistes à creuser.

— Quoi, c'est toi qui le défend, maintenant ?

— Je défends tout ce qui peut nous faire avancer, Ray. Darius Paul est mort, Belkacem à l'hosto, Mathias en garde à vue et les enlèvements continuent à Gévaugnac ?

Le commandant évacua sa mauvaise humeur en balançant le journal à la poubelle.

— « L'Innommable Féminin » ? Non mais franchement…

— J'ai convoqué Mme Guinet. Je vais confronter sa version à celle du fils Cossic.

— Eh ben confronte !

Julie pencha la tête, en attente d'une fin de phrase qui tardait à venir.

— S'il te plaît, ajouta-t-il à contrecœur.

Elle sourit et approuva.

Lorsqu'elle sortit du bureau, elle aperçut Béatrice, au fond du couloir. Elle avait vieilli de dix ans. À bout de forces, elle espérait encore que quelqu'un la réveillerait de ce cauchemar, lui dirait que son mari n'avait pas été arrêté pour le meurtre de Django Mirko.

Julie s'avança vers elle et lui expliqua la situation, de la manière la plus professionnelle possible. Pierre avait eu un entretien avec une avocate, il était en cellule de détention en attendant son audition préliminaire devant le juge. Elle ne pourrait lui parler qu'après. En attendant, Julie allait devoir interroger Béatrice à propos de ses relations tendues avec sa fille.

— Tendues ? répéta tristement Mme Guinet.

— Oui. Vous les qualifieriez autrement ?

— Non. C'est… le mot juste.

Soudain, Béatrice aperçut, à une cinquantaine de mètres au bout du couloir, deux gardiens qui escortaient un colosse menotté. La démarche particulière de ce détenu lui était plus que familière. Spontanément, elle courut vers lui.

— Pierre !

Il tourna la tête vers elle et força les gardiens à s'arrêter.

Une policière tenta de s'interposer, mais elle la repoussa sèchement et poursuivit sa course effrénée.

Quand elle parvint enfin à s'agripper au cou de son mari, elle l'embrassa comme si c'était la dernière fois. Les menottes empêchaient Pierre de la prendre dans ses bras. Mais il la regardait avec toute la tendresse du monde.

Quelques secondes volées pour tenter de prononcer les mots qu'ils n'avaient jamais osé se dire. Et l'impossibilité d'en trouver à la hauteur de ce qu'ils ressentaient. Son passé à elle en lui. Son présent à lui en elle. Comme le dernier regard d'un couple dans un avion en perdition, quelques secondes avant le crash.

Quand on les sépara, ils n'avaient jamais été aussi unis l'un à l'autre.

Il faisait chaud dans la salle d'interrogatoire, mais Béatrice avait gardé sa gabardine.

— Vous voulez boire quelque chose ? proposa Julie.

— Non, ça ira, merci.

— Je sais que vous devez être particulièrement secouée étant donné ce qui s'est passé cette nuit avec votre mari, mais je dois vous poser quelques questions à propos de Maylis.

— Je comprends.

— Vous avez le droit à la présence d'un avocat, si vous le désirez.

— Pourquoi ? Vous me soupçonnez de quelque chose ?

— Cela va dépendre de vos réponses, madame. Vous n'êtes pas en état d'arrestation, mais vous avez les mêmes droits qu'un accusé.

À la façon dont Béatrice la regarda, Julie comprit qu'elle trouvait sa proposition indécente. Aussi enchaîna-t-elle. Elle déposa sous les yeux de la suspecte un sachet plastique contenant le haut rose retrouvé chez Belkacem.

— Est-ce que vous reconnaissez ce tee-shirt, madame ?

Béatrice le caressa tendrement et en eut les larmes aux yeux.

— Il était à Maylis, soupira-t-elle.

Julie retourna le sac de manière à ce que la tache de sang soit visible.

Les pupilles de Béatrice se dilatèrent sous l'effet du choc. La capitaine sentit qu'elle tenait quelque chose.

— Depuis quand maltraitiez-vous votre fille, madame Guinet ?

Les épaules de Béatrice s'affaissèrent légèrement. Elle était prête à avouer. C'était une question de secondes.

— Ce n'est pas ce que vous pensez.

— Expliquez-moi alors, dit Julie dans un murmure.

Béatrice acquiesça mentalement, plus pour s'encourager à se livrer que pour reconnaître quoi que ce soit.

— Il faut que vous sachiez quelque chose… Mais vous devez me promettre de ne rien dire à mon mari. Ça le tuerait. Surtout en ce moment.

— Si cela a un rapport direct avec l'enquête, je ne peux rien vous promettre. Mais si c'est du domaine privé, je n'ai pas à le mentionner.

Béatrice tremblait de tout son corps. Elle essayait de trouver la force de parler.

— Il y a deux ans, j'ai trompé mon mari. Avec un homme bien moins séduisant que lui. Et, aujourd'hui, je n'arrive toujours pas à comprendre pourquoi. Alors je pourrais vous dire que… je ne supportais pas les absences à répétition de Pierre et que la solitude me pesait, mais… ce serait faux. En dehors de nos heures de travail respectives, on était toujours fourrés ensemble. On l'a toujours été, depuis la classe de troisième ! Alors est-ce que c'est ça, la raison ? Est-ce que je voulais entendre « je t'aime » prononcé par une autre personne ? Ne plus être une mère de famille mais une femme à nouveau ?

Les mots de Béatrice entraient étrangement en résonance avec le chaos affectif du couple de Julie, même si leurs histoires différaient totalement.

— Une femme désirée ? précisa-t-elle. Peut-être. Mais je ne crois pas que ce soit la vraie raison. La vraie raison, c'est sans doute celle qu'on refuse toutes d'envisager : l'usure des sentiments. On cherche à mettre à l'épreuve ce que l'on ressent pour l'autre en le trompant. Est-ce que mon amour pour Pierre allait être assez fort ? Cela aurait pu en rester là si Maylis ne s'était pas rendu compte que j'avais trompé son père.

Les mains de Béatrice caressèrent un moment la tache de sang sur le tee-shirt.

— Ça a totalement changé nos rapports. Comme si c'était elle que j'avais trompée. Je l'ai suppliée de ne rien dire à Pierre et elle m'a traitée de pute. La gifle est partie et elle a saigné du nez. Elle portait ce tee-shirt, ce jour-là. Mais la tache n'avait pas cette taille-là. C'étaient juste quelques gouttes. Une semaine plus tard, j'ai trouvé le tee-shirt dans sa chambre et je lui ai demandé pourquoi il était couvert de sang.

En se remémorant cet instant, Béatrice tremblait encore. Elle sentit les larmes lui monter aux yeux, mais elle se força à poursuivre.

— Elle m'a répondu : « Si un jour, tu essaies à nouveau de me frapper, j'irai voir la police avec cette preuve. » Je ne l'ai jamais plus touchée ensuite. Même pour la prendre dans mes bras.

Sa voix se brisa et elle ne put contenir ses pleurs.

Julie détourna son regard. Comment pouvait-on en arriver là avec ses enfants ? Elle se leva et fit quelques pas dans la pièce pour retrouver une contenance et empêcher la mère en elle de prendre le dessus sur la flic.

— Et Pierre n'a jamais rien su de tout ça ?

Elle secoua la tête en essuyant ses joues.

— Elle m'a dit qu'elle ne lui dirait rien à condition que je rompe avec mon amant. Alors j'ai rompu.

Julie croisa les bras et s'adossa au mur en observant Béatrice. La personnalité de la petite Maylis ressemblait de plus en plus à la description qu'en avait faite Django Mirko. Elle était loin d'être un ange.

— On peut savoir qui était votre amant ?

— Non. Il a sa vie à lui et je n'ai pas le droit de la salir. Et puis, quelle importance ? C'était il y a trois ans !

— Tout a de l'importance dans une enquête criminelle, madame Guinet. Vous l'avez revu depuis ?

Béatrice haussa les épaules.

— Je ne sais même pas ce qu'il est devenu.

Elle baissa les yeux et joua nerveusement avec ses doigts.

Quelque chose sonnait faux dans cette confession. L'histoire concernant le tee-shirt ensanglanté semblait logique, mais Julie avait l'impression que Béatrice cachait quelque chose à propos de cet adultère contrarié.

— Quand avez-vous vu Maylis pour la dernière fois ?

— Je vous l'ai dit, la veille de sa mort. Je l'avais croisée avant de partir faire ma garde.

— Et le matin où elle a été tuée, vous étiez où ?

— Chez moi. Je suis rentrée de l'hôpital vers 6 heures. Ça aussi, je vous l'ai dit !

— Quelqu'un peut en témoigner ?

Comprenant soudain où la policière voulait en venir, Béatrice explosa :

— Quoi, vous pensez que j'aurais tué ma propre fille ? Et de cette façon ?

— Simple routine, madame Guinet. Nous posons les mêmes questions à tout le monde.

— Tout le monde n'est pas en deuil! s'offusqua Béatrice. Vous avez des enfants?

— Oui, deux.

— Eh bien imaginez-vous deux minutes à ma place!

C'était exactement ce que Julie s'efforçait de ne pas faire. Béatrice soupira et recouvra son sang-froid.

— Je n'ai pas d'alibi, si c'est ce que vous me demandez. Pierre avait un client à emmener à l'aéroport tôt ce matin-là et Gabriel dormait.

— Très bien, conclut la capitaine. Vous pouvez partir. Je vous appellerai dès que votre mari aura vu le juge.

— Pierre et vous étiez amis d'enfance, je crois?

— Oui, fit-elle avec nostalgie. Comme on peut l'être à treize ans.

— Essayez de vous en souvenir pour la suite.

Béatrice sortit, laissant derrière elle une Julie déstabilisée.

De retour dans l'open space, elle vint trouver Pujol.

— J'aurais besoin que tu me déniches les relevés téléphoniques de Béatrice Guinet d'il y a trois ans. Je veux savoir qui elle appelait régulièrement, à cette époque-là.

— On cherche quoi? Un 5 à 7?

— Ça s'appelle plus comme ça, maintenant, tu sais?

— T'appelles ça comment, toi?

— Un bon coup.

— Oulah… Ça sent le vécu, ça.

— Si seulement…

Un jeune inspecteur les rejoignit, un paquet à la main.

— À table!

Il déballa la marchandise sous les yeux de ses collègues. De véritables *iskender kebap*, avec fines lamelles de mouton rôti couchées sur des morceaux de pain pide, le tout arrosé de sauce tomate, de beurre chaud et de yoghourt.

Marty, Garcia et Vidal rappliquèrent, toutes affaires cessantes.

— Quoi ? Vous commandez à manger et vous ne me prévenez pas ? s'offusqua Julie.

— Tu détestes la cuisine turque… répondit Pujol.

Elle fusilla ses coéquipiers du regard tandis qu'ils piochaient goulûment dans le sac. Pujol eut même le culot de prendre une première bouchée et de fermer les yeux en ronronnant de plaisir.

— Vieux bâtard, va ! lui lança-t-elle.

— « Vieux », fais quand même gaffe à ce que tu dis, rétorqua Pujol, provoquant des éclats de rire.

— Je vois que ça bosse fort, ici, fit remarquer Ray en pénétrant dans la salle. Belkacem a repris conscience ! On lui a retiré l'assistance respiratoire. Les toubibs nous accordent vingt minutes pour l'interroger.

53

Le docteur Revel accueillit Julie et Ray à l'étage des soins intensifs.

— Son rétablissement tient du miracle. Les fractures sont réduites et, dans quelques semaines, nous pourrons commencer la rééducation.

Il glissa sa carte dans la serrure magnétique du sas et les deux policiers le suivirent à l'intérieur du service.

— Je n'ai jamais vu quelqu'un avec une telle force de récupération.

L'admiration que le médecin vouait à ce monstre indigna Julie.

— Vous savez ce que votre patient a fait, quand même ! Il a ligoté une fillette de treize ans sur une table, a aspergé son corps nu d'essence. Et, si nous n'étions pas intervenus avec mes collègues, il l'aurait immolée comme les cinq autres.

Tout en continuant d'arpenter les couloirs, le docteur se tourna vers Julie.

— J'ai fait mes classes dans l'armée, capitaine, sur les terrains d'opération, en Centrafrique, au Mali... Dans les hôpitaux de campagne, les blessés sont traités uniquement sur la base de leurs besoins médicaux. Un soldat de Daesh peut passer avant un soldat français, si son état le nécessite. La mort est notre seule ennemie.

Il s'arrêta devant une porte entrouverte.

— C'est ici. Si vous avez besoin d'aide, le bureau des infirmières est au bout du couloir. Pas plus de vingt minutes, d'accord ?

Ray hocha la tête.

— Merci, docteur.

Le chirurgien s'éloigna. Le commandant s'apprêtait à pousser la porte quand Julie le retint par le bras.

— Les tests sanguins de Belkacem et de Darius Paul sont positifs au datura, Ray. Novak a raison sur ce point. Alors je sais que son interview dans *La Dépêche* t'a fait péter un câble, mais sa théorie de la fratrie est la seule qui fait sens, à l'heure actuelle. Quelqu'un pousse les immoleurs à agir comme ils le font. Et Belkacem est notre seule chance de savoir qui. Alors, laisse ta capitaine privée de vacances mener l'audition, tu veux bien ?

Ray sourit et hocha la tête.

Les membres de Belkacem étaient encore prisonniers de plâtres et de broches. Sa tête était bandée, mais il ne portait pas de minerve. Quant au matériel médical autour de lui, en dehors de lunettes à oxygène, il n'était pas invasif.

— Monsieur Belkacem ?

Il tourna lentement la tête vers Julie et la dévisagea. Après un long silence, il bredouilla d'une voix enrouée :

— Vous avez… une cigarette ?

— Non, désolée. J'ai arrêté. Vous vous souvenez de ce que vous avez fait, monsieur Belkacem ?

Il rappuya difficilement sa tête sur l'oreiller, grimaça et fixa le plafond.

— J'essayais juste… d'aider cette petite.

— En l'arrosant d'essence pour la brûler ?

— Ce n'était pas elle que je voulais… brûler, mais le… démon qui la possédait.

Il avait des difficultés à parler car la trachéotomie avait irrité ses cordes vocales.

— Quel démon ?

— Celui qui l'habite encore… par votre… faute.

La perplexité de Julie se lisait sur son visage et Belkacem le déplora.

— Vous condamnez déjà… sans savoir.

— Je ne condamne pas, j'essaie juste de comprendre.

— On ne peut pas… tout comprendre, madame. Parfois… il faut juste… avoir la foi.

— Vous êtes croyant ?

— Je le suis… devenu.

— Quand ça ? En prison ?

Il hocha la tête avec difficulté comme si elle était trop lourde pour sa nuque.

— Le nom de Darius Paul, ça vous dit quelque chose ? intervint Ray.

Il fit signe que non.

— Pourtant vous partagiez la même cellule, il y a deux ans ?

— On partage… beaucoup en prison. On ne peut pas… faire autrement.

— Darius Paul est soupçonné d'avoir immolé une ou plusieurs fillettes en utilisant le même mode opératoire que vous. Qui vous l'a enseigné ?

Belkacem s'enferma dans le silence. Alors Julie reprit la main :

— Ça a dû vous faire un sacré choc quand vous avez appris la mort de Darius, non ? Noyé dans une cuvette de WC !

L'évocation déstabilisa profondément Belkacem. Ce que nota Julie.

— Vous étiez amants, n'est-ce pas ? déduisit-elle.

Troublé par la question, Belkacem détourna les yeux. Son visage se crispa légèrement, entre rage et émotion.

— Vous êtes resté en contact avec lui, après votre libération ?

— Quand on sort, on veut… tout sauf voir les gens… qu'on a côtoyés.

La façon dont il avait éludé la question acheva de convaincre Julie que son angle était le bon.

— Parmi ces gens que vous avez « côtoyés » tous les deux, il y en a un qui nous intéresse particulièrement. Celui qui a radicalisé Darius avant qu'il ne soit incarcéré. Sous son influence, il s'est mis à croire en un Dieu purificateur. Est-ce que c'est ça qui a fini par vous séparer ?

Des larmes noyèrent les yeux de Belkacem et sa respiration s'accéléra pour tenter de les contenir. Julie le ferra.

— Le recruteur s'y est pris comment avec vous ? Il vous a convaincu que votre relation avec Darius était un péché mortel dont vous deviez vous repentir, c'est ça ? Il vous a dit que votre rédemption n'était possible que si vous aidiez Dieu à combattre le démon ?

Ray avait du mal à suivre Julie sur ce terrain-là mais voyant que ses mots avaient un impact sur Belkacem, il la laissa poursuivre.

— Qui vous a recruté ? Un détenu ? Un maton ? Un avocat ? Un visiteur de prison ?

Profondément ému par les paroles de Julie, Belkacem craqua.

— C'est impossible de… lui dire non.

— De dire non à qui ? demanda Julie.

— À Dominus…

Julie frémit en entendant ce nom. Belkacem tourna douloureusement la tête vers elle pour ajouter quelque chose. Mais il avait de plus en plus de mal à parler. Bien que prisonnière d'un plâtre au-dessus du poignet, sa main tremblante lui fit signe d'approcher.

— Quand Darius est… mort… Dominus m'a dit que… le démon l'avait tué. Que la petite Ninon… était son… réceptacle…

Ses sanglots et son essoufflement rendaient les propos de Belkacem de plus en plus chaotiques.

— … et que, pour… venger Darius, je devais… tuer le démon… en elle.

Son émotion était telle qu'il fut pris de difficulté respiratoire.

— Ce n'est pas un démon qui a tué Darius, monsieur Belkacem. C'est Dominus. Parce qu'il en savait trop. Et il fera pareil pour vous, si vous ne nous aidez pas. Qui se cache derrière Dominus ? Donnez-moi son nom.

Il s'étrangla, pris d'une violente quinte de toux et ses doigts lui firent signe de venir plus près encore. Quand l'oreille de Julie effleura la bouche de Belkacem, elle ne perçut qu'un râle, à peine audible.

À cet instant, la porte s'ouvrit sur le docteur Revel.

— Sortez ! ordonna-t-il. Vous voyez bien que mon patient est en détresse respiratoire.

Les enquêteurs laissèrent place au médecin et quittèrent la chambre.

Une fois dehors, Julie mit en bouche une Nicorette et composa un numéro sur son téléphone tout en s'adressant à Ray :

— Il nous faut la liste de tous les non-détenus qui ont approché Darius Paul et Lionel Belkacem il y a deux ans à la prison de Muret : avocats, gardiens, visiteurs de prison. Celui qui dirige la fratrie est dans cette liste. Et il nous faut une escorte devant la chambre de Belkacem, jour et nuit.

54

Le battement du cœur de Novak constituait la rythmique de son rêve. Des images défilaient en boucle sous ses paupières, comme autant de spectres réclamant vengeance. Les visages des fillettes immolées se succédaient, mais leur regard accusateur demeurait le même. Le dernier, celui de Maylis, s'enflamma soudain et Novak en ressentit la brûlure physiquement, sans pouvoir en éteindre la souffrance.

Ses sens refirent surface, l'un après l'autre. Ce bruit de serrure qu'on déverrouille, ce goût rance dans la bouche, cette impression surexposée de capiton, autour de lui et jusque sous ses pieds nus. L'impression d'être assis au fond d'un écrin.

L'éblouissement s'atténua, lui permettant de mieux se situer.

Une cellule d'isolement.

Elle avait la taille d'une chambre ordinaire. Sa seule fenêtre était le hublot grillagé de la porte, à travers lequel le personnel soignant pouvait surveiller le patient enfermé. Les meubles étaient inexistants, les murs et le sol, capitonnés, le coin toilettes dépourvu de tout angle aigu. On ne pouvait rien faire d'autre dans cette pièce qu'extérioriser sa colère jusqu'à épuisement. Et cela s'avérait très vite inutile car l'insonorisation de la pièce privait le sanctionné d'auditoire.

En relevant la tête, Novak entrevit, au-dessus de lui, la silhouette d'un infirmier qui tenait un plateau à la main.

— Room service !

Le souvenir de cette voix et de cet accent latino aida Novak à retrouver de l'acuité visuelle. Il reconnut le gardien de nuit uruguayen.

— Eduardito… *que tal* ?

— *Mejor que tu, pendejo.*

— J'ai besoin de…

Les neuroleptiques avaient asséché sa bouche. Sa voix était hachée et pâteuse.

— … de passer un coup de fil à ma… partenaire. Tu peux me… prêter ton téléphone, *amigo* ?

— Novak, je n'ai pas le droit de faire ça, tu le sais bien.

— Tu n'as pas le droit de… me refuser… l'accès à un téléphone.

— Je ne refuse pas. Tu pourras téléphoner dès que tu sortiras d'ici. Mais t'es à l'isolement. Donc pas de coup de fil perso.

Novak s'éclaircit la voix.

— Ce n'est pas un… coup de fil perso, Eduardito. J'ai une info… capitale sur l'affaire des… immoleurs que je dois… confier à ma partenaire. Tu sais ce que tu risques pour… entrave à la justice ?

L'urgence que Novak ressentait insufflait de l'adrénaline dans tout son corps, le ranimant peu à peu. Mais l'infirmier ne voulait rien entendre et finit par lui dire :

— Y a des règles, *pendejo*, faut les respecter.

— Les règles, c'est une chose, la vie, c'en est une autre.

En reprenant, au mot près, les paroles qu'Eduardo avait prononcées à propos de l'arbitre, Novak avait fait vaciller ses certitudes et il exploita ce point faible.

— Il y a cinq familles en deuil, Eduardito, je peux pas les laisser tomber. Je ne demande pas un coup de fil, juste un texto.

55

Gare de Toulouse-Matabiau.

Julie remontait le quai à contre-courant en scrutant les passagers qui descendaient du train. Ils sentaient tous la crème solaire et l'iode. Leurs conversations et leurs rires rappelaient à Julie les vacances qu'elle avait manquées. Tous ces gens vivaient une vie normale, bien réglée, sans avoir la moindre idée de la violence à laquelle une mère, apparemment comme les autres, pouvait être confrontée tous les jours.

— Maman ! cria Noah en fendant la foule.

Il provoqua le retournement de plusieurs dizaines de mères sur le quai qui, comme Julie, avaient l'impression d'être les seules à être appelées comme ça. Le petit garçon avait échappé à la surveillance de son frère pour être le premier à la retrouver. Il sauta dans les bras de Julie qui le souleva et l'embrassa fougueusement.

— Où est ton frère ?

— Avec Bouba. J'ai battu mon record sous l'eau, M'man. J'arrive à tenir une minute, maintenant.

— Incroyable ! Jacques Mayol n'a qu'à bien se tenir.

Elle aperçut Théo qui tenait, d'une main le chien en laisse, de l'autre, une valise à roulettes.

— Théo s'est fait une meuf, cafarda Noah. Ils s'embrassent dans la bouche et tout.

— Sur la bouche, tu veux dire.

— Non non, *dans*.

— Noah, t'es mort! déclara Théo.

— Elle s'appelle comment? sourit Julie.

— Elle s'appelle pas. (Il étripa son frère du regard.) T'es vraiment qu'une putain de balance, toi!

— Eh! C'est quoi, ce langage? On vient à peine de se retrouver, les gars, alors arrêtez de vous disputer ou j'vous colle en garde à vue.

— Moi tu peux pas, fit Noah. J'ai moins de treize ans.

— Il me reste la fessée.

— Cinq ans de prison et 75 000 euros d'amende. T'as pas les moyens, M'man.

Julie fut prise d'un fou rire et entraîna ses enfants vers la sortie.

— T'as vu ça où, Noah?

— Internet. Il paraît qu'on peut dénoncer ses parents pour plein de trucs.

— Ah ben d'accord, sourit-elle. Va peut-être me falloir un avocat.

Elle se rendit compte que son fils aîné était morose.

— Ç'a été, Théo?

— Content d'être rentré, M'man, soupira-t-il gravement.

Elle le prit tendrement par les épaules et tous les trois se fondirent dans la foule.

— On peut commander des sushis, ce soir ? supplia Noah. S'te plaît, s'te plaît, s'te plaît…

— Tentative de corruption ! répondit sa mère. Ça va chercher dans les combien, ça, d'après toi ?

En sortant de la gare, Julie se dirigea vers une voiture de patrouille, mal garée sur le parvis. Elle en ouvrit le coffre à distance.

— Ouah, cool ! fit Théo.

— On pourra mettre la sirène ? s'écria Noah en courant vers la portière avant.

— Si t'es sage, répondit-elle en chargeant les bagages. Va déjà t'installer à l'arrière, gangster. Et boucle ta ceinture.

— Oui, chef, grommela Noah sans rechigner.

Quant à Théo, les mains derrière le dos, il jouait le prisonnier menotté.

— Tu peux faire comme les flics, dans les séries, M'man ? M'installer à bord en me forçant à baisser la tête ?

Julie s'exécuta, provoquant le rire des enfants. L'alarme de son portable bipa alors qu'elle contournait le véhicule. Elle consulta l'écran.

C'était un message de Novak : *Suis retenu contre mon gré en cellule d'isolement. Ils m'ont shooté. Sors-moi de là, s'il te plaît !*

Julie releva la tête, perplexe. Pourquoi Novak Marrec lui envoyait-il ce message à elle ? Et qu'avait-il fait pour mériter pareil traitement ?

— On y va, M'man ? la pressa Noah.

Elle grimpa à bord et actionna sirène et gyrophare, pour la plus grande joie des garçons.

56

De retour à Gévaugnac, Béatrice suivait les nouvelles à la télévision, le volume en sourdine, pour ne pas inquiéter ses enfants, à l'étage.

— … *le père de la petite Maylis s'est donc livré à la police, ce matin, pour le meurtre de Django Mirko qui venait d'être libéré. Et l'on ne peut que s'interroger sur la responsabilité des médias et des réseaux sociaux dans cette affaire. En effet, ils ont fait un peu trop vite de ce photographe marginal un coupable, poussant un père de famille à commettre l'irréparable.*

Fabienne poussa la porte d'entrée, chargée de cartons à pizza. Béatrice la regarda du coin de l'œil se diriger vers la cuisine et préparer la table.

Quelle idée elle avait eue de demander à sa mère de venir s'occuper des garçons ! Fabienne n'avait jamais apprécié Pierre, en raison de son passé de voyou. Et ce qui venait de se produire lui donnait raison a posteriori. Elle n'avait rien osé dire, mais Béatrice le lisait dans ses yeux.

— … *la garde à vue de Mathias Cossic, le fils du maire de Gévaugnac, a été prolongée. Son père n'a pas souhaité répondre à nos questions.*

Elle éteignit la télé, rejoignit sa mère dans la cuisine et lui prit les assiettes des mains.

— Laisse-moi faire, Maman.

La vieille dame s'interrompit et étudia sa fille. Elle hésitait à aborder le sujet.

— Les pompes funèbres ont rappelé. Je leur ai dit qu'on passerait demain pour choisir le cercueil.

— Qui ça, « on » ?

— Toi, les garçons et moi.

Béatrice soupira, agacée, et Fabienne en comprit la raison.

— Écoute, chérie, je sais que tu m'en veux de me mêler de tout ça, mais je fais ça pour ton bien.

— Mon bien ?

— Quand ton père est mort, si je m'étais laissée aller au désespoir, ç'aurait été terrible pour toi. Tu dois surmonter cette épreuve et faire ton deuil, si ce n'est pour toi, du moins pour tes enfants. Ils n'auront déjà plus de père à leurs côtés…

— Non mais tu entends ce que tu dis, Maman ? Quelqu'un a brûlé mon enfant ! Ce n'était pas un accident, ni une mort naturelle comme celle de Papa, c'était un meurtre ! Et ce meurtre ne date pas d'une semaine, il a lieu maintenant, car je le revis, à chaque seconde, dans ma tête. Toutes les nuits, j'entends Maï hurler dans les flammes, tu peux comprendre ça ?

La détresse de Béatrice était contagieuse et Fabienne en eut les larmes aux yeux, mais rien ne pouvait éteindre la rage de sa fille à cet instant.

— Tu imagines, ne pas pouvoir te recueillir sur le corps de ton enfant tant il est méconnaissable ? Ce genre d'épreuve ne se surmonte pas, Maman. On ne peut pas « faire son deuil », dans ces cas-là ! On peut juste s'en vouloir de ne pas avoir su protéger son bébé.

Les jambes de Fabienne ne la soutenaient plus. Elle se laissa tomber sur une chaise en s'agrippant à la table de la cuisine.

Le rire de Gabriel provenant de l'étage contrastait violemment avec les propos que les deux femmes avaient échangés. Mais, quand Béatrice appela ses garçons, elle ne laissa rien filtrer.

— Arthur, Gabriel ! Mamie a rapporté des pizzas !

Gabriel poussa des cris de joie et descendit l'escalier en courant.

— Je ne veux pas que les enfants te voient dans cet état, Maman. Arrête de pleurer ou va-t'en.

La vieille dame partit s'isoler dans les toilettes tandis que Gabriel déboulait dans la cuisine.

— La pepperoni est pour moi ! s'écria-t-il en ouvrant les boîtes.

— Personne va te la piquer, dit tristement Arthur en le rejoignant.

Béatrice ramassa les assiettes sales qui traînaient dans l'évier et les glissa dans le lave-vaisselle. Arthur la regardait faire, hésitant à poser la question qui lui brûlait les lèvres.

— Maman ?

— Oui, poussin ?

— Pourquoi est-ce que Papa est en prison et que le méchant qui a tué Maï y est pas ?

— Oui pourquoi ? répéta Gabriel.

Béatrice s'immobilisa, face à l'évier. La question qu'elle redoutait et à laquelle elle n'avait pas trouvé de réponse jusqu'ici venait d'être posée. Mais elle refusa de botter en touche.

Elle vint s'asseoir à table avec ses garçons et laissa parler son cœur.

— Eh bien... c'est difficile à expliquer, les enfants, mais je vais essayer.

Elle prit une profonde inspiration et se lança :

— À la télé, les gens n'ont pas arrêté de dire que la police avait arrêté le méchant qui a tué votre sœur. Tout le monde l'a cru. Moi, je l'ai cru, Papa aussi. Et, quand la police l'a relâché, Papa n'a pas supporté qu'il ne soit pas puni. Alors... il l'a puni lui-même.

— Il l'a tué, Maman ?

— Oui, Arthur. Et... personne n'a le droit de tuer. Pas même Papa. C'est pour ça qu'il est en prison, maintenant. Parce qu'il doit être puni, lui aussi, pour ce qu'il a fait.

— Alors, Papa est méchant ? demanda Gabriel.

— Non, poussin. Papa est quelqu'un de très gentil... Mais parfois, on n'arrive pas à garder pour soi le mal qu'on nous fait et...

Béatrice s'efforçait de ne pas succomber à l'émotion qui lui nouait la gorge. Elle fit une pause, s'éclaircit la voix et poursuivit.

— ... et le chagrin nous pousse à le faire aux autres... on croit être dans son bon droit, on croit bien faire mais... on se trompe.

Les petits mentons d'Arthur et de Gabriel tremblaient. À travers ses larmes silencieuses, Béatrice s'en rendit compte. Alors, elle ouvrit grand ses bras et ses enfants vinrent s'y blottir.

Depuis la pénombre du séjour, Fabienne n'éprouvait qu'admiration pour sa fille, tandis qu'elle tentait d'écoper le malheur pour que sa famille reste à flot.

57

Retrouver la maison avait fait un bien fou à Théo. La relation avec son père ne s'était pas arrangée et il avait eu un aperçu de ce que pourrait être leur vie si Cédric obtenait la garde. Noah était passé à côté de tout ça. Pour lui, ce brusque retour signifiait surtout des vacances écourtées. Mais les sushis que sa mère avait achetés en chemin lui avaient fait oublier sa contrariété.

Confortablement installés devant la télévision avec Bouba, les garçons étaient plongés dans *Uncharted*, un jeu d'action-aventure que leur père leur avait acheté et qui allait les occuper jusque tard dans la nuit. Mais, comme Théo l'avait rappelé à sa mère, « en vacances, on se couche quand on veut ».

Au volant de la voiture de patrouille, Julie souriait encore en songeant à cette remarque. Mais son sourire s'effaça très vite en apercevant la terrasse du café où elle avait rendez-vous. Elle se gara le long du trottoir, glissa des pièces dans l'horodateur et traversa la rue.

Le bistrot était rempli d'employés de bureau et de touristes. Julie balaya la salle du regard et identifia Loriane, au fond de la salle. L'air morose, elle contemplait la mousse de sa bière. Julie vint s'installer face à elle.

— Bonsoir. Merci d'avoir accepté mon invitation.

Loriane leva les yeux et lui demanda, inquiète :

— Alors ? Qu'est-ce qu'il a encore fait ?

Julie sortit son portable de la poche et lui montra le texto que Novak lui avait envoyé. Loriane le lut et soupira.

— Ah, c'est ça...

— Quoi, vous étiez au courant ?

Loriane ne répondit pas.

— Les psys le shootent contre sa volonté, poursuivit la policière. Ils l'ont placé à l'isolement. Je croyais qu'il résidait à Gérard-Marchant de son plein gré.

— Et ? Qu'est-ce que vous attendez de moi ?

— Vous êtes avocate, vous pouvez peut-être intervenir, faire jouer vos relations ?

— Les docteurs détestent les avocats, capitaine. J'ai monté un dossier « tutelle de famille » pour que Nov me soit confié, mais ça va prendre du temps. Et, en attendant, il va continuer à délirer.

Julie paraissait embarrassée, elle cherchait ses mots.

— Si vous faites référence à son interview dans *La Dépêche*, la théorie qu'il défend sur notre enquête est ce qu'il y a de plus proche de la réalité. Il n'y a pas *un* meurtrier mais *des* meurtriers. Une « fratrie » satanique, comme il l'affirme, dont les membres sont tous des ex-détenus fragilisés, le plus souvent en proie à une addiction.

— Quoi, vous allez me dire que vous souscrivez à sa version de « meurtriers sous influence », drogués au... datura, si je me souviens bien ? Parce que... ça ressemble sérieusement à une des crises de delirium auxquelles j'ai assisté.

— Je ne comprends pas, vous êtes sa sœur, vous devriez…

— … le protéger ? Le sort de mon frère vous touche, capitaine ? Formidable. Moi aussi, figurez-vous. Et depuis longtemps. J'étais avec lui, hier, quand ils ont dû s'y prendre à trois pour le neutraliser. Et j'ai assisté à la crise de parano qui a précédé. Il m'a accusée d'être de mèche avec votre patron et sa psy pour le maintenir enfermé. Et même si ça me tue de le savoir retenu chez les dingues contre son gré, je sais aussi le mal qu'il est capable de se faire dehors. Depuis qu'il travaille sur cette enquête, il n'y a plus rien qui compte. Ni manger, ni dormir, ni sa sœur qu'il aime, ni sa nièce qu'il adore, rien ! Il a même cessé de prendre son traitement ! C'est cette affaire qui l'a conduit là où il est. Et je ne ferai rien qui puisse aggraver ses blessures.

— Ce qu'il faudrait, c'est… les fermer.

Julie déposa un billet de 10 euros sur la table et se leva en disant :

— Merci d'être venue.

Loriane hocha la tête et regarda la policière s'éloigner.

Une fois dehors, Julie composa un numéro de téléphone et se dirigea vers son véhicule.

— Oui, Ray, tu m'as appelée ?

— J'ai laissé un message sur ton portable, tu l'as écouté ?

— Pas encore, non.

— Ça va, les enfants ?

— Impeccable. Cédric ne s'est toujours pas rendu compte de leur absence. Dingue, non ?

— Putain, quel con…

— Comme tu dis. Alors, t'as des news ?

— Le disque dur de Mathias Cossic vient de livrer ses secrets. Ghost n'était pas le pseudo de Django Mirko.

— De qui, alors ?

— Son IP était masqué par un VPN, mais notre petit hacker maison a réussi à le craquer. T'es assise ?

— Arrête le suspens, Ray, c'est qui ?

— Jean Guinet.

— Le frère de Pierre ? fit-elle en s'installant derrière le volant.

— En personne. Mathias le renseignait sur l'emploi du temps de la famille Guinet dont il avait apparemment tous les détails. Sans doute par Maylis.

— Merde… Mais pourquoi il faisait ça ?…

— Attends, j'ai mieux ! Son numéro revient très souvent sur les relevés téléphoniques de Béatrice d'il y a trois ans. Et à des heures où on n'appelle que ses intimes.

— Putain… c'était Jean, son amant ?

Elle enclencha le haut-parleur pour continuer à parler en conduisant et jeta un œil sur l'horloge du tableau de bord : 20 h 15.

— On a encore le temps, pour une perquise en flagrance…

— J'ai eu le proc, Pujol et Vidal sont en route pour Rodez.

— Parfait. Et pour ceux qu'ont approché Darius Paul et Belkacem en prison, t'as du nouveau ?

— Ouais, et ça va te plaire. Ils ont refusé de voir un avocat pendant toute la durée de leur détention. Reste les visiteurs de prison. C'est le service d'Insertion et de Probation de Muret qui gère ça.

— Je m’en occupe. Écoute, Ray, je sais que le préfet doit te souffler dans les bronches en ce moment vu que c’est un pote de Cossic, mais on a de sérieux motifs pour prolonger la garde à vue de Mathias.

— T’inquiète, je gère. Tu rappliques quand ?

— Le temps de passer au Muret pour fouiller leurs archives. Appelle-moi quand Pujol et Vidal sont de retour, tu veux ?

Elle raccrocha et enclencha la sirène et le gyro.

58

La porte de la cellule d'isolement s ouvrit et la silhouette d'Eduardo apparut sur le seuil.

— Tu peux sortir, *pendejo*. Le docteur Wilbert t'attend dans son bureau. Essaie d'être cool. Ta chambre est quand même plus confortable qu'ici et puis… tu peux bosser.

Luttant contre des courbatures, Novak se leva en grimaçant et se dirigea vers la porte. En passant près de l'infirmier, il lui donna une tape amicale sur l'épaule en disant :

— *Gracias, hermano.*

— *De nada.*

Quand il poussa la porte du cabinet du docteur Wilbert, elle leva les yeux de son écran d'ordinateur et l'accueillit avec un sourire.

— Bonjour, Novak.

— Sybil…

— Comment vas-tu aujourd'hui ? demanda-t-elle en ouvrant le dossier de son patient.

— Mieux, je crois. Le capiton est confortable, la nourriture meilleure qu'à la cantine. Je serais bien resté encore quelques jours à l'isolement.

— Assieds-toi, suggéra-t-elle, sans relever son sarcasme.

Voulant se montrer docile, Novak obtempéra.

— Des nausées ?

— Comme tout le monde ici. Mais elles finiront par s'en aller. C'est pas la première fois qu'on me shoote à la clozapine.

— « Shoote » n'est pas vraiment le mot qui convient, tu ne crois pas ?

— C'est de l'humour, Sybil. Plutôt bon signe d'en avoir à nouveau, non ?

— Des tremblements ? Une difficulté à parler ?

— À part en ce moment, non.

Le docteur Wilbert compléta son rapport médical.

— Des problèmes d'érection ?

— Il n'y a pas grand-chose qui m'en donne envie, ici.

Elle sourit, ce qui donna suffisamment confiance à Novak pour se lancer.

— Je me demandais si tu pouvais me faire une petite ordonnance et dire à tout le monde que je vais mieux.

La thérapeute s'interrompit et fronça les sourcils.

— Tu vas poursuivre ton traitement ?

— Oui.

— Je croyais que… (elle consulta ses notes) ces « putains de médocs te ramollissaient » ?

— Ben… vu ce qu'on m'a raconté sur mon comportement, vaut peut-être mieux, non ? Si c'est pas pour moi, au moins pour mon entourage.

Le docteur Wilbert considéra son patient avec un regain d'optimisme.

— C'est une sacrée évolution, ça.

— Faire un break dans ta suite présidentielle, ça donne le temps de réfléchir.

— Novak… la plupart des obsessionnels délirants sont particulièrement doués pour imaginer les pensées des autres… Aussi savent-ils dire aux gens ce qu'ils ont envie d'entendre. Mais moi, j'ai tout sauf envie d'entendre un mensonge parce que je veux vraiment que tu guérisses.

— De quoi, Sybil ? JE-NE-SUIS-PAS-MALADE ! Obsessionnel oui, mais délirant non ! Si j'étais fou, tu crois vraiment qu'on aurait ce genre d'échange, tous les deux ?

— Personne ne parle de folie.

— Ah bon ? Et c'est quoi ici, d'après toi ? Un parc d'attractions ? On sait très bien tous les deux pourquoi ils m'ont collé chez les dingues. Parce qu'ils savent pas comment me gérer !

Dans le regard de la psychiatre, l'espoir fit place à la déception. Il avait suffi qu'elle prononce le mot « guérir » pour que la paranoïa de Novak refasse surface.

— Et comment tu ferais, toi, pour gérer quelqu'un qui, à l'âge de treize ans, a décidé de cohabiter avec le cadavre de sa mère pour que sa sœur n'ait pas à souffrir de sa disparition ?

Novak la dévisagea, la haine au bord des yeux et dit calmement :

— Pourquoi tu ramènes toujours ça sur la table ?

— Parce que c'est à l'origine de ton trauma. Cette tendance à remplacer la réalité par un délire obsessionnel et à tout faire pour que les gens autour de toi le partagent.

— Et tu crois quoi ? Que ta normalité et que tous les bouquins de ta putain de bibliothèque auraient pu sauver Loriane dans l'état où elle était ? Il n'y a pas une frontière qu'on ne puisse franchir par amour pour quelqu'un, Sybil. Pas une ! J'ai ramené ma p'tite sœur de l'enfer, ce jour-là. Et si ma folie est le prix à payer pour avoir sauvé quelqu'un que j'aime, alors ça lui donne une vraie raison d'être. *Ma* raison. Pas la tienne.

Sur ce, il se leva et quitta le bureau.

59

Avec sa vue imprenable sur la forêt des Palanges, Cardaillac était un des quartiers résidentiels les plus prisés de Rodez. C'était là que Jean Guinet avait choisi d'ouvrir ses restaurants huppés, là aussi qu'il résidait dans une belle demeure à deux étages, de style traditionnel. Était-ce dans cette maison coquette que l'Immoleur de Gévaugnac avait échafaudé ses plans durant les deux dernières années ? Pouvait-il être un notable au-dessus de tout soupçon, animateur d'un groupe de soutien aux parents de ses propres victimes ?

Rien que d'y penser, Pujol en eut des frissons dans le dos. Il était temps qu'il arrête ce métier avant d'y laisser le peu d'humanité qui lui restait.

Il jeta un dernier regard circulaire puis fit signe à ses hommes de se déployer. La première moitié suivit Vidal. Ils contournèrent la maison et se mirent en position pour couvrir l'arrière. Pujol prit la tête de la seconde moitié. Ils traversèrent le jardin et investirent l'avant.

Leurs minuscules silhouettes se découpaient sur l'horizon embrasé par le soleil mourant.

Les rideaux étaient fermés. Pujol colla son oreille contre le battant, à l'affût du moindre bruit qui trahirait la présence du suspect. Seules des voix confuses étaient perceptibles. Il vérifia par intercom que ses collègues étaient bien en place et poussa le bouton de la sonnette.

Mais elle ne déclencha aucun carillon.

Le silence qui suivit sembla interminable.

— Monsieur Guinet ?

Il sonna encore, en maintenant le pouce sur le bouton. Toujours rien. Alors, il souleva le clapet de la fente à lettres et jeta un coup d'œil à l'intérieur. Le vestibule semblait désert et les voix provenaient d'un téléviseur, quelque part au fond de la villa.

Il laissa retomber le clapet et martela la porte en hurlant :

— Police ! Ouvrez immédiatement !

Une fois le temps réglementaire après sommation écoulé, il s'écarta pour laisser passer les deux hommes qui tenaient le bélier.

La serrure céda au premier coup et les policiers s'engouffrèrent dans la maison, arme au poing, en hurlant :

— Police !

L'intérieur était plongé dans le noir. Pujol actionna un interrupteur mais rien ne vint. Le compteur avait été coupé.

Équipés de torches électriques, les agents progressèrent dans la maison. Le plafond grinça au-dessus de Pujol. Il leva la tête vers le haut de l'escalier et fit signe à ses hommes de poursuivre sans lui au rez-de-chaussée. L'instant d'après, il agrippait la rampe d'une main et se propulsait en haut des marches.

Arrivé au premier, il s'arrêta et prêta l'oreille, le cœur battant. Le couloir était plongé dans la pénombre. Un craquement le fit pivoter d'un quart de tour. Mais le faisceau de sa torche ne trouva rien qui ait pu le produire.

Au rez-de-chaussée, les policiers inspectaient minutieusement chaque recoin. Vidal les avait rejoints par l'arrière de la propriété. Il ne restait plus qu'une pièce à inspecter, celle d'où provenait le son du poste de télévision. Vidal poussa brusquement la porte du pied et braqua son arme sur une silhouette, avachie dans un fauteuil face à la télévision. Était-elle armée ? Impossible à dire.

Pistolet à bout de bras et torche accolée au canon, Pujol continuait à grimper le long de l'escalier qui menait au deuxième étage. Arrivé sur le palier, il perçut un son qu'il aurait reconnu entre mille.

Celui d'une fillette qui pleurait.

— Tu es où, chérie ? cria-t-il face au couloir sombre. Je suis de la police ! Tout ira bien, maintenant. J'ai juste besoin que tu cries pour que je puisse te localiser, d'accord ?

Les gémissements cessèrent. Pujol inspira lentement et balaya le couloir avec sa lampe. Il donnait sur plusieurs portes.

— Ne bougez plus ! hurla Vidal en pointant la silhouette assise dans le fauteuil.

La lumière instable de la télé l'éclairait de manière intermittente mais suffisamment pour distinguer qu'il s'agissait d'un homme et qu'il n'était pas armé.

— Levez-vous lentement ! Bras écartés, mains sur la tête !

L'homme ne bougea pas.

À mesure que les policiers approchaient, les faisceaux des torches convergeaient vers son visage, identifiant Jean Guinet.

— Debout, je vous dis ! répéta Vidal.

Mais quelque chose ne collait pas. Jean ne réagissait ni au bruit, ni à la lumière. Quand deux agents le soulevèrent par les aisselles, ils se rendirent compte qu'il était drogué.

Au deuxième étage, Pujol avait inspecté toutes les pièces sans succès. À présent, il ne percevait rien d'autre qu'un gémissement si faible qu'il aurait pu aussi bien n'exister que dans son imagination.

— Je ne te trouve pas, la puce ! Tu veux bien faire du bruit pour que je sache où tu es ? Tu n'as pas à avoir peur. Je suis ici pour te ramener chez toi.

En disant cela, une idée lui vint. Et il tenta :

— Méline ?

En réponse, il y eut un nouveau craquement, plus fort celui-ci, et Pujol releva la tête vers le plafond. Il y vit une trappe. La fillette devait être enfermée au grenier. Il tira l'écoutille, déplia l'échelle d'accès et y grimpa.

Une fois dans les combles, il découvrit, dans la lumière de sa lampe torche, une gamine de dix, onze ans, bâillonnée au duct tape et les mains attachées derrière le dos. Assise au centre d'un pentagramme, un bandeau sur les yeux, elle était nue, en état de choc, la peau couverte de symboles cabalistiques. Des chandelles noires décrivaient un cercle autour d'elle.

— Méline ? demanda Pujol en s'approchant d'elle. (Elle hocha la tête, terrifiée.) Je suis officier de police. C'est fini, la puce, tu n'as plus rien à craindre. Je te ramène chez toi.

60

Le responsable du service d'Insertion et de Probation précédait Julie dans les longs couloirs du centre de détention de Muret. C'était un monsieur de soixante-dix ans à l'allure débonnaire, le plus vieil employé de la prison, celui qui en connaissait tous les secrets.

— N'est pas visiteur de prison qui veut, lança-t-il par-dessus son épaule à Julie qui le suivait. Il faut être majeur, avoir un casier judiciaire vierge et survivre à une enquête de moralité. Si on remplit tous ces critères, on doit effectuer un stage probatoire de six mois en vue d'obtenir un agrément. Il est accordé par le directeur régional, après avis du préfet.

— Un vrai parcours du combattant ! commenta Julie.

— Nos visiteurs vont être en contact avec des criminels de tout poil. Il convient de bien les préparer.

Ils franchirent une lourde grille d'acier et s'engagèrent dans l'escalier qui menait au service Insertion et Probation.

— Ils ont des consignes, j'imagine, en dehors du respect du règlement intérieur de la prison.

— Bien sûr. Ne pas se charger de messages pour le compte des détenus, ne rien leur remettre et respecter la confidentialité.

— Où se passent les visites ?

— Au parloir, dans une petite pièce comme celle-ci.

Ils étaient arrivés à l'étage et s'attardèrent un moment devant une porte ajourée. À l'intérieur, une table, deux chaises.

— Les visiteurs sont seuls avec le détenu ?

— Absolument. Ils ont un boîtier d'alarme au cas où il y aurait un problème.

— Et leurs conversations ne sont pas écoutées.

— Non. Du temps où je travaillais à Saint-Michel, elles l'étaient, mais la gauche a au moins réussi à faire sortir la France du tout-répressif.

— Donc si j'étais visiteur de prison, j'aurais accès à n'importe quel détenu et personne ne pourrait savoir de quoi nous parlons ?

— Mm mm. Les seuls détenus que vous ne pourriez pas rencontrer sont ceux qui font l'objet d'une interdiction de communiquer. Si vous voulez bien me suivre…

Il déverrouilla une porte donnant sur un bureau tapissé de casiers métalliques qui montaient jusqu'au plafond. On se serait cru dans les années 50. Julie se demanda comment elle allait pouvoir obtenir les informations dont elle avait besoin.

— Attendez, vous n'allez pas me dire qu'à l'heure du numérique, vous archivez encore comme ça ?

— C'est mon dada. Je m'occupais des archives à la prison Saint-Michel et, quand elle a fermé en 2003, on m'a laissé emporter mes casiers de rangement. Mais, ne vous inquiétez pas, ça a l'air foutraque comme ça, mais c'est souvent plus efficace que l'ordinateur. Et ça ne plante pas, au moins.

L'archiviste se rendit compte que son plaidoyer n'avait pas convaincu.

— Vous cherchez quoi, au juste ? demanda-t-il, sûr de lui.

— Un visiteur de prison qui aurait fréquenté l'établissement il y a un peu plus de deux ans et qui y serait encore actif.

— Bon début, dit-il en approchant son échelle d'un des casiers métalliques. Il est donc classé dans les « renouvellements », car les agréments ne sont délivrés que pour une période de deux ans renouvelables. Vous avez son nom ?

— Non, justement, répondit Julie, qui perdait patience. C'est son identité qu'il me faut, mais je connais celle de deux détenus qu'il a visités.

— Parfait. Ils s'appellent comment, ces jeunes gens ?

— Darius Paul et Lionel Belkacem.

Il grimpa à l'échelle et ouvrit un tiroir d'où il sortit une vingtaine de chemises vert olive.

— Chaque visiteur a une fiche sur laquelle figure le nom des détenus rencontrés. Et, chaque trimestre, le chef d'établissement réunit les visiteurs pour faire le point sur leur mission.

Il redescendit et plaça la pile de classeurs devant Julie avant de s'asseoir à ses côtés.

— Voyez ? commenta-t-il en souriant. Ça n'a pas été très long. Les agréments renouvelés des trois dernières années sont consignés dans ces dossiers.

Il y en avait quand même vingt à éplucher. Julie ouvrit le premier et feuilleta ses documents.

— C'est pour l'affaire de l'Immoleur, n'est-ce pas ? déduisit le vieil homme.

— Oui. Je cherche à identifier un visiteur qui aurait rencontré Darius Paul il y a trois ans environ et qui se serait sans doute arrêté pendant un an pour reprendre du service avec Lionel Belkacem.

— Mmm... s'enthousiasma le vieil homme. Tout visiteur qui ne se présente plus pendant six mois perd automatiquement son agrément. S'il veut reprendre sa mission, il doit en refaire la demande. Ça va simplifier la recherche, ça ! Retrait d'agrément...

L'archiviste récupéra son échelle et traversa la pièce en trottinant pour la placer devant un autre casier. Il grimpa moins haut que la première fois et récupéra un unique dossier qu'il déposa victorieusement devant Julie.

Impressionnée par l'efficacité de l'archiviste, elle ouvrit le classeur et se mit à le compulser fébrilement. Elle tomba sur un document répertoriant les visiteurs auxquels on avait retiré l'agrément. Son doigt descendit le long de la liste et s'arrêta sur un nom : Claude Dominus.

Son cœur se mit à cogner contre sa poitrine, sa respiration s'emballa.

— Qu'est-ce qu'il y a ? demanda le vieil homme.

Julie ne répondit pas. Elle se rua sur les autres documents liés à ce mystérieux visiteur et trouva la fiche où figuraient les noms des détenus qu'il avait rencontrés. Elle manqua de défaillir en reconnaissant les noms de Darius Paul, de Lionel Belkacem et de trois autres anonymes que ce Claude Dominus visitait régulièrement et qu'il avait sans doute recrutés.

— Est-ce que... vous fichez vos visiteurs ? Je veux dire est-ce que vous avez pour eux des informations d'état civil, par exemple… photo d'identité, adresse, empreintes digitales ?

— Bien sûr. La fiche de Claude Dominus doit figurer dans le dossier en deux exemplaires, au cas où la préfecture en ferait la demande.

Il se mit à fouiller à son tour, mais ne la trouva nulle part.

— Dites-moi qu'il existe des copies quelque part, supplia Julie, l'équivalent d'un back up ?

— Tout est stocké ici, répondit le vieil homme en poursuivant sa fouille méthodique. Mais les deux exemplaires devraient se trouver dans ce dossier, je ne comprends pas…

— Ils s'y trouvaient, déduisit Julie, songeuse, mais quelqu'un les a dérobés…

— Impossible. Je suis le seul à pénétrer dans cette pièce. Et, en dehors des heures de bureau, elle est aussi verrouillée qu'une cellule.

— Et pendant les heures ?

— Je ne vous suis pas.

— Si je voulais dérober quelque chose ici, je n'essaierais pas de m'introduire la nuit dans une prison, je créerais un incident en pleine journée pour faire diversion. Y a-t-il eu ce genre d'épisode, au cours des deux dernières années ?

Le vieil homme réfléchit.

— Il y a bien eu ce début d'incendie en mars dernier. Des détenus avaient mis le feu à leurs matelas pour protester contre leurs conditions de détention. C'était au moment des municipales. Ils voulaient faire pression sur les candidats, j'imagine. Des gardiens sont intervenus pour leur porter secours et il y a eu un début de mutinerie.

— On vous a évacués ? Je veux dire… le personnel administratif ?

— On s'est évacués nous-mêmes. Tout notre étage était enfumé. Les gardiens sont restés pour gérer la chienlit jusqu'à l'arrivée des forces d'intervention et des pompiers.

— Vous n'avez pas verrouillé, en partant.

— Ben… je ne sais plus. C'était un peu la panique, je dois dire.

— Il va me falloir la date exacte de l'incident, les visiteurs qui étaient présents ce jour-là et les images de surveillance. Vous pouvez me trouver ça ?

— La date et les noms des visiteurs sans problème. Pour les images, il faudra voir avec ma collègue de la surveillance pénitentiaire.

61

Contrairement aux autres victimes, Méline n'avait pas été immolée tout de suite. Mais les symboles cabalistiques dessinés sur sa peau, identiques à ceux retrouvés sur Ninon, ne laissaient aucun doute sur l'issue fatale prévue. Tout comme le pentagramme tracé à la craie sur le plancher des combles et les chandelles noires disposées autour d'elle.

Une équipe de secours lui avait administré les premiers soins sur place avant de la conduire à l'hôpital pour des examens plus approfondis. La police scientifique avait effectué des prélèvements dans le grenier mais, en dehors des empreintes de Jean Guinet, elle n'avait rien trouvé de concluant.

Le témoignage de Méline, recueilli par le lieutenant Pujol, n'apportait pas plus d'éléments sur l'identité de l'agresseur que celui d'Arthur. Tous évoquaient quelqu'un de taille moyenne habillé d'une parka noire à capuche et n'agissant que dans la semi-obscurité. Les seuls mots prononcés étaient murmurés en latin, donc incompréhensibles pour Méline.

Jean Guinet était de taille moyenne. C'était un homme instruit, contrairement à son frère, excellent élève à l'école, se souvenait Julie. L'idée que cet ancien camarade de classe puisse être à la tête d'une fratrie d'immoleurs lui était insupportable. Elle l'observait derrière le miroir sans tain, tentant de se débarrasser de l'image du petit garçon modèle qu'elle avait connu. Menotté, assis sur la chaise bancale sous la lumière instable du néon, il regardait autour de lui, aussi résigné qu'un passager attendant le métro.

Impossible de déceler sur son visage la furie purificatrice qui s'était déchaînée sur Gévaugnac.

Jean Guinet était passé du statut de père de la première victime à celui de principal suspect. On vérifiait son alibi, on comparait ses empreintes à celles prélevées sur les menottes chinoises et les techniciens du labo analysaient l'ADN de trophées découverts chez lui : quatre boucles de cheveux, chacune conservée dans un flacon. Appartenaient-elles aux victimes du cold case ?

Quoi qu'il en soit, Julie savait d'expérience que tout cela ne suffirait pas à inculper Jean pour l'ensemble des meurtres, s'il s'obstinait à garder le silence. Ce qu'il avait fait jusqu'ici.

Il lui fallait des aveux.

Une porte s'ouvrit derrière elle et Ray entra dans la petite pièce, des feuillets à la main.

— Bon, on avance. Les empreintes de Jean Guinet concordent avec les deux fragments prélevés par Bauwen sur les menottes chinoises. C'est donc lui qui a tué la petite Maylis.

La nouvelle glaça le sang de Julie.

— Il a immolé sa nièce ?

— Et peut-être même sa fille, deux ans plus tôt.

Julie se passa la main dans les cheveux.

— Ça n'a aucun sens.

— Autre chose... J'ai les résultats de sa prise de sang. Il était bien positif au datura, la fameuse drogue dont parle Novak dans sa putain d'interview.

Cette découverte était cruciale. La présence de datura dans le sang de Jean confirmait qu'il était un membre de la fratrie. Mais en était-il le chef?

— Il a dit qu'il ne parlerait qu'à toi, ajouta Ray. Il espère peut-être la clémence d'une amie d'enfance.

— Il peut toujours courir. On a trouvé des infos sur Claude Dominus?

Ray tendit à Julie des documents d'état civil.

— Il n'y a que douze Français à avoir porté ce patronyme depuis 1906. Tous décédés. Dont un qui s'est suicidé il y a deux ans à la maison d'arrêt de Mulhouse. Ça sent la fausse identité. Peut-être la sienne?

Il avait dit cela en désignant Jean Guinet du menton. Il s'avança jusqu'au miroir sans tain pour examiner son suspect de plus près.

— Alors? Tu comptes le faire mariner encore longtemps?

— Comment j'ai pu côtoyer ce monstre quand j'étais môme et passer complètement à côté?

— Parce qu'à l'époque, il n'en était pas un. Quelque chose s'est passé dans sa vie, qui l'a dévoyé. Et c'est là-dessus qu'il faut que tu le branches pour le faire craquer.

La sonnerie d'un téléphone arracha Julie à sa noirceur.

Elle regarda l'écran et lut : *Cédric*. Elle le montra à Ray. Il pivota son pouce vers le bas à la manière d'un empereur romain et sortit. Elle attendit quelques sonneries et répondit, sans laisser à son mari la chance de s'expliquer :

— Alors ça y est? Ton rendez-vous super important est terminé? Tu t'es rappelé que t'avais laissé tes enfants tout seuls, sans argent, pendant plus de quarante-huit heures ? Ils étaient censés se nourrir comment, en fouillant les poubelles ? C'est comme ça que tu comptes assurer leur garde ? À ta place, je prendrais un super avocat parce qu'il va avoir du mal à convaincre le juge que ce qui vient de se passer est le comportement normal d'un père responsable. Dernière chose. Si tu veux qu'on continue à se parler autrement que par avocats interposés, tu me ramènes ma voiture avec le plein et les affaires des enfants. Et je te conseille de rien oublier parce que, ma rancune, à côté de la leur, c'est « petit bras ». Bonnes vacances !

Elle raccrocha, poussa un profond soupir et sortit dans le couloir en composant le numéro de chez elle.

— Comment ça se passe, Théo ?

— Bien, M'man, sauf que Noah, il est trop fort à ce jeu ! Il me met minable.

Elle sourit.

— C'est pas trop violent, ça va ?

— Moins que ton boulot.

— C'est juste… J'ai oublié de te dire, ce matin, je vous ai préparé des bolos. Elles sont au congélo dans un Tupper. Si vous avez une petite faim…

— Ça va aller, M'man, t'inquiète. Avec tous les sushis qu'on s'est tapés…

— T'as raison. Euh… j'ai eu ton père au téléphone et je lui ai passé un sacré savon. Alors il va peut-être vous appeler…

— Je laisserai sonner. J'ai pas envie d'entendre ses excuses bidon.

— Tu fais comme tu le sens, Théo. Je voulais juste te prévenir. S'il y a quoi que ce soit, tu m'appelles, hein ?

— Y aura rien, M'man. Bosse tranquille.

— À tout à l'heure, mon grand.

Elle raccrocha et se surprit à ralentir le pas à l'approche de la salle d'interrogatoire. Comme si elle craignait d'y pénétrer. Elle se mit à trembler et à compter le nombre de pas la séparant de l'entrée. Arrivée devant la porte, elle leva la main vers cette poignée qu'elle avait actionnée tant de fois mais qui lui semblait à présent donner accès à l'enfer. Elle ferma les yeux quelques secondes pour recouvrer son sang-froid et pénétra dans la pièce.

— Ah, Julie ! soupira Jean en se levant. Merci d'être venue. Il faut que tu saches quelque chose…

— Je vous arrête tout de suite, monsieur Guinet. Il n'y a pas de Julie, ici. Il n'y a que la capitaine Fraysse. Si ça vous pose un problème, je peux laisser à un de mes collègues le soin de vous interroger.

D'abord décontenancé par le vouvoiement froid de son amie d'enfance, Jean en comprit très vite la raison. Alors il secoua la tête et déclara :

— Non non, ça ne me pose pas de problème… capitaine, mais…

— Asseyez-vous.

Il obéit et poursuivit maladroitement.

— Avant que vous ne me posiez vos questions, je… j'aimerais vous expliquer ce qui m'est arrivé en fin d'après-midi car je ne veux pas qu'il y ait de malentendu.

Debout de l'autre côté de la table, Julie dévisageait son suspect. Il avait l'air de tout sauf d'un tueur d'enfants. Mais à quoi ressemble un tueur d'enfants ?

— Très bien, fit-elle en s'asseyant face à lui. Je vous écoute.

— En rentrant chez moi en début d'après-midi, j'ai été agressé par quelqu'un qui avait dû entrer par effraction.

Dubitative, Julie fronça les sourcils, mais Jean poursuivit, imperturbable, comme s'il s'attendait à ne pas être cru.

— Je ne l'ai pas vu venir et, comme il m'a attaqué par-derrière, je suis incapable de vous dire à quoi il ressemblait. Il m'a injecté un produit et j'ai très vite perdu connaissance.

De l'autre côté du miroir sans tain, les policiers n'en revenaient pas du culot du suspect.

— Trop fort, commenta Ray. T'as vu comment il justifie la présence de datura dans son sang?

— Il se fout de notre gueule, ouais, fit Vidal en faisant craquer les articulations de ses doigts.

Dans la salle d'interrogatoire, Julie n'en pensait pas moins.

— C'est ce genre d'arguments que vous comptez utiliser pour votre défense?

— Ce n'est pas un argument, capitaine, c'est la vérité. Quand j'ai repris conscience, j'étais avachi dans un fauteuil et des policiers me hurlaient dessus en me braquant avec leurs armes. Je n'arrivais même pas à me lever. J'étais comme… drogué.

— Et la petite Méline, au grenier, intervint Julie, elle s'est attachée toute seule, là-haut?

— Je ne l'ai jamais vue, cette gamine.

— Vous comptiez la brûler quand, exactement?

— Je ne comptais pas la brûler! s'offusqua Jean. Je ne sais pas comment elle s'est retrouvée là-haut. Mon agresseur a sans doute dû l'y installer avant de me tomber dessus.

— C'est pratique, cette histoire d'agresseur, hein? Seulement, il y a un problème. On a retrouvé tes empreintes sur les menottes utilisées pour entraver Maylis à son bûcher. Ta nièce, bordel ! T'as immolé la fille de ton frère !

Le vouvoiement avait disparu avec la colère.

— Tu ne peux pas comprendre, dit calmement Jean.

Cette réflexion mit Julie hors d'elle.

— Comprendre quoi ? Que tu as immolé ta propre fille et quatre autres gamines ?! Non, je peux pas comprendre, non. Comment je pourrais ?

— Je n'ai rien à voir avec la mort de Charlotte, ni avec celles des trois fillettes qui ont suivi. Mais j'ai tué Maylis, oui. Et je suis prêt à signer mes aveux et à faire face aux conséquences de mes actes.

La simplicité avec laquelle il avait prononcé ces paroles déstabilisa Julie. Mais les révélations qui suivirent allaient encore plus la chambouler.

Tout avait commencé par une liaison banale entre Jean et Béatrice, trois ans auparavant. Les amants se retrouvaient régulièrement à Rodez, jusqu'à ce que la fille de Jean soit tuée sauvagement, première victime d'une longue série de meurtres non élucidés.

— Je suis chrétien, Julie, je l'ai toujours été, tu le sais. Et… la façon dont Charlotte était morte, avec ce côté sacrificiel, sonnait comme une punition divine pour l'adultère que je commettais. Mais, si la main de Dieu était derrière cet acte, pourquoi punir ma femme qui n'y était pour rien ? Pourquoi s'en prendre à ma fille ? Je suis allé voir le père Drujon et je lui ai fait part de mon dégoût. Il m'a répondu : « Tu devrais pleurer ta fille au lieu de t'en prendre à Dieu. » Alors je lui ai jeté mon missel au visage comme on démissionne. Une semaine plus tard, ma punition pour ce blasphème est tombée. Béatrice a rompu avec moi.

Une lueur d'amertume envahit les yeux de Jean en prononçant ces mots. Julie retint son souffle pour ne pas interrompre des aveux dont dépendait la suite de l'enquête.

— La raison évoquée était qu'elle ne supportait pas de faire d'une mère en deuil une femme trompée. Je comprenais ses raisons, bien sûr. Je les partageais, même. Mais quelque chose sonnait faux dans sa voix. Les jours qui suivirent, Maylis cessa ses visites. J'étais très proche des enfants de mon frère. J'aidais Arthur dans ses devoirs, je parlais musique avec Maylis. Or, du jour au lendemain, elle ne me prit même plus au téléphone. Je me suis dit que… elle était peut-être au courant pour sa mère et moi. J'ai essayé d'en parler avec Béatrice, mais elle a éclaté en sanglots. Elle m'a fait jurer de ne plus chercher à approcher sa fille. Elle était terrifiée à l'idée que Pierre apprenne pour notre liaison. J'ai tenté de la rassurer en lui disant que jamais je ne dirais quoi que ce soit. Mais ça ne l'a pas calmée. Elle avait peur. Peur de sa fille. Alors j'en ai déduit que Maylis était derrière tout ça, qu'elle avait fait chanter sa mère pour provoquer notre rupture.

— Tu n'as quand même pas immolé ta nièce pour ça ? s'indigna Julie.

Jean s'affaissa sur sa chaise et son regard sembla partir très loin.

— Tu crois savoir ce que c'est que de perdre un enfant, Julie ? Tu ne sais pas. Les gens disent que le temps cicatrise les plaies, que… la vie est plus forte que la souffrance. Mais ceux qui disent ça sont les témoins du deuil, pas ceux qui le vivent. L'impatience des proches à ce que nos plaies se referment pour que *leur* vie puisse reprendre son cours normal est choquante. Et, pour ne plus la ressentir, on s'isole d'eux. Et l'on se retrouve seuls, entre victimes, avec pour seul compagnon le silence. Car chaque parole prononcée dans le couple, chaque regard échangé porte son prénom : Charlotte. Elle est dans chaque objet de la maison, dans chaque odeur. On a envie de tout détruire, de tout brûler pour ne plus penser à elle. Alors… on s'assomme de somnifères, on se noie dans l'alcool… Mais cela n'efface rien. Et l'idée que, pour les autres, la vie continue, comme si rien ne s'était passé, nous est intolérable.

Libérées par la parole, les larmes de Jean coulaient le long de ses joues. Et Julie luttait pour ne pas en être émue. Comment pouvait-on s'émouvoir d'un meurtrier ?

Jean s'essuya le visage et tenta de juguler ses sentiments.

— La mort d'un enfant agit sur le couple comme un cancer. Elle détruit le ménage de l'intérieur. On commence par vivre le choc ensemble, mais l'absence, on la vit chacun pour soi. Tout, chez le conjoint, nous rappelle le bonheur avec notre enfant. Et on lui en veut pour ça. La séparation nous isole davantage, l'impunité de l'assassin nous achève. Et la solitude…

Jean hocha la tête pour contraindre son émotion à dénouer sa gorge qui l'empêchait d'aller au bout de sa pensée.

— … deux ans de solitude nous poussent aux solutions extrêmes. Et, comme un noyé, on s'y accroche ! On finit par écouter cette petite voix qui nous répète sans cesse : « Si seulement Béatrice pouvait connaître la même souffrance que toi, alors peut-être… peut-être cela pourrait vous rapprocher… »

La sincérité qui se dégageait de ces aveux amena Julie à en comprendre l'implacable logique. Pour relancer Jean qui s'enfermait dans le silence, elle lui suggéra les mots qu'il avait du mal à prononcer.

— En faisant revivre l'Immoleur de Gévaugnac, en tuant Maylis exactement comme ta fille avait été tuée, tu forçais Béatrice à te rejoindre dans la souffrance et… tu te débarrassais en même temps de celle qui vous avait séparés.

Jean hocha la tête gravement.

— Pour le mode opératoire, c'était facile, poursuivit-elle. Ta fille étant la première victime, tu savais exactement comment elle était morte et puis l'affaire avait été tellement couverte par les médias que la plupart des détails étaient disponibles. La touche finale reste ce badge du MP. En le plaçant sur la scène de crime, tu nous envoyais sur une fausse piste, c'est ça ? Comment tu te l'es procuré ?

Il haussa les épaules.

— Je l'ai trouvé lors d'une randonnée.

De l'autre côté du miroir sans tain, Vidal se tourna vers son patron pour voir s'il avalait cette couleuvre. Et le regard qu'il lui renvoya lui prouva que oui.

— C'est toujours moins compliqué qu'on ne croit, fiston, commenta Ray. Elle est douée, ma capitaine, hein ?

Vidal acquiesça, admiratif.

— Mais, pour connaître l'emploi du temps des Guinet, poursuivit Julie, il te fallait une taupe. C'était qui ? Mathias Cossic ?

— Entre autres, oui.

— Comment ça, entre autres ?

— En tant qu'ex-petit ami de Maylis, Mathias savait tout ce qu'elle faisait à l'extérieur de chez elle. Pour l'intérieur, j'avais Arthur.

— Vous aviez gardé contact ?

— Oui. Il s'inquiétait des nouvelles fréquentations de sa sœur. Il m'en parlait souvent. Quant à Mathias, c'était facile. Il avait besoin d'argent pour sa dope. Son père lui avait coupé les vivres.

— Tu communiquais comment avec eux ?

— Par mail. Via un pseudo.

— Ghost ?

Il acquiesça. Elle l'avait de nouveau perdu. Ses yeux bougeaient entre ses paupières comme ceux d'un rêveur, concentrés sur un détail qu'ils n'arrivaient pas à oublier. Et, soudain, il lâcha :

— Le plus dur ça a été quand j'ai vu Arthur, derrière cet arbre.

Ce dernier aveu surprit tous ceux qui assistaient à cette confession. À commencer par Julie.

— Tu l'as vu ?

— Il était mort de trouille.

— Pourquoi tu ne l'as pas tué, alors ? Il aurait pu te dénoncer.

— Je l'adore, ce môme. C'est le portrait de sa mère. Et puis, il faisait nuit, j'étais… méconnaissable. Je… J'ai pas pu. J'ai pas pu. Je dois pas être capable de tuer un enfant.

— Maylis *était* une enfant, Jean ! s'emporta Julie.

— Elle avait treize ans…

— Charlotte aussi avait treize ans ! Et c'était une enfant, non ? *Ton* enfant !

Réalisant soudain l'horreur de ses actes, Jean baissa la tête.

Ces aveux avaient l'air sincère, mais Julie avait du mal à y croire. Jean était un homme brillant. Et il avait eu suffisamment de temps pour se fabriquer une histoire et travestir la vérité, pour pouvoir y survivre. Transformer une série de cinq meurtres barbares en un seul crime, passionnel. Voilà à quoi avaient servi ces aveux.

Le mépris qu'elle ressentait pour cet homme était sur le point de lui faire perdre toute objectivité. Le mieux était peut-être que quelqu'un prenne le relais.

On toqua à la porte. C'était Ray.

— Les résultats du labo, dit-il en lui tendant un dossier.

Julie les consulta et manqua de défaillir. Seule la rage la maintenait consciente. Elle se leva et alla déposer, sous les yeux de Jean, les clichés des trophées trouvés à son domicile.

— En perquisitionnant chez toi, on a retrouvé quatre flacons contenant chacun une boucle de cheveux. Les analyses prouvent qu'elles appartiennent aux quatre fillettes immolées il y a deux ans.

Le visage de Jean se décomposa en entendant cette nouvelle.

— Tu n'as pas juste tué la fille de Béatrice, Jean. Tu es responsable de la mort de quatre autres préadolescentes, dont Charlotte ! Tu es un monstre, Jean ! Tu cherchais quoi, en tuant ta propre fille ? Tu voulais montrer l'exemple à tes adeptes ? Leur prouver que le démon pouvait posséder n'importe quelle vierge, y compris la fille du fondateur de leur putain de fratrie ? Charlotte, Emma, Jade, Chloé, Maylis ! Tu veux nous faire croire qu'elles étaient toutes possédées par un démon ? Mais c'est toi, le démon, « Claude Dominus » ! Tu les as fait brûler vivantes, menottées à un bûcher par de pauvres addicts vulnérables que tu as recrutés en prison !

Jean était sidéré d'entendre Julie proférer ces accusations. Effondré, il secoua la tête et murmura :

— Je veux un avocat.

62

JOUR 6 - Samedi

La canicule était de retour et le soleil transformait en vapeur les moindres flaques laissées par les véhicules de nettoyage de la Ville rose. L'air était chargé de pollen et de futures allergies de toutes sortes, mais aussi de parfums fruités qui rappelaient aux urbains que la nature avait un jour résidé ici.

Sous cette lumière estivale, l'hôpital psychiatrique Gérard-Marchant aurait presque pu passer pour un lieu de villégiature si une voiture de police ne venait pas de pénétrer dans son enceinte. Le véhicule se gara sous les arbres centenaires du parc et Julie en descendit.

En levant les yeux vers les bâtiments rose-orangé et leur double hauteur d'arcades, elle eut une impression de déjà-vu. Cela faisait à peine six jours qu'elle était venue ici consulter le capitaine Marrec et, pourtant, cela lui semblait une éternité.

À l'accueil, l'hôtesse lui indiqua le jardin, où déambulaient une dizaine de patients.

Une fois dehors, Julie regarda autour d'elle, à la recherche de la silhouette de Novak. Quand elle l'aperçut sur son banc, recroquevillé sur lui-même, les jambes collées à la poitrine et le regard fixe, elle eut le sentiment de faire un bond dans le temps de six jours en arrière. Mais il paraissait beaucoup moins alerte. Que lui avait-on fait ?

Elle s'approcha, s'assit à côté de lui et, voyant qu'il ne réagissait pas à sa présence, murmura :

— Capitaine ?

Novak sortit de sa torpeur et se tourna lentement vers Julie. Ses yeux bleu turquoise semblaient regarder à travers elle.

— Qu'est-ce qu'ils vous ont fait ?

— On se vouvoie, maintenant ? dit-il d'une voix fatiguée. C'est comme ça que tu t'y prends, toi, pour… rompre avec quelqu'un ?

Julie le dévisagea, sans comprendre. Comment devait-elle interpréter cette remarque ? Était-ce une nouvelle tactique pour la déstabiliser ?

— Capitaine, si vous préférez qu'on se tutoie…

— Non, non, le « vous » me va très bien. C'est clair, au moins et ça permet de garder ses distances… Vous voulez quoi, au juste ?

L'amertume, dans la voix de Novak, avait réussi à installer une gêne entre eux que Julie tenta de dissiper :

— Je voulais juste… vous tenir au courant des… progrès de l'enquête. Je sais à quel point cette affaire est importante pour vous…

— La version courte, c'est quoi ? trancha-t-il.

— Je crois qu'on tient le coupable.

— Ah oui ? Alors dites-moi vite qui c'est parce que les visites sont bientôt terminées.

— Jean Guinet, le frère de Pierre. Ce sont ses empreintes sur les menottes chinoises et l'analyse de l'ordinateur de Mathias Cossic a permis de comprendre qu'il renseignait Jean sur les faits et gestes de Maylis.

— À découvert ?

— Non, masqué sous le pseudo Ghost et sous connexion protégée par un VPN. Jean a avoué avoir tué Maylis par amour pour Béatrice avec laquelle il avait eu une liaison. Il espérait que… en lui faisant perdre sa fille de la même façon qu'il avait perdu la sienne, le vide affectif qu'elle ressentirait les rapprocherait à nouveau.

— Un copycat, donc ? conclut-il en tripotant son pansement à la main.

— Pas vraiment. Il était positif au datura. Quand on a arrêté Jean chez lui, on a trouvé une sixième fillette dans son grenier. Elle était attachée, bâillonnée, et sa peau couverte de symboles cabalistiques, comme Ninon Fabre, la jeune fille que Lionel Belkacem a tenté d'immoler.

— Vous voulez dire qu'il s'apprêtait à en sacrifier une sixième ?

— Je veux dire qu'il n'est peut-être pas juste membre de cette fratrie. Il se pourrait qu'il la dirige.

— Qu'est-ce qui vous fait croire ça ?

— J'ai interrogé Belkacem à l'hôpital. Il m'a dit avoir été recruté, comme Darius Paul, par un visiteur de prison du nom de Dominus.

— Le Maître… se rappela Novak.

— Pardon ?

— Dominus veut dire « le maître » en latin.

Ne comprenant pas à quoi son collègue faisait allusion, Julie préféra poursuivre sans relever :

— En tout cas, j'ai retrouvé trace d'un visiteur nommé Claude Dominus aux archives du centre de détention de Muret. Mais sa fiche d'état civil a mystérieusement disparu suite à une mutinerie il y a six mois. Un incendie provoqué par deux détenus que ce Claude Dominus visitait. On visionne les images de surveillance, en ce moment, pour essayer de l'identifier.

Novak ne paraissait pas convaincu par la théorie de sa consœur.

— Vous voulez mon avis ?

— Je suis venue un peu pour ça.

— Ah bon ? Je croyais que vous veniez pour me sortir de là.

— Je n'ai pas cette autorité, capitaine, à moins de vous enlever…

Novak sourit en visualisant cette hypothèse. Elle faisait disparaître l'amertume que le recours au vouvoiement avait générée.

— Jean n'est qu'une pièce du puzzle, Fraysse, l'immoleur de Maylis. Je ne le vois pas faire assassiner sa propre fille. Il était détruit, il y a deux ans, quand Charlotte est morte. Il a sombré dans l'alcool. Et, si la fratrie l'a contacté pour faire de lui son cinquième immoleur, c'est sûrement à ce moment-là qu'elle l'a fait, quand il était le plus vulnérable. Quand on se noie, on s'accroche à n'importe quoi pour survivre, même à une foi aussi folle que celle de l'Innommable Féminin. Dominus lui a offert ce qui lui manquait le plus à ce moment-là : une famille.

Elle lui tendit un classeur.

— On a retrouvé chez lui quatre flacons, contenant des boucles de cheveux des quatre victimes du cold case.

Novak feuilleta les photos, puis leva les yeux vers Julie.

— Et Maylis ? Pas de boucle de cheveux pour elle ?

— Non.

— Ce type n'est pas Dominus. Il dit qu'il a tué Maylis dans l'espoir de récupérer la femme qu'il aime ? Pourquoi pas ? Si Dominus l'avait recruté, ce serait comme ça qu'il l'aurait convaincu. Mais quel serait son mobile pour les quatre autres meurtres ? Si Jean Guinet était celui qui tire les ficelles, pourquoi ne pas prélever sur Maylis une boucle de cheveux en guise de trophée comme pour les quatre autres ? Pourquoi utiliser des menottes chinoises, cette fois-ci, si difficiles à ouvrir ? Pourquoi oublier les chandelles noires ? Le pentagramme ?

Julie haussa les épaules. Elle n'avait pas la réponse à ces questions. Alors Novak proposa sa version :

— Parce qu'il ne connaissait du mode opératoire que ce qu'il avait pu lire dans les journaux. Parce qu'il ne fait pas partie de la fratrie. Il voulait juste maquiller son crime pour tenter d'échapper à la justice. Mais ce que Jean Guinet ignorait, c'est que le véritable responsable de ces immolations se servirait de son copycat pour lui faire porter le chapeau des quatre autres meurtres, en plaçant les trophées chez lui, une sixième fillette dans son grenier et en lui injectant du datura.

Julie s'adossa au banc et porta vers son confrère un regard sombre. Cette expression, Novak ne la connaissait que trop bien. C'était celle de la défiance, de l'incrédulité. Or, ce que les obsessionnels délirants craignaient le plus était justement qu'on doute de la légitimité de leur discours.

— Ne m'en voulez pas, capitaine, mais…

— Je sais ce que vous pensez, l'interrompit-il nerveusement. Vous pensez que… je refuse juste d'accepter que cette… quête qui m'obsède depuis deux ans s'arrête aussi… brutalement. C'est ça, hein ?

— Non, je…

— Vous êtes comme les autres, en fait.

Incapable d'endiguer la crise de paranoïa qui explosait dans ses veines, Novak la projeta sur Julie.

— C'est lui qui vous envoie, hein ?

— De qui vous parlez ?

— De Ray, bien sûr ! hurla-t-il. De celui qui m'a fait interner dans cet asile de dingues !

Impressionnée par la violence de Novak, Julie ne savait plus que faire. D'autant que son éclat en provoquait d'autres chez les patients qui vaquaient autour à leurs activités.

Un infirmier s'approcha, inquiet.

— Tout va bien, madame ?

— Oui, tout va bien, merci ! hurla Novak avant que Julie ne puisse répondre. Madame s'apprêtait à partir, justement !

Julie se leva en lui adressant un regard plein d'incompréhension. Et, tandis que deux autres infirmiers arrivaient en renfort pour l'empoigner, elle s'écarta.

— Ne me touchez pas ! hurla-t-il en se débattant.

Ils l'entraînèrent de force vers l'intérieur sous les yeux désespérés de Julie qui s'attendait à tout sauf à cette réaction.

— Retournez voir Ray, bon petit soldat ! beugla-t-il en s'éloignant. Et dites-lui bien que je ne fais plus de consultations à domicile. S'il a besoin de mes lumières, il n'a qu'à me restituer mon insigne et mon arme de service !

63

Julie toqua au bureau de son commandant et entra.

Ray portait son costard le plus élégant, signe qu'il était allé se faire remonter les bretelles par ses supérieurs. Et son rictus prouvait que l'entretien s'était mal passé.

Julie s'éclaircit la voix et demanda :

— Du nouveau, côté images de surveillance ?

— On a un visage partiel pour Dominus. Marty a lancé une reconnaissance faciale.

— Qu'est-ce que voulait le préfet ?

— Me rappeler que mon rôle consiste à mettre les voyous sous les verrous et pas à discréditer le personnel pénitentiaire en réquisitionnant leurs images de surveillance.

Julie hocha la tête nerveusement et demanda :

— T'as une clope ?

— Je croyais que…

— Moi aussi.

Ray sortit un paquet de sa poche et le lui tendit. Elle porta une cigarette à ses lèvres et l'alluma avec le briquet Ronson qui ornait le bureau du commandant.

— Assieds-toi, proposa Ray.

— Non, je préfère rester debout. Je suis retournée consulter Novak aujourd'hui, et je l'ai vu se faire embarquer en hurlant.

— Ce n'est pas la première fois qu'il pète un câble.

— C'est nous qui sommes responsables de ce qui se passe là-bas, Ray. Pas lui. On n'aurait jamais dû le rebrancher sur cette affaire.

— Je croyais que tu pouvais pas le saquer.

— Ce que je pouvais pas saquer, c'était d'annuler mes vacances au dernier moment à cause de lui. Mais, ce qui est sûr, c'est que sa théorie est la bonne depuis le départ.

— Ouais… Tellement bonne qu'on parle encore du flic schizo dans les journaux. Et à la préfecture aussi, d'ailleurs.

— À qui la faute ?

La sucette au bec, Ray sembla éprouver des regrets. Mais il les dissipa très vite comme il savait si bien faire.

— Tu lui as dit pour Jean Guinet ?

— Oui. Il ne croit pas une seule seconde qu'il soit à la tête de cette fratrie. Il pense que Jean est juste l'immoleur de Maylis et que Dominus cherche à lui faire porter le chapeau des meurtres précédents.

— Tu crois à ce délire ?

— « Il a un instinct hors du commun », c'est ce que tu m'as dit, pour essayer de me le vendre. Et je crois que t'avais raison. En revanche, pour le reste, je veux que tu saches que je désapprouve tes méthodes.

Ray baissa les yeux et réfléchit à une parade.

— Julie, cette enquête nous porte sur les nerfs à tous, je m'en rends compte. Mais si nous parvenons à mettre les coupables sous les verrous, cela aura valu la peine, non ?

— À quel prix, Ray ? Un officier de haut vol, interné à vie ?

— C'est notre métier qui veut ça.

— Pas le mien.

Marty ouvrit la porte, un papier à la main.

— Patron ? J'ai une identif pour Dominus. Et niveau casier, sa famille c'est du lourd.

Julie lui arracha le document des mains et pâlit en découvrant le visage qui y était imprimé.

64

Novak était assis face à Sybil dans son bureau. Il finissait de lui exposer sa folle théorie :

— …et le pire, c'est que la police pense avoir identifié la personne responsable des cinq meurtres.

— Pourquoi « pense » ? demanda-t-elle.

— Parce que Jean Guinet n'est pas à la tête de cette fratrie. Le cerveau derrière ces meurtres est un stratège qui a été capable de manipuler Darius Paul et Lionel Belkacem et d'en faire des machines à tuer. Et on veut nous faire croire qu'il aurait confié son anonymat sur Internet à un VPN ?

— Il est peut-être sujet à des pulsions meurtrières aussi impossibles à réfréner que l'obsession qui te pousse à enquêter sur un cold case.

— Il ne succombe pas à des pulsions, rétorqua Novak. Il est en total contrôle de la situation. Il m'a suivi pendant ma filature de Darius Paul. Et, s'il l'a tué, c'est pour me compromettre.

Sybil fit remarquer à Novak qu'il recommençait à personnaliser, à s'enfermer dans un délire de duel entre lui et le tueur. Mais, excité par la logique paranoïaque de son hypothèse, Novak poursuivit, habité par la fièvre de celui qui est persuadé d'avoir raison.

— Quand il a compris que je l'avais vu sur les images de surveillance, il a pris peur. Il devait très vite faire endosser les crimes à quelqu'un d'autre, afin que la police classe...

Il s'arrêta brusquement. Sa théorie ne tenait pas la route car il n'avait parlé de la présence du tueur sur ces images de surveillance à personne... Soudain, il percuta sur un détail et dévisagea sa thérapeute :

— Je n'ai parlé qu'à toi de ces images de surveillance.

Sybil le regarda comme seul un psychiatre peut regarder quand il sent que son patient perd pied :

— Et alors ? Tu veux dire quoi, exactement ?

Dans l'esprit paranoïaque du policier, les choses prirent leur juste place.

— Tu as tout fait pour me convaincre de tourner la page, tu m'as dit que je ne m'en sortirais jamais si je ne laissais pas tomber cette affaire. C'est toi qui as fait tuer ces fillettes, n'est-ce pas ?

Le docteur Wilbert tenta de ramener son patient à la raison :

— Novak, c'est un classique de la relation thérapeute-patient. Tu es en train de projeter sur moi ton ressentiment contre le meurtrier.

Le policier se leva et fit les cent pas dans la pièce, assailli par des déductions supplémentaires :

— C'est toi qui as placé les boucles de cheveux des autres victimes chez Jean Guinet pour que la police puisse les trouver ! C'est toi qui as enlevé cette sixième fillette et qui l'as attachée dans son grenier ! Tu m'as manipulé depuis le début. En tant que tueuse, tu t'es amusée à me pousser jusqu'au burn-out et, en tant que psychiatre, tu t'es arrangée pour récupérer mon dossier.

Sybil sourit tristement et tenta d'expliquer à Novak que ce délire paranoïaque était le meilleur exemple du mal qui le rongeait :

— Si j'étais ce « gourou », ce tueur en série par procuration que tu fantasmes, pourquoi je prendrais la peine de te soigner, pourquoi ne pas te tuer tout simplement ?

— Parce que tu perdrais ce que mon obsession pour cette affaire t'apporte : le fait de revivre les meurtres que tu as fait commettre, exactement comme ces tueurs qui prélèvent des trophées sur leurs victimes pour ressentir à nouveau l'extase qu'ils ont atteinte au moment de l'acte.

Sybil était à bout de patience, mais elle prit sur elle pour tenter d'éteindre le délire du policier.

— Novak, tu te rends quand même compte que tout ce que tu dis n'est que pure supposition. Tu n'as aucune preuve de ce que tu avances.

— Pas encore. Mais je finirai par te coincer. Et tu me connais suffisamment pour savoir que je ne renoncerai pas.

— Ça, on peut dire que tu ne renonces pas, Novak, c'est vrai. Ça fait deux ans que je te traite pour ce trouble obsessionnel délirant. Et, durant ces deux ans, tu as fait des progrès significatifs parce que tu acceptais ton diagnostic, tu prenais régulièrement ton traitement. Et il a juste fallu que cette capitaine Fraysse vienne te consulter, il y a une semaine, sur le tueur d'un cold case qui semblait avoir repris du service pour que ton obsession se rallume et que tes délires reprennent le dessus !

Novak lança à sa thérapeute un regard interrogatif. Alors, elle précisa sa pensée.

— Tu m'as dit que ton ex-patron voulait te réintégrer, que la capitaine Fraysse allait avoir pour mission de te « gérer ». En une demi-heure d'entrevue, ils avaient détruit deux ans de travail. Je me voyais mal repartir à zéro… Alors, je me suis dit qu'au lieu de combattre cette phase de délire, j'allais essayer de l'accompagner pour savoir jusqu'où elle te mènerait. Je me suis dit qu'à un moment donné, tu allais te rendre compte, par toi-même, que rien de tout cela ne faisait sens !

— De quoi tu parles ?

— De tes « sorties » pour travailler sur cette enquête et, si je dis « sorties » c'est parce que, pour justifier ta présence à l'hôpital, ton esprit a imaginé que tu revenais y dormir tous les soirs !

— Tu crois que tu vas t'en tirer comme ça ? Il y a des articles de journaux qui mentionnent ma réintégration.

— Quoi ? « La police recrute à l'asile », c'est ça ?

Sybil fouilla dans ses tiroirs et retrouva un exemplaire du quotidien qu'elle lui lança.

— Quand le bruit a couru que la police était venue te consulter sur cette enquête et que ce journaliste de *La Dépêche* a tenté de savoir si tu allais « sortir », je lui ai dit que tu n'étais pas en état de quitter cet établissement. Et c'est ce qu'il a écrit. Relis l'article !

Novak s'empressa de le faire pendant que Sybil continuait d'argumenter :

— Je t'ai laissé tapisser les murs de ta chambre avec le dossier de police qu'on t'avait confié. Mais tu as tellement harcelé au téléphone ton ancien patron avec tes « conseils » qu'il a fini par bloquer tes appels. Essaie de l'appeler maintenant, tu verras.

Novak fit un effort de mémoire colossal pour tenter de vérifier ce que lui disait Sybil. Mais il n'y parvint pas.

— Tu n'as jamais quitté l'enceinte de cet hôpital, Novak. C'est sur Internet et à la télévision que tu as suivi les rebondissements de cette affaire ! Ton delirium a fait le reste !

— Arrête tes conneries ! résista le policier. J'ai pris le fourgon de Darius Paul en filature depuis la prison jusqu'au centre Anti-Addiction ! Je l'ai même interrogé dans les toilettes, un peu… brutalement et, quand j'ai appris qu'on l'avait tué, j'ai récupéré les images de surveillance pour effacer ma présence sur place.

— Quelles images de surveillance ? Tu n'as pas eu besoin d'effacer ta présence, Novak, parce que tu n'es jamais allé sur place. Tu as appris la mort de Darius Paul par les médias. Et ça a été un sacré choc pour toi, crois-moi.

— Ma sœur… se rappela-t-il soudain. J'ai passé la soirée chez Loriane avec Julie et Zoé. C'est bien la preuve que je suis sor…

Novak s'interrompit, se rendant compte que cette partie n'avait peut-être jamais existé non plus. Ce qui justifierait le vouvoiement de Julie ?

— Loriane est morte il y a deux ans, Novak, avoua Sybil tristement. Ce n'est pas l'enquête qui t'a fait craquer. C'est sa disparition.

— Non… fit-il en perdant pied.

— Je suis désolée de te le dire comme ça, mais je ne sais plus quoi faire pour que tu entendes raison.

Novak éclata en sanglots comme un enfant.

— Oh putain, c'est pas vrai !

Il enfouit son visage dans ses mains et, soudain, sentit le bandage qu'il portait à gauche. Se souvenant du sauvetage de Ninon, il leva ses yeux gonflés de larmes vers

Sybil et tenta désespérément de lui apporter la preuve qu'il n'avait pas déliré. Il défit fiévreusement son pansement en bafouillant.

— Quand j'ai... empêché Belkacem d'immoler... la petite Ninon, je... je me suis brûlé la main et l'avant-bras. Si c'est pas une preuve, ça!

— Ce n'est pas toi qui as sauvé la petite Ninon, Novak. C'est la « coéquipière » sur laquelle tu fantasmes dans ta chambre, celle qui a pris ta place à la brigade : Julie Fraysse.

Sous le bandage, la main et le bras du policier s'avéraient parfaitement sains. Sa peau ne présentait aucune trace de brûlure.

— Tu ne peux pas continuer de vivre comme ça, Novak. Il existe un nouveau traitement, l'électroconvulsivothérapie.

— Les électrochocs?

— On n'en est plus là, maintenant. Les patients sont endormis et, avec les appareils actuels, la stimulation ne dure pas plus de huit secondes. Ce traitement fait des miracles sur des gens comme toi pour lesquels la thérapie classique a échoué. Laisse-moi t'aider.

Réalisant enfin l'étendue de son délire, il hocha la tête, reconnaissant. Sybil soupira, soulagée.

Mais une vibration dans la poche de Novak attira soudain son attention. Un appel sur son portable. Il attrapa le téléphone et, en découvrant le nom qui s'affichait sur l'écran, leva des yeux rancuniers vers Sybil. Sans la quitter du regard, il enclencha la touche *Haut-parleur* et prit la communication.

— Lo... Loriane? osa-t-il à peine bredouiller.

— J'ai l'agrément pour le dossier « tutelle de famille », Nov. Tu vas enfin pouvoir sortir.

Novak posa sur son médecin un regard chargé de haine.

— Merci, p'tite sœur. Je t'aime, tu sais ?

— Moi aussi, je t'aime, Nov.

— Je te rappelle, d'accord ?

— D'accord.

Il raccrocha et se leva lentement pour aller confronter sa psychiatre.

— Tu vois ? se défendit-elle tristement, tu ne sais même plus faire la différence entre la réalité et ton délire. Ne pas se souvenir si sa sœur est morte ou vivante, c'est quand même fort de café, non ?

Les paroles de Sybil étaient d'une efficacité redoutable sur Novak. Et, tandis qu'il faisait des efforts désespérés pour solliciter sa mémoire, la main droite du médecin glissait discrètement sous son bureau. Elle appuya sur le bouton d'alarme qui l'équipait et poursuivit son travail de sape.

— Mais, après tout, peut-être que ce coup de fil n'a pas vraiment eu lieu. Peut-être que tu as entendu cette sonnerie parce que tu avais besoin de l'entendre. Peut-être que tu as cru que ta sœur te parlait, comme tu as cru sortir de cet hôpital et mener l'enquête avec une policière qui était juste venue te consulter ? Ce qui voudrait dire que ta sœur est vraiment morte…

Terrassé par le doute, le policier ne savait plus quoi penser.

— Admettons que tu dises vrai à propos de ces meurtres, Novak, qui penses-tu que l'on croira ? Moi ? Ou l'obsessionnel délirant qui m'a agressée ?

En découvrant l'expression de jubilation sur le visage de sa thérapeute, Novak comprit soudain que sa théorie était exacte. Alors, ne parvenant plus à se contrôler, il se jeta sur

Sybil et défoula sa haine, à coups de poing. Du sang jaillit de ses lèvres. Mais, contre toute attente, la psychiatre semblait jouir de ce moment. Novak commençait à l'étrangler quand trois infirmiers firent irruption dans le bureau.

Deux d'entre eux agrippèrent Novak et l'obligèrent à lâcher prise, tandis que le troisième, équipé du matelas réglementaire, le referma sur le forcené, bloquant tous ses mouvements.

— L'électroconvulsivothérapie est bien plus efficace que les antidépresseurs, capitaine, fit Sybil en essuyant sa bouche ensanglantée. Vous vous sentirez beaucoup mieux après, vous verrez…

— Va te faire foutre ! hurla Novak.

Les infirmiers parvinrent à le maîtriser et à lui injecter un calmant.

Ses paupières se révulsèrent.

Et les sons autour de lui s'évaporèrent peu à peu.

65

Deux voitures de police s'engouffrèrent à toute allure dans l'enceinte de l'hôpital Gérard-Marchant et freinèrent brusquement.

Julie, Pujol, Vidal et trois agents en uniforme jaillirent des véhicules et se ruèrent vers l'entrée.

Faites qu'il ne se soit rien passé, songea Julie.

Quand ils parvinrent à l'accueil, elle interpella l'hôtesse en exhibant un document.

— Police ! J'ai un mandat d'arrêt à l'encontre du docteur Sybil Wilbert. Où est-elle ?

— Dans… dans son bureau, bredouilla la réceptionniste, impressionnée par un tel déploiement de forces. Euh… au fond du couloir, à gauche.

Julie quitta le comptoir précipitamment, suivie de près par Pujol et Vidal. L'hôtesse les accompagna du regard tout en composant une extension téléphonique.

— Docteur Wilbert ? La police est là. Avec un mandat d'arrêt contre vous.

— Merci Magali, dit calmement Sybil.

Elle raccrocha et ouvrit l'un des tiroirs de son bureau. Il contenait deux flacons remplis d'un liquide légèrement ambré.

Tandis que Julie progressait dans le couloir, elle sentait son cœur battre à tout rompre. Ses mains étaient moites. Pourquoi était-elle aussi nerveuse ? Se sentait-elle le bras vengeur de tous ces parents endeuillés ? Craignait-elle de ne pas être à la hauteur ? Ou bien avait-elle peur que son adversaire ait un coup d'avance ?

Arrivée devant la porte de la psychiatre, elle resta un moment immobile à reprendre ses esprits. Puis elle dégaina son arme de service et mima un décompte pour ses hommes.

Quand ils firent irruption dans le bureau, pistolet au poing, Sybil était assise à sa table de travail, une cigarette à la main.

— Docteur Sybil Wilbert, déclara Julie, vous êtes en état d'arrestation pour complicité d'homicides volontaires avec circonstances aggravantes, actes de barbarie sur quatre mineurs de moins de quinze ans. Vous risquez la réclusion criminelle à perpétuité.

— Bienvenue, fit la thérapeute en portant la cigarette à ses lèvres. Si c'est pour une consultation, je peux vous faire un tarif de groupe.

Loin d'être abattue, Sybil éprouvait une certaine admiration pour son exécutrice.

— Levez-vous lentement, les mains sur la tête, ordonna Julie. Et approchez !

Le docteur Wilbert obtempéra sans hâte en contournant son bureau.

— Où est Novak Marrec ? s'enquit la policière.

— Là où il ne sera plus un danger pour lui-même et pour les autres.

— Qu'est-ce que vous lui avez fait ?

— Rien de plus que ce que son traitement exige.

La psychiatre baissa légèrement les bras.

— Mains sur la tête, docteur ! aboya Julie. Ou dois-je vous appeler « Claude Dominus » ?

Sybil frémit à cette évocation.

— Pourquoi avoir choisi le nom de votre père comme pseudonyme ? Était-ce pour continuer de faire vivre celui qui vous punissait par le feu quand vous n'accomplissiez pas ses quatre volontés ? À quel âge vous a-t-il initiée à l'Innommable Féminin ? Avant ou après votre puberté ?

Dans les yeux impassibles de Sybil pointèrent des larmes qu'elle ne laissait pas couler.

— À quel genre d'exorcisme ce monstre et ses adeptes se sont-ils livrés dans l'Est pour être condamnés à vingt ans de prison pour agressions sexuelles sur mineur et abus de faiblesse aggravé ? Pourquoi faire renaître la fratrie de votre bourreau après sa mort, docteur ? Pourquoi faire subir à ces fillettes innocentes pire que ce qu'il vous faisait subir ?

Les larmes incontrôlables inondèrent le visage de la psychiatre, mais elle refusa de leur donner une voix. Alors Julie ordonna :

— Approchez !

La psychiatre refusa d'obéir. Aussi, Pujol l'attrapa par le col et voulut la forcer à avancer. Sybil trébucha volontairement pour chuter.

Un bruit de verre brisé accompagna son impact au sol.

Qu'a-t-elle sur elle ? songea Julie.

Une forte odeur d'essence se dégagea soudain, imprégnant l'air.

Et, tandis que le combustible libéré par des flacons brisés se répandait sous son ventre, Sybil tira sur sa cigarette pour en attiser la braise.

Le temps sembla soudain se dilater.

La thérapeute releva son visage vers la policière et grommela :

— *Ignis umbra Dei est.*

— Écartez-vous ! hurla Julie à ses hommes.

Ils eurent à peine le temps de reculer d'un pas que déjà la cigarette allumée touchait la flaque d'essence.

L'instant d'après, Sybil fut aspirée dans une mer de feu et son corps céda à la morsure des flammes.

L'alarme de l'hôpital s'était déclenchée. Le début d'incendie avait créé un vent de panique dans le bâtiment. Les policiers aidaient les infirmiers à évacuer les patients. Quant à Julie, elle arpentait les couloirs du sous-sol désert, à la recherche de Novak.

Eduardo, l'infirmier latino, l'aperçut de loin et réagit aussitôt.

— Madame ! S'il vous plaît ? Vous ne pouvez pas rester là. Il faut évacuer les…

— Police ! trancha Julie en brandissant son insigne. Où est Novak ?

— En isolement. Je venais le chercher, justement. Suivez-moi, je vais vous ouvrir.

En pénétrant dans la pièce capitonnée, Julie découvrit son collègue, sanglé sur un brancard. Il était inconscient et n'avait pas réagi au déverrouillage de la porte, ce qui inquiéta la policière.

— Capitaine ? l'interpella-t-elle.

Aucune réaction.

Elle s'approcha avec appréhension du corps inanimé de son collègue. Ses jambes étaient lourdes et ses muscles tétanisés. Quand elle posa sa main sur l'épaule de Novak, elle la sentit trembler.

— Capitaine ? C'est Fraysse, dit-elle en le secouant gentiment.

Son absence de réaction l'angoissa davantage. Au point qu'elle éprouva le besoin de vérifier son pouls.

Soulagée, elle le secoua à nouveau, plus sèchement cette fois.

— Capitaine… Capitaine !

Il émergea progressivement de sa torpeur. En ouvrant les yeux, il aperçut Julie, penchée sur lui.

— J'avais parlé de vous enlever, capitaine. Eh bien, c'est maintenant.

Elle défit les sangles qui l'entravaient.

Novak rassembla toutes ses forces pour murmurer :

— Qu'est-ce que… qu'est-ce que tu fais ici ? Je veux dire… vous.

— Je suis venue arrêter la coupable. Votre psychiatre.

Novak se redressa péniblement et prit appui sur ses coudes en marmonnant :

— Comment… vous avez… su ?

— On l'a identifiée sur les images de surveillance du centre de détention de Muret. Elle y était visiteuse de prison sous la fausse identité de Claude Dominus. Parmi les prisonniers qu'elle visitait régulièrement, on retrouve Darius Paul, Lionel Belkacem et trois autres détenus libérés il y a deux ans. On essaie de les localiser. Il se pourrait bien qu'ils soient les trois autres immoleurs. Quant à Jean Guinet, il vient d'être mis en examen pour le meurtre de sa nièce.

— Alors… j'avais raison ? fit-il, ému aux larmes.

— J'en ai bien peur, répondit-elle en l'aidant à s'asseoir. Quatre-vingt-dix pour cent de ce que vous dites dans votre interview de *La Dépêche* se révèle vrai ou est en passe de le devenir. Pas mal, pour un flic qui enquêtait dans sa tête.

Eduardo revint les chercher.

— Il faut évacuer, là !

Julie aperçut la fumée qui avait envahi le couloir et proposa :

— On y va ?

Novak la regardait, les yeux pleins de reconnaissance.

— Quoi ? demanda-t-elle.

— Rien, c'est juste que… dans cette enquête virtuelle, on se connaissait bien… tous les deux. Ce qu'on imagine est parfois… mieux que la réalité.

Julie sourit et l'aida à se lever en disant :

— C'est facile à réparer. Il suffit de faire connaissance…

Épilogue

Novak avait invité Julie à dîner chez sa sœur où il habitait désormais. Il lui avait présenté Loriane et Zoé, son adorable nièce qui lui avait demandé, d'emblée, si elle était la fiancée de son tonton. Ils avaient ri et lui avaient répondu qu'ils étaient juste collègues de travail. Mais leurs regards étaient restés accrochés un peu plus que nécessaire.

Après le repas, ils s'étaient promenés le long du canal du Midi sous les platanes centenaires et ils avaient discuté longtemps, de tout, sauf de l'enquête. Ils avaient fini chez elle pour un dernier verre qu'ils n'avaient pas bu, tant le désir les avait emportés.

Quand Julie ouvrit les yeux, elle ressentait encore les frissons de cette intimité étrange. Aveugle un moment, elle entrevit bientôt le décor de sa chambre et son lit vide. Le son d'enfants, se disputant dans la cuisine, lui rappela qu'ils étaient les siens et qu'elle était mère. Une mère qui frémissait encore sous la couverture, réalisant que personne n'avait pu la toucher et lui offrir tant de tendresse. Comment un rêve pouvait-il être si réel ?

« Ce qu'on imagine est parfois mieux que la réalité »,

lui avait confié Novak.

Mais cette sueur, sur son front, était bien réelle. Cette chair de poule sur sa peau, aussi. Et son cœur qui cognait à tout rompre contre sa poitrine, faisait-il semblant de battre ? Et pour qui ?

Était-ce ce genre de réalité que Novak avait ressentie en croyant enquêter avec elle ?

Elle eut soudain envie de le revoir. À tout prix.

Mais il y avait les vacances qu'elle avait promises aux enfants.

Elle enfila un peignoir, attrapa des vêtements dans un placard et se rendit, pieds nus, sur la mezzanine en luttant contre les démonstrations d'affection de Bouba.

Penchée à la balustrade, elle demanda sans trop y croire :

— Vous êtes prêts, les gars ?

— Ça fait une semaine qu'on est prêts, M'man, répondit Noah, la bouche pleine.

Ce qui déclencha l'hilarité de son frère et de Julie.

— Bon… je prends une douche rapide et je vous rejoins en bas. Commencez à charger la voiture.

— C'est déjà fait, M'man, lança Théo.

Dix minutes plus tard, Julie rejoignait ses garçons et leur chien à l'extérieur. Elle avait revêtu un vieux survêtement pour se prouver qu'elle n'avait personne à séduire.

— Bon alors, ce chargement ? fit-elle en faisant le tour du Kangoo rempli à ras bord.

Elle vérifia la tension des sandows sur la galerie et apprécia.

— Mais c'est top, ça !

— J'ai eu un peu d'entraînement, ironisa son aîné.

— C'est quoi, ce tacle arrière, là ? Carton rouge, Théo.

Le carton invisible qu'elle brandit se transforma en un check sophistiqué et ils tombèrent dans les bras l'un de l'autre.

— Allez, on y va, fit Julie en récupérant les clés auprès de son fils.

— Coupe ton téléphone, M'man. On sait jamais.

— T'as raison.

Mais, avant qu'elle ne puisse enclencher le mode avion, la sonnerie retentit. En apercevant le nom de Novak qui s'affichait sur l'écran, Julie fit signe à ses enfants de monter à bord et s'éloigna pour prendre l'appel.

— C'est mort, Théo, j'te l'avais dit !

— Arrête, Noah, répliqua son frère. Cette fois, on part. Et deux fois plus longtemps !

— Allô ? fit Julie, le cœur battant.

— Hello, Fraysse. Alors, c'est le grand départ ?

— Oui, les enfants sont surexcités. Et vous, c'est pour bientôt d'après ce qu'on m'a dit ?

— Ça y est, c'est fait. Je suis dehors, là. Quand on a la chance d'avoir une super avocate comme frangine…

Dissimulé derrière une camionnette en stationnement, Novak observait, à leur insu, Julie et ses enfants autour du Kangoo surchargé.

— Tutelle de famille… Je vais lui être confié, précisa-t-il en guettant sa réaction.

— C'est formidable !

— Pour moi, oui. Pour elle… J'suis pas un cadeau, vous en savez quelque chose.

Après un moment de silence, elle répondit :

— Pour des coéquipiers qui n'ont jamais fait équipe ensemble, on s'est pas mal débrouillés, tous les deux, vous ne nous trouvez pas ?

— Oui, c'est vrai, murmura-t-il avec nostalgie. Bref, je voulais juste…

Ne sachant comment formuler la suite, il opta pour :

— C'était bon de vous entendre, Fraysse.

— Vous vouliez juste quoi ? Vous n'avez pas terminé votre phrase…

Il soupira, à la fois gêné et soulagé qu'elle l'oblige à aller au bout de sa pensée. En l'observant de loin, il se risqua à reconnaître :

— Je n'ai jamais ressenti cette… proximité avec quelqu'un. Et… c'est d'autant plus bizarre qu'on ne se connaît pas. On ne s'est vus que deux fois, en fait.

— Trois, avec votre sauvetage.

— Oui trois. (Il laissa échapper un rire.) Ce que je veux dire, c'est que… vous êtes la première personne qui me donne envie de…

— Guérir ?

— Oui… guérir. Ce qui est sûr, en tout cas, c'est que… si aujourd'hui on me posait la question « est-ce que tu veux guérir, Novak ? », je dirais… « cent fois oui ».

Le sourire qui naquit sur le visage de Julie creusa deux adorables fossettes sur ses joues. Le regard de Novak s'y attarda.

— Je rêve de vous, Fraysse, avoua-t-il. Et j'ose pas vous dire comment.

— Je sais. J'ai fait… le même rêve.

— Vraiment ?

— Vraiment.

— Tu viens, *pendejo* ? Il est temps de rentrer !

La voix d'Eduardo, l'infirmier, arracha Novak à son délire.

Le parc de l'hôpital autour de lui était enneigé. Collée à son oreille, sa main ne tenait aucun téléphone. Il avait parlé tout seul, comme les patients qui l'entouraient. Ses délires étaient de plus en plus fréquents, mais il ne luttait plus contre.

La morsure de l'hiver lui rappela que Julie était rentrée de vacances depuis longtemps. Mais il avait la certitude que, quoi qu'il arrive, ils ne seraient plus jamais séparés. Pour se retrouver, il leur suffirait de… fermer les yeux. Le réveil serait difficile, comme à chaque fois, mais les souvenirs partagés dans ces moments leur permettraient de patienter.

— Allez viens, *pendejo*, insista Eduardo. Ta sœur t'attend.

Loriane venait visiter son frère chaque semaine. Elle continuait de croire qu'elle parviendrait à le guérir de ses démons. Mais qui peut dire avec certitude qu'il les a vaincus ? Nous vivons tous dans l'illusion d'un équilibre qui nous rassure, car reconnaître le contraire rendrait la vie impossible.

Note de l'auteur

Depuis tout petit, je fais le même rêve étrange : celui d'une réalité qui n'existerait qu'en fermant les yeux ; celui d'un monde qui ne serait que ville fantôme si l'imagination n'intervenait pas pour le peupler d'individus.

Si j'ai longtemps été terrifié par cette fausse certitude qui voudrait que la vie ne soit qu'un mauvais rêve, si j'ai refusé d'en parler autour de moi, c'était pour ne pas cautionner ce songe par mes paroles. Mais aussi parce que je ne savais comment formuler ce dont j'ignorais la provenance. Avec le temps, m'est venue la tentation de l'apprivoiser. En le fixant d'abord avec des mots. Et c'est, je crois, ce qui m'a poussé très tôt vers l'écriture. Mais, loin de s'atténuer, le rêve s'en nourrissait.

Alors, pour me libérer de ce cauchemar, j'ai choisi d'imposer à mon esprit d'autres images. Celles que mon conscient serait à même d'inventer de toutes pièces, celles que je pourrais sculpter à ma guise dans la réalité, celles dont je contrôlerais la contagion en l'emprisonnant dans les sels d'argent. Le cinéma a été mon antidote pendant les années qui ont suivi. Mais le rêve était toujours là, sous mes paupières. Et, quand la fatigue se faisait sentir, il refaisait surface en murmurant : *ferme les yeux si tu veux voir vraiment.*

C'est la femme que j'aime qui m'a arraché à cette emprise. Loin de considérer ce songe comme une malédiction, Marie m'a poussé à en fouiller le sens, à en extraire la substantifique moelle. Par son énergie positive, par la perspicacité de son questionnement, elle a été mon accoucheur. Et si ces mots rencontrent vos yeux aujourd'hui, c'est avant tout grâce à elle. C'est elle qui m'a servi de guide dans cette réalité à laquelle je refusais de croire.

Comme un adulte qui revient sur le théâtre de son enfance et qui retrouve tout à l'identique mais plus petit, je l'ai arpentée. J'ai progressé dans ses ténèbres suintantes, clavier en main, chaque phrase cautérisant une plaie séculaire. Tel un archéologue, j'ai dégagé avec prudence et excitation les vestiges d'une réalité qui remontait bien plus loin dans le passé que je ne l'aurais imaginé étant enfant. Et j'accepte peu à peu d'y habiter aujourd'hui…

Photocomposition Belle Page

Achevé d'imprimer en mars 2021
par CPI BRODARD & TAUPIN (72200 La Flèche)
pour le compte des Éditions Calmann-Lévy
21, rue du Montparnasse, 75006 Paris

PAPIER À BASE DE FIBRES CERTIFIÉES

CALMANN LÉVY s'engage pour l'environnement en réduisant l'empreinte carbone de ses livres. Celle de cet exemplaire est de :
600 g éq. CO_2
Rendez-vous sur www.calmann-levy-durable.fr

N° d'éditeur : 6757000/01
N° d'imprimeur : 3042534
Dépôt légal : mars 2021
Imprimé en France.